장호 장편소설

저스티스

3

장호 장편소설

저스티스
JUSTICE

3

차례

저스티스 3
JUSTICE

혜진의
반격

　진태의 가세로 준미의 수사는 속도가 붙었다. 진태가 특유의 프로세스로 기존 업무를 장악하자 수사의 효율성이 높아졌고, 준미는 전체적인 수사의 그림을 점점 더 명확하게 그려나가고 있었다. 공식 수사가 눈앞에 다가오고 있었던 것이다.

　진태는 장영미의 일기장에 나온 여배우들에게 하나하나 접근했다. 그러나 대다수는 그냥 전화를 끊거나 외면했다.

　"아무 할 이야기 없습니다."

　"저는 모르는 일이에요."

　"저하고는 상관없는 일입니다."

　…….

　벽에 가로막힌 느낌이었다. 통화를 하며 어떻게든 엮어보려고 했지만 상대는 입을 열지 않았다.

몇 시간 전부터 들어와 소파에서 서류를 들여다보고 있던 마 형사가 키득키득 웃는다. 신경이 곤두서 있던 준미와 진태는 짜증이 치밀어 오른다.

"거 하는 일도 없이 왔다 갔다 하면서 뭐 하는 겁니까?"

"그냥. 뭐……."

"검사님, 정직 중인 형사가 이렇게 검사실에 막 드나들고 이거 보기에도 좋지 않습니다."

"암. 보기에 좋지 않지. 특히 국민 쌍년 검사실에. 검사님, 댓글 봤어요? 와, 이거 검사님에 대한 이 국민적 증오가 대단하다. 내가 몇 개 읽어줄까요?"

어지간한 일에는 짜증을 내지 않는 준미도 슬슬 열이 받기 시작한다.

"이봐요, 마 형사님. 우리가 그렇게 한가해 보여요?"

"네."

"뭐라구요?"

"한가하고 답답해 보입니다."

"뭐!?"

진태가 흥분한다. 하지만 마 형사는 웃으면서 둘을 비웃는다.

"아니 전화해서 딱딱한 목소리로, 누구누구시죠? 네, 여기는 전주지검입니다. 예전에 혹시 송엔터에 소속되어 있었나요?"

마 형사가 준미와 진태의 흉내를 섞어가며 계속한다.

"뭐 하자는 거야?"

"왜 똑같은 행동을 하면서 다른 결과가 나오기를 기대하는 겁니까?"

"!!!"

"공부만 한 사람들은 이래서 안 돼요. 응?"

"!!!"

"전화받는 사람들…… 비록 성공하지는 못했지만 배우들이라고. 얼마나 피가 뜨겁고 예민하고 섬세하겠어요? 근데 전화해 가지고 딱딱하게……. 그래서 그게 통하겠습니까?"

일리가 있는 말이다.

"뭐 범죄자 신문이나 이런 건 나보다 훨씬 잘하시겠지만…… 이건 신문실에 가둔 용의자가 아니잖아요. 뭐랄까. 상대의 마음을 건든다고나 할까? 뺏는다고 할까? 그러니까 일종의 예술이라고 봐야 해요, 탐문은. 그러니까 탐문 수사는 나한테 맡기시는 게 어떨까요?"

진태와 준미가 마 형사를 본다. 마 형사가 준미에게 다가간다. 바싹 다가간다.

"나 여기 있어요. 나 여기 있다구요!!! 좀 봐줘요!"

진태가 웃는다.

"투명인간 아니니까 역할을 좀 달라구요!!! 아 진짜 심심해 죽겠구만."

준미가 당황한다.

마 형사가 준미 뒤로 가서 여배우들 명단을 살펴본다.

"보자…… 보자. 여기 군산에 한 분 계시네. 가까운 데."

준미 앞에 서서 손을 흔든다.

"저 출장 갔다 올게요! 군산에 뭐가 맛있더라…… 맞다. 물짬뽕. 그것도 먹고 아무튼 다녀오게요."

마 형사가 나간다.

준미가 멍하니 바라본다. 진태가 픽 하고 웃으며 자리에 앉는다.

"생각보다 재밌는 친구네요."

준미는 전혀 재밌지 않았다.

현 회장은 해가 조금도 들지 않는 구석 자리에서 삐딱하게 앉아서 백자를 바라보고 있었다. 백자는 어둠속에서 미세한 빛을 반사해 내며 은은한 빛깔을 내고 있었다. 그때 태경이 안으로 들어온다.

"아니 뭐 드라큘라야 뭐야. 불 좀 켜고 지내셔. 눈이 퇴화하겠어. 동굴에 사는 물고기들 봤지? 눈까리 해태된 거?"

"이봐라…… 지금 이때가 보기 제일 좋다."

태경이 백자를 바라본다.

"똑같구만."

"이 미세한 빛의 움직임이 안 느끼지나?"

"밖에 나가봐요. 오늘 날씨 짱짱해. 햇빛 쏟아져. 왜 미세하게 봐. 확 보지."

"빛의 진가는 빛이 없는 곳에서 느낄 수 있는 법인 기라. 모든 기 그래. 인간이라 카는 기 말이다. 있으마 소중한지를 몰라요. 으이?"

"뭐 또 훈계를 하실라고 일장 연설을 하시나?"

"이 변호사는 똑똑한 사람이지요?"

"예? 그럼요. 내가 고시를 합격했는데."

현 회장이 웃으면서 태경을 본다.

"그런데 와 자꾸 일을 뒤로 미루노. 빨리 처리해야지."

"뭐?"

"태산 사건."

"아 그거? 아우 회장님, 말도 마. 복잡해. 아주 복잡해."

"그래요?"

"응. 죽겠어요 나. 걔들? 보통이 아니야."

"보통이 아이라니?"

"응. 뭐 이것저것 따지고 합의 안 하겠다고 난리에 난리를 쳐서……. 다시 푸른 변호사회에 간다는 거 내가 겨우 말리고 오는 거야! 회장님, 나 상 받아야 해!"

"그래요? 근데 왜 쓸데없는 걸 캐고 다녀요? 서로 번거롭게."

"!!!"

이미 알고 있다.

"아니 그럼 그렇게 둘이서 치고 들어오는데 내가 가만히 있을까? 회장님, 생각 좀 하셔. 내가 쥐뿔도 몰라봐. 걔들이 나를 신뢰하겠어요? 응? 내 입장에서 생각을 좀 해보는 그런 역지사지의 마음이 필요한 순간 같은데. 응?"

현 회장이 묘한 표정으로 태경을 본다.

"그래요? 내가 듣기로는 불필요한 것까지 엄청 캐고 당긴다 카던데?"

"아이고 오해하셨다. 한번 들어봐. 응? 걔네들이 죽자고 합의를 안 할라고 해서 내가 그랬거든……. 너희는 안 된다. 무조건 진다. 그랬는데도 안 한다 그러면서 만약에 내가 안 해주면 푸른 변호사회 찾아간다는 거야! 그럼 어떻게 돼? 아주 복잡해지잖아! 그래서 내가 지금 어쩔 수 없이 이러고 있어요. 회장님은 내 사정 좀 이해를 해주셔야 돼!!"

"역시 구라가 쎄네……. 내가 속고 싶어진데이."

"구라라니. 회장님, 나 힘든 거 안 보여요? 여기 봐봐. 목에 울긋불긋한 거. 나 스트레스 받으면 이러잖아. 나 진짜 고생 이빠이 하고 있어요."

"이 변호사는 방어할 기 많으마 연기가 좋아지더라. 지금도 그런 거 아이가?"

마주치는 눈빛. 피하지 마라. 밀리면 안 된다.

"맘대로 생각하셔!"

"크크크크크. 역시 배짱 하나는 일품인 기라."

"나도 힘들어요. 응?"

"와 옛날 생각이 나드나?"

"안 나겠습니까? 내가 얼마나 열심이었는지 아시잖아."

"알지. 그래가 우얄 낀데?"

"회장님, 나 걸레야 이미. 빤다고 행주 되나? 회장님하고 지낸 지가 얼만데."

"크크크. 카마 나는 똥걸레가?"

"제일 더럽지."

"크크크크크. 그래 태경아, 니 말이 맞다. 그래 우리 태경이 우짜노. 마음이 짠해가."

"뭐 그런 거지."

현 회장이 잠시 태경을 바라본다.

"이 변호사."

태경이 그를 본다.

"연민을 버리라. 그래야 니가 산다."

"!!!"

"절대 실수하마 안 된다. 그것들이 기어오르게 해서는 안 돼!"

태경이 현 회장을 본다.

"회장님, 그래서 내가 굿 아이디어가 생각이 났어."

"뭐가?"

"가들을 짓밟아버리라 캤죠?"

"그래."

"근데 그것들 하는 짓거리 보니까 그기 안 되겠어. 합의해 주마 병원비도 해결이 돼. 게다가 돈까지 받고 아주 살판이 났어어, 그것들이."

"그건 그렇지."

"아마도 회장님 뜻은 그것들이 서서히 천천히 참혹하게 무너지는 걸 보고 싶어 하시는 거 같은데…… 응?"

"니 마이 성장했구나."

"흐흐흐. 내가 회장님 옆에서 몇 년인데. 그러니까 회장님…… 내 생각에는요…… 재판을 하는 게 어떨까요?"

"응?"

"그래서 재판 끌면서 시간은 시간대로 가고 돈도 못 받고…… 완전히 나락으로 떨어져 내리는 거지. 서서히 처참하게. 더 깊은 구덩이를 파놓고 기다리는 거지."

현 회장의 표정이 밝아진다.

"하하하하하하. 굿 아이디아!"

"희망을 주면서, 그게 잡힐 듯이 말 듯이 응? 하지만 처참히 무너지는 거지. 그래야지 회장님이 나를 선임한 그 보람이란 게 있지 않겠어요?"

"야, 니 멋지다! 내가 왜 그 생각을 몬 했지?"

"나 이태경이야, 회장님!!"

그때 현 회장이 태경을 한참 바라본다.

"니 그것들한테 꼽히가 도와줄라꼬 개수작 부리는 거 아이가?"

"회장님, 꼽히긴 뭘 꼽혀. 내가 그렇게 어수룩해 보여? 나 이태경이야."

"이태경이니까 내가 걱정하는 거 아이가?"

"걱정하지를 마. 응?"

"크크크. 오이야 내 니 함 믿어보께."

태경은 현 회장의 눈빛을 끝까지 피하지 않고 받아낸다. 마지막까지 혼신의 연기를 펼친다.

혜진은 송대기 대표와 마주 앉았다. 만나고 싶다는 뜻을 여러 번 전달한 후였다.

"뭐야?"

"언제 약속하신 걸 보여주실 거죠?"

"뭐?"

"드라마 조연 출연. 약속하셨잖아요."

"좀 기다려. 넌 왜 그렇게 인내심이 없니?"

"인내심이라…… 8개월 동안 시키는 대로 했으면 많이 한 거 아닌가?"

"이 어린 게 어디서?"

"여기가…… 어딘데요?"

"뭐?"

"정말 저를 키워줄 생각이 있는 거 맞아요?"

"그래. 믿어."

"혹시 그냥 이용만 하고 어떻게 해볼 생각인 거 아닌가요?"

순간 송대기가 살짝 당황한다.

"무슨 소리 하는 거야?"

"아니 뭐 어디로 몰래 데려가버린다든가…… 응? 그런 짓을 하는 건 아니냐고요?"

송대기가 당황하지만 슬쩍 뭉개고 가려 한다.

"너 무슨 소리 하는 거야?"

"장영미!"

"!!!"

"사라졌다던데…… 혹시 뭐가 있었나?"

"너 그거 어디서 들었어?"

"좀 당황하시네. 더할까요? 김민지."

"!!!"

"혹시 나도 그렇게 할 건가?"

"!!!"

"근데 어쩌지. 미안하지만 나는 너무 많이 알아버렸네. 내가 지금 사라지면 이 모든 것들을 기록한 것들이 어디로 갈까?"

순간 송대기가 혜진의 뺨을 갈긴다. 혜진이 소파 옆으로 넘어지며 구석에 처박힌다.

"이런 개 같은 년이 어디서 수작질이야!!! 야! 너 돌았어? 미쳤어?"

혜진이 천천히 소파에서 일어난다. 혜진이 웃고 있다. 미친 것처럼 웃는다.

"크크크. 뭐 때리면 내가 무서워서 벌벌 길 줄 알았어? 넌 내가 지난 8개월간 무슨 일을 겪었는지 알잖아? 그런 내가 무서울 게 있을 것 같아?"

"!!"

"그리고…… 니들이 장영미랑 김민지 그렇게 만든 거지?"

"이런 미친년이…… 너 정말 죽고 싶어?"

"내가 지금 죽는 게 무서울 거 같아?"

"!!!"

"야, 이 새끼들아 사람 잘못 봤어. 장영미와 김민지란 여자가 어땠는지 모르겠지만 나는 쉽게 안 당해. 응?"

"!!"

"당신이 데려간 곳의 회장이란 그 늙은이는 황룡건설 현 회장 맞지?"

"!!!"

"그리고 어둠 속에 그 남자!! 그 남자는? 누굴까? 내 입으로 말할까?"

"너 완전히 미쳤구나."

"야 이 개새끼야. 그럼, 미쳤지. 니들이 나한테 한 짓을 생각해 봐. 내가 미치지 않고 견딜 수 있겠어? 응?"

"!!!"

"그거 알아? 그 일을 한번 당하고 나면 영혼이 말라가는 느낌이야. 그런 기분 모르지?"

"!!!"

혜진이 눈에 핏발이 선 상태로 송대기를 노려보면서 말한다.

"내 맘 같아서는 너 같은 새끼들 다 하나하나 찢어발기고 싶어. 근데 내가 참는 이유는 뭔지 알아? 내 시간이 아까워서. 그리고 무엇보다 내가 간절히 원하고 있기 때문이야. 그러니까 약속한 대로 나를 만들어봐, 스타로. 아무도 올려다보지 못할 스타로 올려봐. 너 같은 개새끼들은 절대 눈부셔서 바라보지도 못할 그런 존재로 만들어놓으란 말이야!"

"!!!"

"으아아아아아."

혜진이 광기 어린 비명을 지른다.

송대기가 놀라서 바라본다.

"응?"

"기다려봐."

"시간이 없어. 그거 알아? 검찰에서 수사관이란 여자가 찾아왔어. 내가 확 말해 버릴까?"

"!!! 알았어. 내가 곧 말할게."

"아니. 내가 직접 말할 거야. 만나게 해줘."

"누구를?"

"현 회장을."

"현 회장 속이면서 조금만 더 가보자!"

태경의 말에 원기는 올 것이 왔구나, 란 생각에 긴 한숨을 내쉰다.

"미쳤구나? 너 현 회장이 이런 얄팍한 거짓말에 속아 넘어갈 거라고 생각해?"

"이미 넘어갔지. 내가 보통 구라냐?"

"이번 한 번은 그냥 어떻게 넘어갔다 치자. 그렇게 계속 속일 수 있을 것 같아?"

"응. 속일 수 있을 것 같아."

"미친 새끼야, 장난하지 말고!"

"장난 아니야!"

"니가 장난처럼 만들고 있어!!! 너 현 회장이 어떤 사람인지 알잖냐? 니 말에 일단 속아 넘어갔다고 하더라도 반드시 나중에 확인을 할 사람이야. 그래서 너 들통나면? 응?"

"몰라. 생각 안 해봤어."

"너 정말 왜 이러는 건데?"

원기가 태경을 바라본다.

"솔직히 말해도 돼?"

"그래."

"몰랐었는데 내가 이런 거 정말 좋아하나 봐."

"뭐?"

"현 회장하고 있을 때 잊고 있었는데…… 재밌어."

원기가 태경을 바라본다.

"태경아."

"응."

"예전으로 돌아갈 수 없어. 우리는 이미 너무 많이 왔어."

"알아."

"근데 왜 이러는 거야?"

"나 예전으로 돌아가고 싶은 거 아니야."

"그럼 대체 왜?"

"……."

"너 지금 그 여자 불쌍해서 이러냐?"

태경이 원기를 쏘아본다.

"뭐?! 다시 말해 봐!"

"그 여자 불쌍해서 그러냐고?"

태경이 원기의 먹살을 움켜잡는다.

"불쌍해? 뭐가 불쌍해! 그 여자가 거지냐? 동정받아야 해? 너 화가 나지도 않아? 사람이 죽어가는데 죽인 놈들이 푼돈이나 주고 끝내겠다는 거야!?"

"알아. 그래서 뭐? 그게 우리랑 무슨 상관인데?"

"이 새끼가……."

먹살을 잡은 태경의 손이 떨린다. 원기가 그런 태경의 눈을 보며 말한다.

"니가 한 짓을 생각해 봐."

"!!!"

"이명국!!! 오민수!!! 장현우!!! 마현채!!! 유선희!!! 최서인!!! 더할까?"

"!!!"

"이 시발 새끼야!! 니가 저저지른 짓을 생각해!!! 지옥에서 오백 년을 살아도 모자라!!! 그런데 뭐 이제 와서 회개라도 하게? 잘못이라도 빌게?"

태경이 맥이 탁 풀리면서 원기의 손을 놓는다. 그리고 소파에 주저앉는다. 원기가 그런 태경을 내려다본다.

"너 첫 사건 때처럼 또 당하고 싶냐? 그래서 또 방에 처박혀서 나오지도 못하고 그렇게 되고 싶어?"

태경이 원기에게 주먹을 날린다. 원기가 소파에 처박힌다.

"이 새끼야, 내가 그때 이야기 꺼내지 말랬지!"

"미친 새끼. 아직 극복도 못 한 주제에. 4년 전에도 못 이긴 걸 지금이라고 이길 수 있을 것 같아? 지금 상대가 훨씬 더 센데? 깡패들 변호하면서 몇 번 이기다 보니까 그동안 자신감 좀 붙었냐? 지금이 뭐가 어때서!? 밥 먹고 살아보겠다는 게 잘못이냐?"

"그 여자들 등쳐서?"

"그래! 등쳐먹고 싶다. 홀랑 벗겨먹고 싶다. 왜? 이 새끼야, 왜 갑자기 바른 척이야! 내가 이 짓 해서 정작 돈 번 게 누군데!! 왜 갑자기 깨끗한 척이야! 너 좋아했잖아! 외제 차! 아파트! 근데 왜 갑자기 지랄이냐고! 그냥 살던 대로 살자! 개새끼로 살다 가자! 응? 이제 와서 뭘? 응? 그런다고 우리가 인간 되겠냐?"

"……원기야."

"말하지 마! 니가 무슨 말 할지 알겠는데 하지 마! 그냥 살자! 응?"

"원기야!!! 시발놈아!!! 우리…… 그냥 가보자."

"왜! 대체 왜?!"

"5년 만에 처음으로 뭔가 사는 거 같다."

"!!!"

"내가 사람 같다."

"!!!"

"응?"

"미친놈…… 좀 변했나 했더니 유약해 빠져가지고. 감상적인 새끼."

"원기야, 한 번만 해보자."

"계획은 있냐? 이번에 잘못되면 너랑 나랑 나란히 산에 묻히는 거야."

"장가 못 가본 게 걸리긴 하지만 나 이태경이야. 고시도 패스한. 이번에는 저번처럼 안 당해."

"미친놈. 965등 주제에."

"956등이야! 그리고 악덕 브로커 주제에 누구보고 미친놈이래."

"삼류 비리 변호사보다는 낫지."

"킥킥킥."

"미친 새끼. 크크크크크."

웃음이 그치고 갑자기 정적.

"태경아, 이기자, 이번에는."

"콜."

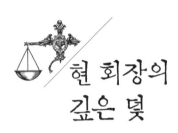

현 회장의 깊은 덫

마 형사는 군산으로 차를 몰았다. 송엔터의 여배우들을 찾으러 가는 길이었다.

마 형사는 도로를 달리면서 문득 자신이 준미에게 너무 유치해 보인 것은 아닌지 생각해 본다. 너무 노골적으로 행동했나? 차라리 좀 더 어른스러운 모습을 보여주는 것이 나았나? 아니다. 오히려 자연스러워 보였을 수도 있다. 아니야. 그냥 내가 그 일을 맡을게요, 라고 터프하게 밀고 나갈걸 그랬나?

마 형사의 머릿속으로 온갖 복잡다단한 생각들이 스치고 지나갔다.

그러는 사이에 군산에 도착했다.

'일을 하자. 일 생각을 하자. 일도 제대로 처리 못 하는 팔푼이로 보이지 말자.'

백지숙. 25세. 송엔터 소속으로 여러 작품에 단역으로 출연했다.

그리고 어느 순간 더 이상 작품에 나오지 않았다.

마 형사는 백지숙의 본적지 앞에 차를 세우고 잠시 기다린다. 얼마 지나지 않아 20대 중반의 여성이 걸어 나온다. 꽤 예쁜 여성.

'백지숙이다.'

마 형사는 차에서 내려 천천히 백지숙을 따라간다. 10분 정도 걸어서 백지숙은 작은 커피숍의 문을 열고 들어간다.

테이블이 세 개뿐인 커피숍으로 백지숙이 운영하는 것으로 보였다.

마 형사는 안으로 들어간다.

"아 죄송해서 어쩌죠? 아직 준비가 안 됐는데요. 머신이 예열되려면 좀 기다려야 해요."

"그래요? 기다리죠, 뭐. 여기 앉아 있을게요. 햇살 좋네."

마 형사는 밖이 내다보이는 창가 테이블에 앉아서 창밖을 바라보는 척한다. 그사이 백지숙이 물을 가져다 놓는다.

"한 이십 분 걸릴 거예요. 주문 먼저 하시겠어요?"

"커피로. 아메리카노."

"네."

백지숙이 물을 놓고 가면서 슬며시 마 형사를 바라본다. 마 형사에겐 익숙한 여자들의 표정. 눈이 마주친다. 웃는다. 지금이다.

"카페가 예뻐요."

"그래요?"

지숙도 기회를 놓치지 않고 마 형사와 마주 본다.

"네. 작고 아담하고. 뭔가 분위기가 있어요."

"감사해요."

"창업하는 데 돈 많이 들지 않았어요?"

"네, 뭐. 근데 군산은 월세가 싸서요. 근데 여기 분 아니신가 봐요."

"아 네. 저 서울 사람입니다."

"아 서울. 군산에는 무슨 일로?"

"지숙 씨 보러 왔죠."

백지숙의 표정이 갑자기 굳는다.

"!!! 제 이름은 어떻게?"

"서부서 마 형사입니다. 송엔터 소속이셨죠?"

"!!!"

"긴장하지 마세요. 그냥 물으러 온 거니까. 다들 경찰이라 그러
면 긴장부터 하고 그러는데 그러지 마세요."

"네…… 그런데 정말 무슨 일로?"

"장영미 씨 아시죠?"

"!!!"

백지숙이 들고 있던 쟁반을 떨어트린다. 그리고 다리에 힘이 풀
려 그대로 바닥에 주저앉는다.

"그동안 많이 무서우셨죠?!"

백지숙이 주저앉아서 숨을 몰아쉰다. 마 형사가 한쪽 무릎을 바
닥에 대고 시선을 맞춰 그녀를 바라본다.

숨을 몰아쉬는 그녀를 바라본다.

그리고 기다린다.

진정될 때까지.

태경은 유정과 준철에게 합의 대신 재판을 하고 싶다고 말했다.

그러자 유정이 의심의 눈초리로 태경을 바라보며 묻는다.

"갑자기 다시 재판을 하려는 이유가 뭔가요?"

유정이 태경을 들여다보듯이 바라본다. 태경은 그 눈빛을 피하지 않고 바라본다.

"알고 싶지 않나요? 왜 이렇게 됐는지?"

"알고 싶어요."

옆에서 준철이 긴 한숨을 내쉰다. 유정이 그런 준철을 잠시 본다. 그리고 다시 태경을 본다.

"하지만 직접 말씀하셨잖아요. 합의하는 것이 더 이익이라고."

"……그럼 지금 공장 안에서 일하고 있는 다른 동료들은 괜찮은가요?"

"찾아다니며 그렇게 증언을 부탁했는데도 외면하던 그 동료들 말인가요?"

"!!!"

"그때 알게 됐죠. 결국 다들 자기만 생각한다는 걸요. 저도 이제부터 저만 생각하려구요."

"유정 씨."

"갑자기 이러시는 이유가 뭔가요?! 네?! 기껏 포기했는데!!! 이제 겨우 마음잡았는데!!! 다시 이렇게 들추는 이유가 뭐냐구요?! 그렇게 이유를 밝히고 싶었을 때는 가로막더니! 다시 소송하시려는 이유가 뭐냐구요?"

태경이 유정을 본다.

"돈 때문인가요?"

"……"

"이렇게 하면 더 버시나요? 아님 더 유명해지고 싶으셔서요?"

"……."

"그냥 합의해 주세요. 보셔서 아시겠지만 우리가 그렇게 여유 있
는 편이 아니라서요. 막상 합의라는 달콤한 맛을 보니까 그 고된
길을 다시 가는 게 겁이 나네요. 합의해 주세요. 아저씨, 가요."

유정이 일어서려는데,

"쪽팔릴까봐요."

"!!!"

"쪽팔려요. 그렇게 포기하고 접고 나오면. 당장은 편한데 그게
지워지지가 않죠, 흉터처럼."

"!!!"

"끝까지 달라붙어서 야무지게 싸우지 못하면 내내 그렇게 후회
가 되더라구요."

"……."

"내가 그랬거든요. 어느 순간 무섭다고 힘들다고 피곤하다고 피
하고 포기하기 시작하니까 끝이 없더라구요. 그리고 그쪽에서는
더 함부로 대하기 시작해요. 그때 알게 됐죠. 내걸 얻어내려면 챙
기려면 싸워야 한다는 걸. 끝까지 포기하지 않고 치열하게."

"……."

"유정 씨를 쪽팔리게 살게 하고 싶지 않아요. 지선 씨를 쪽팔린
채로 보내고 싶지 않습니다."

준철의 눈에서 눈물이 떨어져 내린다.

유정은 말없이 태경의 눈을 바라본다.

"말을 정말 잘하시네요."

"……."

"믿고 싶어지네요, 그 말."

26

"……."

"그런데 이길 수 있으세요?"

"……이번에는 야무지게 모든 걸 걸어보려구요."

"미안하지만 우리는 더 이상 걸 수 있는 게 없어요."

"나를 거세요."

"우리한테 이러시는 이유가 뭔데요?"

"나한테 마지막 기회 같아서."

"무슨 기회요?"

"인간이 될."

원기와 태경은 소송 준비에 집중하기 시작했다.

"결국 내부에서 증언해 줄 사람을 찾아야 해."

"오상국이 그 인간은 어때?"

"순진해 보이긴 하는데 지금 겁을 잔뜩 먹고 있어."

"가능성은 있다는 거네."

"음. 좀 더 두들겨봐야지."

"그래. 두들겨야 열리는 법이다. 근데 태산하고 인창 상대로는 감성팔이는 안 통할 텐데…… 어떻게 갈 생각이냐?"

"정면 돌파 해야지."

"정면 돌파?"

"결국 이 사건의 핵심은 산업재해야. 공장 내부의 위해성 증거를 잡느냐 잡지 못하느냐에 달린 거야. 초반부에는 밀려주는 거지. 그래야 현 회장도 재판에 질 거라는 내 말을 믿을 거고."

"후. 어렵다, 어려워."

"그래야 재미가 있지. 너 인생 너무 쉬우면 재미없다. 다 헤쳐 나가는 맛이 있는 거야."

첫 재판일이 다가오고 있었다.

혜진은 현 회장의 얼굴을 똑바로 바라본다. 현 회장은 재미있다는 표정으로 혜진을 바라본다.

"니가 내를 보자고 했다고?"

"네."

"와?"

"살고 싶어서요."

"누가 니 죽인다 카드나?"

혜진이 현 회장을 똑바로 바라본다. 승부다. 여기서 밀리면 아무것도 안 된다. 현 회장이 계속 혜진의 눈을 들여다본다. 혜진도 피하지 않는다.

"니 보통 아가 아이구나."

"회장님, 제가 지금 제정신일 거 같아요?"

"크크크. 가시나 대마이가 쎄구나. 그래 지끼봐라. 와 보자 캤는지?"

"약속한 걸 주세요."

"나는 약속한 적이 없는데."

"회장님 밑에 있는 송대기가 했죠."

"그거는 내 입에서 나온 기 아이라."

"회장님."

28

"와?"

"회장님은 힘이 있는 분이시죠?"

"크크크. 그래."

"저는 힘이 있는 남자가 좋아요."

"!!!"

"회장님을 위해 살 테니까 저를 더 크게 써주세요."

"뭐?"

"저를 스타로 만들어주세요. 그럼 회장님을 위해서 더 큰 일을 해드릴게요."

"우예 큰 일을 하는데?"

"스타가 된 제가 더 매력적이지 않겠어요? 그분들에게."

현 회장이 재미있다는 듯이 본다.

"싫다 카마?"

"회장님. 미안한 말이지만요…… 제가 당한 일 세상 사람들이 알면 어떻게 될까요? 송 대표가 이야기했죠? 검찰 수사관이 찾아온 거."

"니 내를 협박하는 기가?"

"제안을 드리는 겁니다."

현 회장이 계속 재미있다는 표정으로 혜진을 본다.

"좋다. 카마 내가 미션을 하나 주께. 니 할 수 있겠나?"

"네. 대신 저에게 약속한 드라마 배역을 주세요."

"오이야."

"미션이 뭐죠?"

현 회장이 웃었다.

혜진이 돌아가고 난 뒤 송대기가 현 회장 앞으로 왔다.

"죄송합니다, 회장님."

"뭐가 죄송한데?"

"저런 애를 단도리 못 하고."

"단도리? 크크크."

"제가 처리하겠습니다."

"니가 우예 처리할 긴데?"

"우선…… 명령을 주시면……."

"아니, 니가 처리하마 우예 할 긴데?"

"저…… 그게."

"대기야, 내 니한테 하나만 물어보께."

"네."

"니 내한테 와서 자처럼 저렇게 승부 볼 수 있겠나?"

"!!!"

"그것도 스무 살에!"

"!!!"

"저런 기 내가 원하는 기다."

"저 회장님, 그게……."

"닥치고 주만용이 불러 온나!"

"아이고 회장님, 이래 다 불러주고 감개가 무량합니다."

"주 검사."

"네."

"내한테 게임을 걸었잖아요. 내 약점을 가지고 내를 칼끝에 세웠잖아."

"그렇지요."

"근데 그래 될라 카마 내 약점을 쥐고 있는 사람이 주검사뿐이어야 하지예?"

"그렇지요."

"근데 이를 우야마 좋노. 여서 저서 내 약점을 쥐고 막 흔든다!"

"누가요?"

"누구 같노?"

주만용이 머리를 굴린다.

현 회장이 그때 주만용의 목을 움켜쥔다.

"켁켁."

"숨이 막히나? 응?"

주만용의 목에 핏줄이 터져 오를 듯 부풀어 오른다.

"숨을 쉬고 싶제? 응? 야 이 새끼야!!! 내 돈으로 술 처묵고 좋은 집에서 이쁜 아가씨들하고 뒹굴었으마 돈값을 해야 할 거 아이가? 응?"

"켁켁."

현 회장의 팔 근육 위로 힘줄이 부풀어 오른다.

"응? 이 새끼 이거 죽이뿌까?"

"켁켁."

"응?"

현 회장이 주만용을 바닥으로 던진다.

"허억. 헉 헉 헉 헉."

주만용이 숨을 몰아쉰다. 현 회장이 주저앉아서 그런 주만용을 바라본다. 주만용이 숨을 몰아쉬다가 현 회장을 본다. 그리고 현 회장을 공격하려는데 현 회장이 웃으면서 피한다.

"내 이래봬도 싸움 잘한데이! 응?"

현 회장이 우스꽝스럽게 섀도복싱을 한다.

"나는 말이데이. 니가 참 싫어. 경멸스럽어. 이 개쓰레기 같은 놈. 이 버러지 같은 놈."

"헉헉."

"근데 니가 참 운은 좋아. 그쟈?"

"!!!"

"니 전주로 가라."

"!!!"

"가서 서준미 막아라."

"!!!"

"그년이 다시 나를 뒤지고 있단다. 응?"

"!!!"

"내가 말했제. 서준미가 어떤 넌인지?"

"!!!"

"내하고 게임을 하고 싶다 캤제? 나를 칼끝 우에 세우고 싶다 캤나? 하하하하하하하하. 주만용이, 게임은 이래 하는 기다. 응?"

현 회장이 자리에 앉는다.

주만용이 숨을 몰아쉰다.

"헤에엑……."

"숨소리도 듣기 싫다! 고마 나가라!!"

백지숙은 여전히 떨고 있었다. 마 형사는 그녀를 잠시 내버려둔다. 그녀는 한참을 그렇게 앉아 있다가 마 형사를 본다.

마 형사가 침착한 표정으로 백지숙과 시선을 맞춘다. 절대 그녀가 동요하게 해서는 안 된다. 드디어 그녀가 입을 연다.

"형사님이 왜 저를……."

"장영미 씨 실종된 거 알고 있습니까?"

"아뇨! 실종됐나요?!"

"네."

"!!!"

"연락한 적이 없었나요?"

"네. 군산으로 내려온 후로는 연락한 적 없었어요!"

"장영미 씨하고 다른 여배우들과 겪으신 일…… 알고 있습니다."

"!!!"

백지숙이 파르르 떤다. 그가 마 형사를 본다.

"얼마 전에 전주지검에서 전화가 왔었죠?"

"네."

"할 말이 없다고 끊으셨구요."

"네."

"왜 그러셨나요?"

"정말 할 말이 없습니다!"

"장영미 씨가 실종됐습니다!"

"!!!"

"그녀와 친하지 않으셨나요?"

"……친했어요. 영미랑은 친했어요. 하지만……."

"말씀하세요."

"그때 일은 더 이상 떠올리고 싶지 않아요!"

"그곳에서는 지금도!! 계속 그 일을 하고 있습니다! 이제 겨우 갓 스무 살을 넘은 애들한테요!"

백지숙이 일어선다.

"그만 가주세요."

"알고 계시잖아요. 그들이 무슨 짓을 하는지."

"할 말 없어요."

마 형사가 지숙을 바라본다.

"장영미 씨…… 어디로 갔을 것 같나요?"

"!!!"

"죽었을까요?"

"!!!"

"아니면? 어디선가……."

"그만해요!"

"당신이 입을 다물면 절대 그 여자 찾을 수가 없어!"

"당신들은 몰라!!!"

백지숙이 주저앉아서 운다.

"당신들은 절대 알 수가 없어. 우리가 그 안에서 어떤 일을 겪었는지 당신들은 몰라!"

"그걸 알게 해야 해요."

"크크크크크."

마 형사는 백지숙의 웃음에 소름이 끼쳤다.

"그거 알아? 당신들은 그자들을 절대 잡을 수가 없어."

"뭐?"

"다가갈 수도 없어."

"!!!"

"그 남자들한테 닿을 수조차 없어."

"!!!"

"내가 이전에 시도 안 해본 거 같아요? 하지만 그들에겐 닿을 수 없어!"

"!!!"

"뭐 말을 해? 우리 말을 가지고 그 남자들을 잡겠다? 하하하. 웃기지 마!!!"

"!!!"

"그 전에 그자들이 움직일 거야."

"우리도 그자들이 누군지 알고 있어요! 증거도 가지고 있구요!! 당신의 증언만 있으면."

"그만!!! 결국 나보고 증언을 하라는 거잖아!"

"!!!"

"내가 그렇게 개 같은 짓거리를 당하고도 이렇게!!! 아무 말도 못하고 있는 이유가 뭐라고 생각해요?"

"!!!"

"난 절대 말할 수가 없어요!"

"!!!"

"알아요?"

"그들이 가지고 있는 게 뭐죠?"

"나가주세요, 그만."

"저기……."

"나가!!!!"

백지숙은 폭발 직전이었다. 지금은 물러나는 것이 좋을 것 같았다. 마 형사가 천천히 밖으로 걸어 나오는데 백지숙이 말한다.

"영미……."

"!!!"

"영미는 어떤 특별한 남자를 만나고 있었어요."

"특별한."

"그 남자한테 불려 갔었는데 한 번도 그 남자의 얼굴을 본 적이 없다고 했어요."

"!!!"

"내가 해줄 수 있는 말은 그게 전부예요."

백지숙이 돌아선다. 그리고 다시 돌아보지 않았다.

준미는 한숨을 내쉰다.

"결국 그 여자분도 입을 열지 않겠다는 거네요."

마 형사가 면목 없어 하며 양손으로 얼굴을 비빈다. 진태가 그런 마 형사를 보며 피식 웃는다.

"아니 마 형사님, 가시면 바로 술술 불게 만드실 것 같더니?"

"아니 그게……."

우물쭈물하는 마 형사. 그런 마 형사를 보는 준미. 잠시 눈이 마주친다. 준미가 빠르게 눈을 피한다.

'실망한 걸까?'

마 형사가 준미의 눈치를 살피며 말한다.

"많이 무서워하고 두려워해서 시간이 좀…… 아!"

진태와 준미가 마 형사를 바라본다.

"그런 말을 했어요. 장영미가 누군가 특별한 사람을 만나고 있었다고."

준미의 눈치를 보느라 정작 중요한 말을 빼놓고 있었다.

"특별한 사람?"

"네. 그렇게 말했어요. 특별한 사람이라고."

준미가 마 형사를 본다.

"도대체 그 특별한 사람이 누구일까요?"

"글쎄요…… 일기장에 나와 있는 사람들도 대략 엄청난 고위직이던데…… 그 사람들보다 더 특별한 사람이다?"

"결국 스폰서를 접대한 건 똑같은데 장영미만 실종되었다는 건 결국 그 특별한 사람 때문이 아닐까요?"

"그렇죠."

진태가 고개를 끄덕인다. 마 형사가 머리를 굴린다.

그때 준미의 전화가 걸려온다. 효림이다.

"여보세요. 네, 효림 씨. 네. 네? 알겠습니다!"

준미가 밝은 표정으로 전화를 끊는다.

진태가 묻는다.

"뭐 있나요?"

"정혜진이 증언을 하겠답니다."

"!!!"

"저에게 직접."

수사가 급물살을 탔다고, 해결이 눈앞이라고, 그렇게 생각했다.

바뀌는
게임의 룰

유정과 지선 이외의 사람들이 모두 소송 참여를 거부한 상황에서 태경은 소송을 진행해 나갔다. 불리한 상황이었지만 소송이 진행되어가는 과정에서 계속해서 설득해 나갈 생각이었다. 처음에는 두려워하고 꺼려하는 사람들도 소송이 진행되는 과정에서 마음이 변하는 경우가 많이 있었다. 뭐든 처음에 시작하는 것이 가장 어렵고 두려운 것이다. 태경은 처음에는 밀리더라도 결국 공장 내에서 생겨난 연기의 정체만 밝힌다면 충분히 승산이 있다고 보았다. 결국 오상국을 설득해 내야 한다.

그리고 첫 공판이 시작되었다.

피고 측 대리인인 인창의 변호사 혁권이 유정을 증인으로 신청했다. 혁권이 천천히 걸어 나와 유정을 바라본다.

"최유정 씨?"

"네."

"태산 공장에서는 얼마나 근무하셨나요?"

"2년이 조금 안 됩니다."

"음 그렇군요. 그럼 그곳에 있는 많은 노동자들에 비해서 그리 많은 시간을 일한 것은 아니죠?"

"네. 워낙 많으니까요."

"얼마 정도 됩니까? 태산전자 용인 공장의 노동자가?"

"정확하게는 잘 모르겠어요. 몇만 명?"

"네, 삼만 명이 조금 넘습니다."

"네."

"그리고 원고가 일하는 라인에만 오백 명이 넘는 노동자들이 일하고 있어요."

"네, 알고 있습니다."

"그런데요? 원고인 최유정 씨와 어지선 씨 외에 다른 사람들이 소송에 참여하지 않았습니다."

"그건……."

"그건요?"

"병에 걸린 사람들이 있습니다. 하지만 소송에 참여하지 않았을 뿐입니다."

"그러니까요. 왜 그랬을까요?"

"!!!"

"그곳 라인에만 6년 넘게 일한 근로자도 있죠?"

"네. 하지만 그 언니도 생리 불순에다……."

"암입니까?!"

"······아니요."

"또 다른 원고인 어지선 씨는 아직까지 병원비가 미납되어 있더군요?"

"!!!"

"최유정 씨도 치료가 시급한 상황임에도 입원을 미루고 있죠? 돈이 필요했겠군요! 그때 원고의 변호사가 찾아온 거죠?!"

재판장인 문이섭 판사가 혁권을 제지한다.

"피고 측 변호인은 무리하게 넘겨짚지 마세요."

유정이 분노에 주먹을 꽉 쥔다. 혁권이 웃으면서 말한다.

"네. 이상입니다."

태경은 자리에 앉아서 이 모든 상황을 가만히 지켜보고 있다. 일어날 생각도 하지 않는다. 문이섭 판사가 태경을 본다.

"원고 측 변호인?"

"네?"

"반대신문 하셔야죠?"

"아······ 없습니다."

잠시 방청석이 술렁인다. 유정이 황당하다는 표정을 짓는다. 방청석에 앉아 있는 지선의 아버지 준철은 멍하니 태경을 바라본다. 방청석 맨 뒤에 앉은 현 회장의 비서 장윤선만이 미소를 짓는다.

첫 공판은 그렇게 끝나버렸다.

"뭐 하는 거예요?"

유정이 화가 나서 태경에게 소리친다. 그때 인창의 변호사 혁권이 태경의 어깨를 툭 치고 지나간다. 그리고 윙크까지. 유정은 더욱 화가 나서 태경을 몰아세운다.

"저쪽에서 그렇게까지 몰아세우는데 왜 한마디도 반격을 못 하죠?"

"후우. 유정 씨, 이제 시작이에요. 응?"

유정은 서럽고 화가 나서 눈물이 고인 눈으로 태경을 바라본다. 혁권에게 당한 것이 많이 서러운 것 같았다. 하지만 자세하게 말할 수는 없다.

"유정 씨, 나를 믿어요. 아버님도요."

준철은 그저 멍하니 고개만 끄덕인다.

혜진은 직접 전주지검으로 내려왔다. 모두가 퇴근한 후 준미는 혜진과 단둘이 마주했다. 마 형사와 진태는 남고 싶어 했지만 준미는 어린 여성이 겪은 그 끔찍한 일을 고백하기에는 단 둘뿐인 것이 좋다고 생각했다.

혜진은 약속한 7시가 조금 넘어 사무실에 도착했다.

"앉으세요."

준미는 웃으면서 그녀 앞에 차를 내어놓는다. 마른 국화 잎이 뜨거운 물속에서 환하게 퍼져나가고 있었다.

"어려운 결심을 했어요."

"네."

"쉽지 않은 일이에요. 대단해요."

"아녜요. 검사님이 더 대단하시죠."

"아뇨. 그렇지 않아요. 저라면 용기 내기 쉽지 않았을 거예요."

"네."

"녹음해도 될까요?"

"그러세요."

준미가 핸드폰 녹음 어플을 누른다. 그리고 묻는다.

"송엔터에서 스폰서를 접대했나요?"

"네."

"주로 어느 곳에서 했나요?"

"강남에 있는 룸살롱 같은 곳에서 하기도 했고, 청평에 있는 별장 같은 곳에서 파티를 하기도 했어요."

"주로 어떤 사람들이었나요?"

"고위 공무원들이 많았어요. 검사, 정부 고위직. 그리고 방송국 쪽 사람들도 많았구요. 아, 언론사 사주들도 있었어요. 대기업 회장도 있었구요."

"다 기억할 수 있나요?"

"일일이 다 기억하지는 못해요. 하지만 몇 사람은 기억할 수 있어요."

"네."

준미가 다소 망설이는 표정을 짓자 혜진이 준미를 보며 말한다.

"괜찮아요. 마음의 준비는 하고 왔으니까. 하고 싶은 질문 하세요. 저는 모든 것을 증언할 준비가 되어 있어요."

"그 안에서 어떤 방식으로 접대가 이루어졌나요?"

"가벼운 자리에서는 술을 따라요. 간혹 가다 그냥 술만 마시고 터치를 전혀 하지 않는 그런 경우도 있어요. 그렇지 않고 지저분한 인간들이 대부분인데 술을 마시면서 몸을 더듬죠. 그리고 2차로 이동하죠. 또 별장에서 파티를 벌이는 경우는 더 난잡하게 흘러가요."

"……네."

"그중에 정말 지독한 한 명이 있었어요."

"어떻게?"

"가장 지저분하게 집요하게 몸을 더듬으면서 추하게 굴었어요. 우리 아버지보다 나이가 훨씬 많은 사람이."

"그렇군요."

"근데 웃긴 건 얼마 전까지 그 사람이 사회적으로 엄청나게 존경 받고 그랬다는 게 전 정말 웃겼어요."

"힘들었겠어요."

"네. 하지만 얼마 전에 그 사람이 다른 비리 문제로 TV에 나왔 을 때 그래도 정의는 살아 있구나, 라는 걸 느꼈죠."

"아 그랬어요?"

"네. 사실 제가 이렇게 증언하게 된 데에는 그 사람을 벌하고 싶은 마음이 컸기 때문이에요. 만약 이 사건이 세상에 알려지게 되면 요…… 반드시 그 인간이 한 일을 세상 사람들한테 알릴 겁니다."

"네."

"정말 추잡하고 더러운 인간이었어요. 어떻게 그런 인간이 있는 지. 그 인간도 딸이 있다고 하던데 어떻게 그럴 수가 있죠?"

"혹시 그 사람이 누군지 물어봐도 될까요? 그 사람부터 수사를 시작해도 되니까요."

"서현철 전 대법관이에요."

순간 준미는 온몸의 세포 하나하나가 하얗게 질려가는 것을 느 낀다. 몸 구석구석에서 그렇게 괴로움이 천천히 세밀하게 퍼져 나 간다. 몸은 퉁 하고 아래로 꺼져버리는 느낌. 그리고 그 느낌들은 집요하고 잔인하게 준미를 장악해 나간다.

그리고 혜진은 계속해 나간다.

"어떤 짓을 했는지 자세히 알려드릴까요?"

"!!!"

"술에 취하더니 제 쪽으로 몸을 밀착시키고 좋은 냄새가 난다고 하더라구요."

속이 메슥거린다. 메스꺼웠다.

"그러더니 어린애들 냄새가 난다고 좋아하더라구요."

울렁거린다. 온몸이 흩어지고 찢겨져 나가는 것 같다.

"그러고는 내 머리카락을 만지고."

제발, 그만.

"내 귓불을 만지작거렸어요. 그 늙은 남자의 꺼칠함이 느껴져서 소름이 끼쳤어요. 상상해 보세요."

제발, 제발.

"그리고 손을 내려서 내 어깨를 만지작거리더니 그대로 손을 내려서 허벅지에 올렸어요. 그때부터 시작됐어요. 그 더러운 짓거리가."

눈앞이 핑 돈다. 노랗게 변한다.

"제 치마 속으로 손을 밀어 넣었어요. 그리고……."

"혜진 씨."

"네?"

준미가 숨을 몰아쉰다. 견딜 수 없다.

"조금만 있다가 듣기로 할까요? 화장실 좀."

그리고 준미가 화장실로 가서 속에 있는 것을 모두 게워낸다.

준미는 세수를 하고 거울을 바라본다. 시큼한 위산이 입 안에서 느껴졌다. 거울 속 준미의 눈은 빨갛게 충혈되어 있었다. 준미가 그런 자신을 바라본다.

참을 수 없는 수모와 고통 그리고 분노가 치밀어 오른다. 그토록 잡고 싶어 했던 자들, 그토록 경멸해 마지않았던 그자들.

그런데 아버지가, 아버지가…….

뇌물을 받았다고 했을 때 현 회장과 연결되었을 때, 그때도 실망했다. 증오했다. 경멸했다.

하지만 지금과는 차원이 다르다.

딸보다 어린 아이를…… 가장 더러운 방식으로. 더럽게. 더럽게. 더러워. 더러워. 더러워서 견딜 수가 없어!

그런 남자에게서 태어난 나는 대체 누구지?

내가 정의를 말할 자격이 있는가?

내가!

정의를 말할…… 자격이…… 있는가?

나는 누구인가?

준미는 터지는 그리고 흘러내리는 울음을 그대로 잠시 다시 흘려보낸다. 그리고 눈을 감는다. 마지막 남은 눈물이 다시 흘러내린다.

눈을 뜬다.

눈을 감는다.

아무것도 보이지 않았다.

"더 자세히 말씀드릴까요?"

혜진이 웃으면서 준미에게 묻는다.

"아뇨, 괜찮습니다."

혜진은 관찰하듯이 준미를 바라본다.

"수사하실 건가요?"

"……."

"검사님?"

"……네."

"이 사건 수사해 주실 거죠?"

준미는 충혈된 눈으로 혜진을 바라본다.

"제가 이렇게까지 증언을 했는데…… 설마 수사하지 않으실 건 아니죠?"

"……수사……하겠습니다."

"!!!"

혜진은 준미를 바라본다.

"기다리세요. 수사가 진행되면 다시 부르겠습니다."

현 회장은 혜진이 녹음해 온 내용을 듣는다. 웃으면서 즐기듯이 음미하듯이. 혜진은 그런 현 회장을 바라본다. 녹음한 내용이 끝나자 현 회장이 혜진을 본다.

"서준미 표정이 어떻드노?"

"표정 변화가 없다가 어느 순간부터 하얗게 질리더라구요."

"그리고?"

"중간에 점점 떨다가 구역질하러 나갔어요."

"그래? 크크크크크."

현 회장은 진심으로 기뻐 보였다.

"잘했다. 잘했어."

"그래도 수사한다고 하던데요?"

"수사 몬 한다."

"네?"

"저거 아부지를 우예 수사하노?"

"하지만 표정이 단호하던데요?"

"그래 수사한다 치자. 사람들이 가만있겠나?"

"아!"

"국민 쌍년에서 더 뭐가 되겠노? 으이?"

"역시."

"덫은 이래 놓는 기라."

"그런데 수사해서 제가 서현철 전 대법관을 전혀 만난 적이 없다는 사실이 드러나면요?"

"뭐 그라마 할 수 없지?"

"네?"

"하지만 그걸 드러내는 데까지 서준미가 겪을 고통과 상처 그리고 데미지……. 나는 그걸로 충분하다."

"!!!"

"혜진아, 게임은 이래 하는 기다. 알겠나?"

"네."

혜진은 웃는다. 재미있다. 이 남자, 흥미가 간다.

혜진은 그동안에 받았던 고통과 모욕에 대해서 생각해 본다. 그리고 그 모든 것이 자신이 약했기 때문이라는 생각을 한다. 더 이상 약해지지 않는다. 저 강하고 흥미로운 영감을 타고 저 위로 올라간다. 아무도 오를 수 없는 곳까지 간다. 더 이상 약해지지 않기로 한다. 어설픈 감정으로 연민으로 울지 않기로 한다. 이용할 수 있는 그 모든 것을 이용해서 작정한 대로 위로 올라가기로 한다. 그곳에서는 새로운 풍경이 보일 것 같았다.

현 회장은 혜진을 본다. 재미있는 아이다. 알 것 같다. 같은 인간이다. 위에서 바라보는 풍경을 좋아하는 인간. 그리고 그것을 위해서 모든 것을 다 버릴 수 있는 인간. 재미있다. 앞으로 많은 이용가치가 있을 것이다. 앞으로 어떤 모습으로 나아갈지도 기대가 된다. 하지만…… 아깝다. 새로운 뽀삐로 보내기에는 너무 아까운 아이라고 생각한다. 하지만 그의 말을 거역할 수는 없다. 그리고 그가 어떤 모습에 꽂혔는지 알 것 같다. 오히려 장영미보다 더 끈질기게 살아남을 수도 있을 거라고 생각한다. 문득 생각한다.

장영미…….

그 아이는 지금 어떻게 되었을까?

"왈왈."

"크크크. 계속 짖어봐."

"왈왈."

이민수가 영미의 머리를 쓰다듬으며 매만진다. 그리고 개처럼 목을 간지럽힌다. 영미는 정말 개가 된 것처럼 이민수에게 안긴다.

"크크크."

이민수는 깊은 만족감을 느낀다. 그러나 안겨 있는 장영미가 이제 그냥 지겨운 살덩어리처럼 느껴진다. 그만 끝내야 할 때가 온 것 같다. 가장 큰 기쁨을 맛볼 순간. 어린 시절 강아지 뽀삐의 목을 으스러뜨리던 그 순간을 다시 느껴야 한다. 한 인간, 그것도 젊고 강하고 아름다운 한 인간의 영혼을 철저히 파괴하고 붕괴시켜

버린다. 그리고 그 클라이맥스는 목을 졸라서 이 세상에서 작별시키는 것.

크크크.

이제 그 클라이맥스다.

이민수가 장영미의 목을 그대로 잡으려고 하는데 그때!

이민수는 자신의 목에 뭔가 날카로운 것이 와 닿은 것을 느낀다.

"!!!"

장영미가 웃으면서 이민수의 목에 날카롭게 깨진 긴 유리 조각을 겨누고 있다. 경동맥을 정확하게 노리고 있다. 유리 조각이 조금만 더 들어오면 순간 목숨을 장담할 수 없다.

"이 개싸이코 새끼야, 이제 기분이 어때?"

"!!!"

"*크크크크크.*"

"뽀뽀."

"자세를 낮춰! 어서!!"

민수가 자세를 낮추자 영미가 그의 등에 올라타 긴 다리로 그의 허리를 감고 왼팔로 그의 목을 안는다. 오른손으로 그의 목에 있는 경동맥에 정확하게 유리 조각을 갖다 댄다.

"자, 우리 이제 게임의 룰을 바꿔볼까?"

당신답게

준미는 늦게까지 사무실에 가만히 앉아 있었다. 조용히 어둠 속에서 아무것도 하지 않고 있었다. 아무것도 손댈 수 없었다. 그저 어둠 속을 가만히 응시하고 있다. 그리고 머릿속에서 혜진이 했던 말과 표정들이 끊임없이 되살아나고 있었다. 그것들이 하나하나 유리 조각처럼 부서져 순간순간 준미를 찔러대고 있었다.

'아버지가 그랬다는 것이 사실일까?'

준미는 그런 생각을 할 때마다 자신의 존재에 대한 참을 수 없는 모욕감을 느꼈다.

하지만 지금 그런 자학과 고통을 곱씹는 것보다 중요한 것은 수사였다.

준미는 이 수사에 대해서 생각한다.

과연 이 사건을 수사를 해야 하는 것이 맞을까?

아버지를 수사하는 것이 맞나?

수사할 수 있을까?

수사할 자격이 있을까?

이번에는 사람들이 어떻게 받아들일까?

'국민 쌍년'

정말 그런 말을 들을 만큼 잘못한 것일까?

생각한다. 대중의 증오를, 미움을. 여론 몰이를.

누군가를 증오하는 것만큼 쉬운 것은 없다. 그러나 당하는 상대는 씻을 수 없는 기억을 가지게 된다. 준미도 상처를 받았다.

준미는 자신의 상처를 들여다본다. 그 속으로 침잠한다.

여전히 아프다.

그때 문이 열리고 마 형사가 서 있다.

어둠 속에서 가만히 서로를 바라본다. 마 형사가 천천히 걸어와 준미 앞에 걸터앉는다. 그리고 준미를 바라본다.

준미도 마 형사를 본다.

그렇게 어둠 속에서 서로를 응시한다. 한참의 시간이 흐른다. 그리고.

"무슨 일인지 물어봐도 됩니까?"

"왜 무슨 일이 있다고 생각하는 거죠?"

"정혜진이 다녀가고 나서 검사님 모습이 정상이었다고 생각됩니까?"

"……."

"국 계장도 이야기하더라구요. 그런 모습은 처음 본다고!"

"……."

"무슨 일인지……."

"이런 모습이 처음이란 걸 알았다면 그냥 내버려두세요."

"……."

"그만 나가주세요."

마 형사가 일어난다. 그러다 준미를 본다.

"똑똑한 분인 줄 알았는데 아니네요."

"!!! 뭐라구요?"

"무슨 말을 들었는지 모르겠지만 이상하다는 생각 안 해봤어요?"

"!!!"

"희생자와 마찬가지인 증인이 직접 검사를 지목해서 만나겠다는 게?"

"!!!"

"거기다가 서울에서 전주까지 내려온다? 그런 사람을 본 적 있습니까?"

"!!!"

준미는 순간 번쩍한다. 매몰되어 있었다. 증인이 생겨 수사가 급물살을 탔다는 기쁨. 그러나 곧 아버지에 대한 고통스러운 증언. 그 두 가지에 매몰되어 상황을 객관적으로 보지 못했다.

"냄새가 나요. 거기다 그 여자가 가고 나서 검사님이 완전 멘붕이다? 정말 이상한 거지."

이 남자 의외로 치밀하다.

"계략일 가능성이 있군요."

"자, 검사님, 그렇다면 이제 저에게 말씀해 보세요. 그렇게 혼자 머리 굴리지 말고."

준미는 마 형사를 본다. 이 남자에게 그 사실을? 아버지 이야기를?

"검사님."

준미가 그렇게 갈등하는 사이 마 형사가 준미를 본다.

수사다. 수사일 뿐이다. 더 이상 개인적인 감정에 매몰되어 수사를 방해해서는 안 된다.

"정혜진이 우리 아버지를 접대했다고 하더군요. 그리고……"

차마 말하지 못한다. 마 형사는 그냥 가만히 앉아 있다.

"그리고……"

"말 안 하셔도 알 것 같습니다. 그래서 검사님은 어떻게 하실 작정이세요."

"수사를 할 겁니다. 하지만……"

"겁이 나시는군요."

"맞아요. 하지만 그게 전부는 아니에요."

준미는 일어선다. 창밖을 바라본다.

"그렇게 되면 더 이상 내가 이 수사를 할 수 없게 됩니다. 그렇게 되면 이 수사는 그대로 묻히겠죠. 스폰서들의 더러운 짓거리가 아니라 국민 쌍년의 비호감 짓거리가 되겠죠. 아시겠어요?"

"아뇨."

"네?"

"너무 논리적으로만 생각하시는 거 아닙니까?"

"!!!"

"사람들의 마음이 과연 그렇게 움직일까요?"

"!!!"

"욕을 하겠죠. 더 심한 욕을 합니다. 하지만 호기심이 생기지 않을까요? 자기 아버지를 수사하는 딸. 이것보다 흥미로운 소재가 있을까요?"

"!!!"

"사람들을 쫙 빨아들일 겁니다. 이 사건에 주목하게 될 겁니다. 지금 이 수사에서 가장 필요한 것이 그것 아닐까요?"

"하지만……."

"아버님이 정혜진을 건드린 것이 만약 사실로 드러난다면 어떻게 할까 말이죠?"

"……."

"그래서 그 두려움 때문에 수사를 포기하실 건가요?"

"하지만 너무 위험해요. 예측 불가능하다구요."

"제가 어릴 때 몸도 좀 약하고 그래서 괴롭힘을 오래 당했어요. 그렇게 꽤 오래 지냈죠. 그러다가 그날은 왜 그랬는지 모르겠는데 정말 못 참겠더라구요. 그 순간, 그래서 미친놈처럼 이야기했죠. 날 죽여! 차라리! 죽여버려! 그렇게."

"……."

"그런데 죽이지 못하더라구요. 그담부터 건들지 않더라구요."

"……."

"현 회장이 가장 원하는 것은 서준미 검사가 무서워서 피하는 겁니다. 두려워서."

"!!!"

"그가 이 수를 놓은 건 말이죠. 자기도 위험부담이 있는 겁니다. 하지만 어쩔 수 없이 그 수를 놓은 겁니다. 당신이 계속 공격하니까 어쩔 수 없이 위험한 수를 놓은 거라 이 말이에요. 이때 물러서면 끝나는 겁니다. 지는 겁니다. 그러니까 그냥 밀고 나가야 해요. 그래, 나를 죽여! 하지만 나는 계속할래? 응? 이렇게!"

"!!!"

"시발, 상대는 미치는 거죠."

준미는 마 형사를 바라본다. 의외다. 꽤 뛰어난 판단력을 가지고 있다.

"결국 나보고 피 흘리더라도 그 가시밭길을 가라는 거군요."

"무섭습니까?"

"네."

"걱정하지 마세요. 내가 옆에 있을 테니까."

준미가 마 형사를 본다.

"그게 나한테 의미가 있다고 생각하세요?"

"의미? 그건 만드는 거죠. 누가? 내가. 그리고 지금도 보세요. 두려움과 잘못된 판단의 위기에서 구해낸 건 누구? 바로 나."

준미가 웃는다.

"머리 좋은 사람들이 빠지는 가장 큰 오류가 뭔지 아세요?"

"몰라요."

"내가 다 맞다고 생각하는 거. 하지만 세상은 그렇게 돌아가지 않아요. 언제나 완벽하고 언제나 객관적이고 언제나 옳을 수는 없어요. 왜? 우리는 논리로 예측할 수 없는 인간의 욕망을 상대하는 사람들이니까."

"……."

"그러니까 때로는 그냥 가보는 겁니다. 아무 생각 없이. 거기서 길을 찾는 거죠. 두려워하지 말고 가요, 당신답게."

당신답게.

나답게.

모든 것을 버린다.

비난은 감수한다.

그리고 묵묵히 그 길을 간다.

준미가 웃었다.

태경은 첫 번째 공판 후 명인대학 암센터 장명준의 도움으로 태산 공장의 산업재해 가능성의 과학적 근거를 강화하고 있었다.

장명준은 법정에까지 나가 태경을 위해 증언하기로 약속했다.

"법정에서도 잘 부탁드립니다."

"제가 잘할 수 있을까요?"

"네. 잘하실 겁니다. 그쪽에서 감정을 자극하더라도 절대 흥분하지 않으면 됩니다."

"네."

"아마 저쪽에서는 우리가 제시한 과학적 근거를 무너뜨리기 위해 최선을 다할 겁니다. 그 부분만 집중적으로 방어하시면 됩니다."

"네, 알겠습니다."

그때 태경의 친구 윤기가 들어온다.

"이 새끼, 나 제치고 이제 막 들어오네."

"아이고, 이 새끼 이거."

"술 언제 살 거냐?"

"윤기야."

"왜?"

"남자가 나이가 사십이 가까이 되었으면 응? 절제를 해야지. 아직도 천지 분간도 못 하고 술 처먹고 다니고 이러면 보기 안 좋아."

"괜찮아. 난 남 시선 신경 안 쓰잖아."

"형이 중요한 재판을 앞두고 있거든? 그거 끝나면 배가 처터질 때까지 술 처먹어서 간을 녹여줄 테니까 좀 기다려라."

두 번째 공판이 시작되었다. 태경은 첫 공판보다는 좀 더 적극적인 모습을 보인다.

"태산의 작업환경과 발암과의 상관관계를 밝히기 위해 명인대학 암센터 임상 강사인 장명준 씨를 증인으로 신청합니다."

방청석에 앉아 있던 명준이 들어와 증인석에 앉는다. 태경이 먼저 신문을 시작한다.

"단도직입적으로 묻겠습니다. 장명준 씨, 지금 태산에서 반도체 세척액으로 사용하고 있는 약품은 암을 유발할 수 있습니까?"

"네, 그렇습니다."

"왜요? 왜 그렇게 장담하시죠?"

"벤젠과 황산 등은 발암물질이 포함되어 있기 때문입니다. 의학적으로 너무나 명확한 사실이죠."

"벤젠과 황산. 그 약품을 지속적으로 취급한 사람과 그렇지 않은 사람은 암 발병률에서 큰 차이를 보이나요?"

"당연합니다. 사람과 노출 빈도에 따라서 차이는 있겠지만……슬로바키아의 반도체 생산 공장에서 발생한 산업재해를 연구한 독일 연구진에 따르면 반도체 세척액에 노출된 노동자는 암에 걸릴 확률이 십만 배 이상 상승한다는 연구 결과도 있습니다."

"십만 배요?"

"네."

"그렇다면 최유정, 어지선 이 두 여성이 암에 걸린 것이 태산 공장에서의 작업과 밀접한 관련을 맺는다는 말씀이군요."

"그럴 개연성이 충분해 보입니다."

"이상입니다."

문이섭 판사가 태산 쪽 변호인단을 바라본다.

"피고 측 반대신문 하세요."

혁권이 일어나서 천천히 법정 중앙으로 걸어 나온다. 그리고 명준을 바라본다. 웃는다. 입꼬리를 올리는 묘한 웃음. 명준은 어쩐지 그런 혁권의 웃음이 기분 나빴다.

"증인은 언제 명인대학의 조교수가 되었죠?"

"작년입니다."

"그럼 그 전까지는 단순한 임상 강사였겠군요?"

"그렇습니다."

"그렇다면 증인은 임상의군요. 그러니까 병리학적으로 이 분야에 대해 직접 연구한 적은 없는 것이죠?"

"그것이 그렇게 명확히 구분되는 것이 아닙니다. 임상의도 병리학적인 실험과 연구를 병행해 나가는 경우가 많습니다."

"그래도 전문적으로 그리고 병리학적으로 연구하는 분들에 비한다면 단순한 지식이겠군요. 의사라면 누구나 알고 있는 상식 수준의."

"저는 암센터에서 환자를 치료하는 전문의입니다! 임상 경험도 풍부합니다. 그리고 임상의들도 끊임없이 연구하고 있습니다!"

"그렇죠. 증인은 많은 임상 경험과 공부를 통해 일반인보다는 많이 알고 있는 거겠죠?"

"일반인들과 비교한다는 자체가 불쾌하군요."

"그렇습니까? 그건 증인이 보통 사람에 비해 많이 배우고 공부하고 또 임상 경험도 가지고 있기 때문이겠죠?"

"네."

"그렇다면 증인보다 훨씬 많은 임상 경험과 병리학적 연구를 거친 의사라면 증인도 수긍할 수밖에 없겠죠?"

"그거야……."

"재판장님, 서울대학교 암센터장인 양민욱 교수님을 증인으로 신청합니다."

"!!!!"

혁권이 그 묘한 웃음을 지으며 명준을 본다.

"증인은 그만 내려가도 좋습니다."

뒷문이 열리고 오십 대 후반의 민욱이 법정 안으로 들어온다. 명준이 나가다 민욱과 마주치자 90도로 인사한다. 민욱은 웃으면서 여유 있게 법정으로 들어와 증인 선서까지 마친다. 유정과 준철이 초조한 표정으로 민욱을 바라본다.

준철이 유정에게 묻는다.

"저 사람이 더 높은 의사냐?"

"아뇨. 그런 게 아니라 더 유명한 의사예요."

혁권이 민욱을 보며 묻는다.

"증인은 얼마 동안 암환자를 지켜봐오셨죠?"

"서른둘에 전문의가 됐으니 거의 삼십 년 정도 되는군요."

"몇 명의 암 환자를 보셨나요?"

"글쎄요…… 이 법정의 머리카락을 세는 게 빠르지 않을까요?

법정에 웃음소리가 퍼진다. 국립대 교수로 있는 엘리트 의사의 여유와 자신감이 고스란히 느껴진다. 태경은 잠자코 그런 민욱을 바라본다.

혁권이 계속해 나간다.

"존경하는 재판장님, 여기 양민욱 교수는 대한민국 암 치료의 살아 있는 역사라고 해도 과언이 아닙니다. 하버드와 스탠포드 의대에 교환교수로 다녀오기도 하셨구요. 국립대학인 서울대의 암센터를 만드신 분도 바로 여기 양민욱 교수님이십니다. 교수님, 간단하게 묻겠습니다. 원고 측이 주장하는 태산의 업무와 암의 발병이 상관관계가 있다고 보십니까?"

"물론 있습니다."

방청석에서 의외라는 웅성거림이 터져 나온다.

"그렇습니까?"

"네. 우리가 살아가면서 수많은 발암물질과 마주합니다. 그 모든 것도 다 암 발병과 연관 관계가 있습니다."

"아 그렇군요. 하지만 태산에서 사용하고 있는 반도체 세척액은 그것보다는 좀 더 암 발병과 밀접한 연관을 가지지 않습니까?"

"물론입니다. 황산과 벤젠 등 주요 암 발병 물질들이 그 속에 들어 있으니까요."

"그렇다면 원고 측의 주장이 충분한 근거가 있다는 말씀입니까?"

"한 가지 조건이 있습니다."

"조건요?"

"네. 그건 세척액이 기체 상태로 기화되어 흡입될 경우에만 암 발생과 유의미한 상관관계를 가진다고 할 수 있습니다."

"그렇다면 액체 상태일 경우에는 어떻죠?"

"그럴 경우 담배를 손으로 만졌을 때의 발병률과 비슷하다고 할 수 있겠죠."

"태산이 유지하고 있는 실내 온도에서 기화가 일어날 가능성이 있습니까?"

"불가능합니다."

"바쁜 분을 더 이상 괴롭힐 이유가 없습니다. 이상입니다."

"원고 측 변호인, 반대신문 하세요."

문이섭 판사가 태경을 보며 말한다. 태경이 천천히 일어나서 양민욱 앞에 선다. 방청석에서 유정과 준철이 그런 태경을 바라보고 있다. 유정은 주먹을 꽉 쥔다. 제발 태경이 뭔가를 보여주기를 간절하게 바란다. 태경이 시작한다.

"우선 증인의 평생에 걸친 학문적 성과에 경의를 표합니다."

"감사합니다."

"증인, 한 가지만 확인하겠습니다. 만약에 만약에 말입니다. 반도체를 세척하는 그 용액이 고온으로 인해 기화된다면 그걸 흄현상이라고 합니다. 그렇게 흄현상이 발생했을 경우, 그래서 세척액의 황산과 벤젠을 흡입했을 경우 암 발병률에 어떤 영향을 미칩니까?"

양민욱 교수가 잠시 생각하다 담담하게 말한다.

"그때는 정말 치명적입니다."

"이상입니다."

유정은 쥐었던 주먹을 편다. 힘이 쭉 빠진다.

문이섭 판사가 재판을 끝낸다.

"재판은 다음 주 월요일 11시 이곳 403호 법정에서 속개하겠습니다. 양측 변호인 이의 없으시죠."

"없습니다."

"없습니다."

"이상입니다."

유정은 도무지 납득할 수가 없다. 준철이 유정에게 묻는다.

"우리 변호사는 왜 공격을 안 하냐?"

피고 측 변호인단이 실실 웃으며 여유 있게 법정을 빠져나간다. 태경은 묵묵히 서류를 챙긴다. 그렇게 빠져나오는 태경을 유정이 잡는다.

"정말 뭐 하는 겁니까?"

"기다려요."

"뭘 기다려요?! 판판이 당하기만 하는데!"

"유정 씨, 이건 때린 걸로 점수를 매기는 권투가 아니에요."

"!!!"

"연기가 났었죠?"

"네."

"그것만 증명하면 됩니다."

"!!!"

"결정적인 증거가 있어야 합니다. 그때까지는 져도 지는 게 아니에요. 그것만 잡으면 됩니다."

태경이 유정을 본다.

"!!!"

혁권이 다가온다. 그 뒤에 장윤선도 보인다. 갑자기 태경이 유정에게 짜증을 낸다.

"아 나보고 뭐 어쩌라고!!! 나도 최선을 다하는데 응?! 어려운 재판이라고!!!"

당황해하는 유정에게 눈짓을 하고 돌아선다. 그런 태경의 어깨에 혁권이 팔을 두른다. 그리고 귀에다 대고 속삭인다.

"형, 연기라도 좀 해! 상처받겠다. 크크크. 그리고 너무 막 하잖아? 아무리 막 나가는 변호사라지만."

그래, 마음을 푹 놓고 있어라.

"야. 아 짜증 나. 내가 진짜 뭐 하는 건지 모르겠다. 그냥 합의만 하고 끝냈으면 얼마나 좋아? 응?"

"원래 없이 사는 사람들은 다 이유가 있어. 왜? 머리가 나쁘거든. 계산이 안 돼."

"내 말이."

"그래. 형, 언제 술이나 한잔하자. 죽이는 애들 나오는 데 알아놨어. 응?"

"콜."

혁권이 멀어진다.

태경이 웃는다.

그래, 실컷 웃어둬라. 이제 곧 진짜 재판이 시작될 거니까!

쌍년

　준미는 장영미 실종과 스폰서 사건을 공식적으로 수사하기로
했다. 심재정 부장검사는 난감하다는 표정으로 준미의 수사 기록
을 바라보고 있었다. 비교적 합리적인 편이고 준미에게 우호적인
심재정 부장검사조차 난감함을 감추지 못하고 있었다.
　"이걸 정말 수사하겠다는 거야?"
　"네."
　"증거는 일기장?"
　"네."
　"이걸로 갈 수 있겠어? 거기다가 서현철 전 대법관, 아버지까지
관련되어 있는데?"
　"네. 가야 하는 거니까요."
　심재정 부장검사가 긴 한숨을 내쉬며 뒤로 기댄다.

"서 검사, 후우, 이렇게까지 해야겠어?"

"부장검사님, 수사를 해야 검사 아닙니까?"

"그 말은 맞지만……."

심 부장검사의 얼굴에 복잡함이 스치고 지나간다. 심 부장검사는 준미에게 매우 호의적으로 대해 주었다. 심 부장검사는 개인적으로 준미와 같은 강성의 결기 있는 검사들을 좋아한다.

'하지만…… 이 수사가 가능할까?'

심 부장검사는 준미의 수사 파일이 마치 시한폭탄처럼 느껴진다. 아슬아슬하다. 준미가 망설이는 심 부장검사에게 호소한다.

"부탁드립니다, 부장님."

하지만 심 부장검사는 대답 없이 긴 한숨을 내쉰다. 그리고 준미를 바라본다.

"서 검사. 근데 내가 허락한다고 해도 문제가 있어."

"뭡니까?"

"이번에 차장검사님이 새로 오시는데, 그분이 허락하지 않을 거 같아."

"그분이 누군데요?"

주만용은 전주지검에 도착했다. 차에서 내려 이제 자신이 새로 일하게 될 전주지검을 바라본다. 차장검사가 빨리 돼야 한다고 생각했지만 이렇게 기회가 올 줄은 몰랐다. 검찰 내부에서는 주만용의 승진을 두고 말이 많았다. 인사 케이스가 아니었고 자질 문제까지 불거졌으나 차장검사로 승진한 것이다. 검찰의 꽃이라고 불리는 지검장으로 가는 길 하나는 건넌 것이다. 검찰 내부에서도 주만용 검사의 이번 승진을 두고 많은 검사들이 불만을 토로했다. 주만용의 정치 검사 기질은 널리 잘 알려진 사실이었다. 하지만 주만용에게 그런 비난 따위는 상관없었다. 그는 이제 차장검사가 되었다. 그것이 중요하다. 검찰에서 지검장을 다느냐 달지 못하느냐는 하늘과 땅 차이다. 지검장이 되어야 검찰에서 누릴 수 있는 권력을 제대로 누려보는 것이라고 할 수 있다. 또 지검장이 되면 이후 정치권으로의 진출이나 로펌으로 이직할 때 좋은 위치를 선점할 수 있는 것이다. 다 못 해서 개업을 한다고 해도 지검장 출신과 평검사 출신은 차원이 다르다. 그리고 그 지검장이 이제 사정권 안에 들어온 것이다.

주만용은 차에서 내려 천천히 지검 안으로 걸어 들어간다. 복도를 걸어 자신의 일터가 될 지검장실로 들어가는데 반대편에서 익숙한 실루엣의 여자가 걸어온다.

'서준미.'

지겹도록 꼴 보기 싫지만 동시에 주만용을 차장검사로 만들어 준 장본인.

사랑하는 나의 적.

니가 있어야 내가 산다. 크크크.

준미가 천천히 걸어와서 주만용 앞에 선다. 그리고 주만용을 잠시 응시하고는 가볍게 고개를 숙인다.

"오랜만이야?"

"네."

"야, 전주 음식이 좋은가 봐. 살이 좀 쪘네."

주만용이 준미의 몸을 훑어 내린다.

"야, 너 라인 많이 없어졌다?"

준미는 말없이 주만용을 응시한다. 주만용은 특히 준미의 이런

면을 싫어했다. 절대 굽히지 않는 결기. 절대 비굴해지지 않는 타고난 성정. 꿰뚫어보는 듯한 저 눈빛.

밟아버리고 부숴버리고 싶다.

반드시 무릎 꿇리고 싶다.

그러나 여전히 도도하게 앞에 서 있다.

"뭐 하려고 준비하고 있지?"

"네."

"하지 마."

"……무슨 뜻입니까?"

"우리말 몰라. 하지 마. 니가 하는 거. 그게 어떤 것이든지 하지 마. 너는 못 하게 될 거니까."

"저는 수사권을 가진 검사입니다."

"하지만 넌 내 나와바리 안에 있지."

"……"

"그러니까 내가 시키는 거만 해."

"왜 그래야 합니까?"

"넌 쌍년이니까."

"……"

"아아. 오해해서 또 뭐 이르고 그러지 마. 내 말이 아니라 사람들이 너를 그렇게 부른다고. 국민 쌍년. 맞잖아. 크크크."

"……"

"그러니까 니가 마음대로 막 나대고 그러면 안 돼. 너 때문에 검찰 이미지까지 깎이고 그래서 되겠어? 응?"

"……"

"생각해 봐. 너 머리 좋잖아. 검찰 입장에서는 너 같은 검사 데리고 있는 것만으로도 엄청난 부담이야. 시한폭탄, 아니다. 똥 같은 거지. 빨리 싸버려야 하는. 응? 그러니까 내가 너를 통제하고 장악하는 걸 억울해하지 마. 넌 그런 존재니까."

"부장님."

"차장이야."

"차장님."

"왜?"

"저는 검찰을 위해서 일하지 않습니다."

"뭐?"

"차장검사님을 위해서는 더더욱 아닙니다."

"이게 진짜."

"저한테 월급 주는 사람들을 위해서 일합니다. 그게 도의 아닌가?"

"뭐? 이게 어디서 말을 잘라먹어!!"

"저한테 자문한 겁니다. 저한테 월급 주는 사람들을 위해서 제 양심에 어긋나지 않게 일을 할 겁니다. 혹 그것이 차장님이 원치 않으시고 검찰에 다소 부담이 되는 일이라고 해도요."

"너 그게 말이야? 너 때문에 우리 검찰이 부담을 저야겠어?"

"전 그런 거 생각하지 않습니다!!!"

"이게 진짜!!"

"그리고 차장님이 말하는 그 검찰이 대체 뭔데요? 그냥 검사들이 수사하려고 모여 있는 겁니다. 그리고 검찰 검찰 입에 달고 다니는 사람들이 말하는 그 검찰은!!! 그냥 자기들을 말하는 겁니다. 윗분들을 말하는 거라구요! 정기 인사도 아닌데!!! 승진해서 턱 하고 원하는 자리에 꽂히는 그 정치 검사들. 온갖 고위직은 독점해서! 나머지 검사들 물 먹이는 그런 검사. 주로 그런 검사들이 검찰 걱정하더라구요. 그러니까 그거는 결국 자기 걱정하는 거죠. 그렇죠?"

"너 정말 쌍년이구나."

"네, 쌍년 하죠. 그 사람들에게는 쌍년이 되는 게 맞는 거 같네요."

"재밌네."

"우리가 서로 웃으며 보는 게 이상하긴 하죠?"

"그래, 재밌게 싸워보자."

주만용이 지나간다.

준미가 웃으며 걸어간다.

태산전자 용인 공장 앞. 교대 시간이어서 근무를 마친 근로자들이 쏟아져 나오고 있었다. 상국도 근무를 마치고 퇴근하는 중이었다. 정문을 나와 셔틀버스를 타기 위해서 걸어가는데 한 남자와 심하게 부딪힌다. 고의적으로 그런 거라는 생각에 강하게 돌아보는데 그 남자가 먼저 고개를 숙인다.

"아이고, 미안합니다."

상국은 치미는 짜증을 누르며 돌아선다.

그리고 걸어가는데 갑자기 핸드폰이 울린다. 보는데 자신의 핸드폰은 울리지 않는다. 하지만 계속 핸드폰 벨소리가 들려온다. 상국은 자기 것이 아닌가 보다 하고 걸어가는데 벨소리가 계속 상국을 따라온다.

상국이 멈춰 서 다시 자신의 주머니를 뒤지는데 핸드폰이 하나 나온다. 처음 보는 핸드폰이었고 그 핸드폰이 계속해서 울리고 있었다. 이 핸드폰이 왜 자신의 주머니에 들어 있는지 알 수가 없었다. 순간 자신과 부딪히고 간 남자가 떠오른다.

"!!!"

상국이 주변을 살핀다. 그리고 전화를 받는다.

"여보세요."

"오상국 씨."

아는 목소리다. 변호사 이태경.

"끊지 마세요!!! 끊으면 더 티가 날 겁니다. 그냥 들어요. 평상시처럼 통화하세요. 그게 더 자연스러우니까."

상국이 주변을 살피며 전화를 이어간다.

"공장에서 마을버스 타고 내리면 파리바게트 맞은편에 건물이 있습니다. 광정빌딩. 그 건물 지하에 파라다이스 피시방이 있습니다. 그리로 오세요."

"이봐요, 나는 할 말 다 했습니다."

"그래요? 그럼 작정하고 찾아가도 됩니까? 회사 안으로? 내가 가서 좀 시끄럽게 굴어도 될까요?"

"!!!"

"조용히 오세요. 긴 이야기 하지 않을 테니까."

툭.

전화가 끊긴다.

상국은 끊긴 전화기를 바라본다. 이대로 무시해야 하나? 그러나 계속 괴롭힐 것이다. 일단 만나보기로 한다. 상국은 의심스러운 표정으로 다시 주변을 살핀다.

상국은 공장 앞에서 마을버스를 타고 파리바게트 앞에서 내린다. 그리고 마주 서 있는 건물을 바라본다.

광정빌딩.

상국은 그 빌딩 지하로 천천히 걸어 내려간다.

200석이 넘는 초대형 PC방이었다. 곳곳에 수백 명의 초중고생들이 앉아서 요란하게 전략을 이야기하며 게임을 하고 있었다. 한 좌석 당 서너 명이 들러붙어서 소리치고 있었다. 정신없는 곳이었다. 그때 문자 메시지가 날아온다.

46번.

상국이 46번 좌석에 앉아서 컴퓨터를 켜고 게임을 시작한다. 그리고 천천히 좌우를 돌아본다. 오른쪽에 있는 검은색 뿔테 안경을 낀 남자.

태경이다.

둘은 게임을 하는 척하면서 이야기를 주고받는다.

"스타 좀 해요?"

"뭐 하는 짓입니까?"

"같이 게임 좀 하자고. 이제 스타는 안 하나? 롤? 리니지?"

"할 말 없으면 갑니다."

"한 가지만 이야기해 봐요! 공장 내에서 세척액이 기화되었나요?"

"그런 적 없습니다."

"거짓말."

"사실입니다."

"거짓말이야!!! 회사에서 짤리는 게 두려운 거지?"

"함부로 말하지 마!"

상국이 두려운 마음에 주변을 살핀다. 하지만 떠들어대고 있는 아이들 때문에 둘의 이야기가 새어 나갈 것 같지는 않다. 마치 진짜 전쟁을 하는 듯 초등학생들이 진지한 표정으로 롤의 전략을 짜고 있었다.

"걱정하지 말아요. 신경 써서 고른 데니까."

"……."

"위에서 압박을 받고 있죠?"

"당신 인생 아니라고 함부로 추측하지 마. 모두 각자의 인생이 있는 거야!"

"각자의 인생?"

"그래, 각자의 인생."

"참 편하네, 당신."

"뭐?"

"이봐요, 오상국 씨. 당신이 잘 알던 두 여자의 인생이 무너지고 있어. 이대로 가면 어지선 씨는 돈 한 푼 못 받고 재판에서 지게 돼요. 그래도 괜찮아요?"

"!!!"

걸렸다.

"알고 있죠? 어지선 씨가 많이 아픈 거?"

"!!!"

"어지선 씨가 이대로 죽는다면 아무 양심의 가책 없이 살 수 있겠어요? 말 좀 해줘요."

고민하고 있는 상국의 표정. 하지만 곧 마음을 다잡는다.

"난 말 못 해요!"

"도대체 뭐가 그렇게 두려운 겁니까?"

"……."

"네?"

"지하철에서 문득 고개를 들었을 때, 그 사람이 어제도 그 자리에 앉아 있던 사람인 적이 있습니까? 그리고 다음 날도…… 그다음 날도."

"!!!"

"저번에 당신을 만난 것까지 그 사람들은 다 알고 있어요. 당신은 정말 그 사람들을 잘 몰라요. 난 정말 무서워요. 무서워서 미칠 것 같아요!"

잠시의 침묵. 주변으로 싸우는 아이들의 소리만 들려온다. 아르바이트생이 수시로 주의를 주고 싸우지 못하게 하지만 잠시뿐이다.

그 소음을 뚫고 태경이 말한다.

"그래도 조금이라도 용기를 내줘요. 조금만……. 직접 나서지 않아도 되니까…… 내가 뚫고 나갈 수 있는 실마리라도 줘요. 네?"

"……."

다시 요란한 아이들 소리만.

"부탁입니다, 제발."

한참을 망설이던 상국이 지갑에서 명함 하나를 꺼내더니 받았던 핸드폰과 함께 태경에게 내민다.

"전에 우리 회사에서 일하던 엔지니어에요. 내가 해줄 수 있는 건 여기까지입니다. 더 이상 날 찾지 마세요."

상국이 자리를 떠난다.

남겨진 태경이 명함을 만지작거린다.

명함에는 '오거리 삼겹살 박남수'라고 박혀 있다.

태경이 명함을 집어넣고 다시 일어서려는데 그때 맞은편 좌석에서 태경을 보고 있는 한 남자.

"!!!"

태경은 일어서서 밖으로 나간다. 그리고 돌아본다. 그 남자와 다시 눈이 마주친다.

태경은 밖으로 빠져나와서 택시를 잡아탄다. 그리고 사이드미러를 통해 뒤를 바라본다. 조금 전 그 남자가 뒤에 서서 태경을 바라보고 있었다.

영미는 날카로운 유리 조각을 민수의 목에 겨눈 채 숨을 몰아쉬고 있다. 그의 등에 딱 달라붙어 절대 떨어지지 않겠다는 마음으로 매달려 있다. 조금이라도 움직이면 경동맥 깊숙이 찔러버리겠다고.

"히히히. 어때? 상황이 바뀌니까 아주 재밌지?"

"뽀삐, 이러지 마."

"뽀삐라고 부르지 마, 이 미친 변태 새끼야! 내 이름은 장영미야!! 장영미!!"

민수가 몸을 움직이자 영미가 유리 조각을 민수의 목에 조금 밀어 넣는다. 피가 배어 나온다.

"어어, 움직이지 마. 경동맥이야. 조금만 더 들어가도 피가 콸콸 쏟아져 나올 거야. 알지?"

"!!!"

"세상의 어둠을 보여주겠다고 했지? 그래, 좋아. 덕분에 실컷 맛봤어! 근데 그거 알아? 니가 나를 그렇게 구렁텅이에 처넣으면 처넣을수록 이상하게 내 마음에서 절대 너한테 지지 않겠다는 오기가 생겼어. 그리고 너란 놈을 같이 그 구렁텅이 끝까지 끌고 들어가겠다고 다짐했어. 나는 생각보다 더 강한 사람이더라고. 응? 그리고 이제는 내가 되돌려줄 차례야. 응? 너한테 어둠을 보여줄게. 이제부터 벌을 받고 세상 사람들의 비난 속에서 살아봐. 왜냐고? 너는 개새끼니까."

"이봐, 우리 좋게 말로 하자고? 응? 말로 해."

"말? 무슨 말?"

"내가 해줄 수 있는 게 많이 있잖아. 응?"

"아니. 난 앞으로 말이지, 절대 누가 나에게 뭔가를 해주기를 바라지 않을 거야. 원하는 것이 있으면 내가 가질 거야. 너 같은 개새끼들한테 뭔가를 바라지 않아."

"자 흥분을 가라앉히고……."

그러는 사이에 민수의 손이 슬며시 움직인다. 영미가 유리 조각에 힘을 주면서 민수에게 소리친다.

"개수작 부리지 마!!! 나는 이판사판이야!!! 지금이라도 여기서 이 유리 조각을 니 모가지에 쑤셔 넣고 끝내버리고 싶어! 알아?"

"그래, 알아. 알아. 미안해. 하지만 그것도 알아야지. 내가 아니면 너는 여기서 나갈 수가 없다는 걸? 응? 그것도 생각해야지."

"그래, 좋아. 우리는 교환하는 거야. 나는 여기서 나가고 너는 살아서 개새끼가 되는 거지. 자, 여기서 나가자고."

영미가 CCTV 카메라를 보고 소리친다.

"문 열어! 이 미친 변태야! 문 열어!!"

그리고 영미는 민수의 목에 유리 조각을 겨눈 채 말한다.

"빨리 열지 않으면 정말 그어버릴 거야!!"

그리고 유리 조각을 쥐고 민수에게 명령한다.

"걸어가, 문 쪽으로."

민수가 천천히 문 쪽으로 걸음을 옮긴다. 그리고 문 앞에 선다. 잠시 후 문이 열리고 길게 이어진 복도가 드러난다. 민수와 영미는 천천히 그 복도를 걸어간다. 어둡고 좁은 복도. 그러나 그렇기 때문에 영미에게 조금 더 유리했다. 민수가 반격을 가할 공간이 없었다. 영미와 민수는 좁은 굴 같은 길에 붙어 서서 앞으로 나아갔다. 좁아서 벽에 팔을 쓸리면서 걸어간다. 서로의 숨소리까지 느껴지는 긴장된 순간들이 이어진다.

그리고 드디어 출구가 나타난다.

영미는 이민수의 목에 유리 조각을 겨눈 채 드디어 밖으로 나아갔다.

그래, 그곳은 밖이었다.

꼬리

준미의 검사실에는 진태와 마 형사가 앉아서 작전 회의를 하고 있었다. 진태가 다소 심각한 표정으로 준미와 마 형사를 바라보고 있었다.

"주만용 검사가 가만히 있을까요?"

마 형사가 진태를 보며 이야기한다.

"그러니까 치고 들어가야죠. 이대로 끌려 다니면 답이 없습니다. 서울에서도 당해봤을 거 아닙니까? 그죠?"

준미와 진태가 바라본다. 진태가 수긍을 한다.

"더군다나 지금은 부장검사가 아니라 차장검사니 더 어려운 상황이 될 수도 있습니다. 한번 기선을 제압당하게 되면 끝입니다."

준미가 차분한 표정으로 두 사람을 바라본다.

"하지만 어떻게 공격해야 할까요? 현직 차장검사를."

마 형사가 웃으면서 두 사람을 본다.

"그냥 센터 까고 들어갑시다, 과감하게. 아마도 부정부패를 엄청나게 저지르고 다녔을 거 아닙니까? 스폰서 검사. 그런 건 또 우리가 응징을 해줘야지."

준미와 진태가 비웃는다. 말도 안 되는 이야기다. 검찰의 생리를 너무 몰라서 하는 말이다. 그런 일은 절대 불가능하다. 만약 차장검사를 직접 수사하는 일이 생긴다면 준미는 다시는 수사를 하지 못할 한직으로 떠돌게 될 것이다. 검찰 내부의 처절한 응징에 직면해야 하는 것이다.

검찰은 기소권을 가진 유일한 집단이다. 때문에 조직을 보호하기 위해서는 물불을 가리지 않는다. 조직 보호를 위해 가장 중요한 것 중 하나가 바로 상명하복이다. 검찰에서는 직속상관의 말에 절대 복종해야 한다는 불문율이 있다. 그런데 겨우 평검사가 차장검사를 수사한다? 말이 안 된다.

하지만…… 경찰이나 언론을 통해 우회하는 방법도 있다. 경찰은 현직 검사를 수사할 기회가 생긴다면 사냥개가 사슴을 쫓듯 달려들 것이다. 언론 역시 마찬가지다. 스폰서 검사…… 권력 유착. 언제든 흥미진진한 소재다.

하지만 가장 중요한 부분을 진태가 지적한다.

"그런데 중요한 건 지금 우리가 차장검사다, 스폰서 검사다, 황룡건설 현 회장으로부터 스폰을 받고 있다, 이걸 어떻게 증명할 수 있습니까? 결국 증거는 없고 심증뿐이지 않습니까?"

진태의 말에 마 형사가 묻는다.

"증거가 없습니까?"

"그럼 내가 스폰서 검사다, 라고 흘리고 다니는 검사가 누가 있겠습니까? 거기다가 주만용 검사 빠꼼이라서 절대 증거를 흘리고 그러지 않았을 겁니다."

준미가 조용히 두 남자를 응시한다.

"증거를 쥐고 있을 만한 사람이 하나 있기는 하죠."

준미의 말에 마 형사와 진태가 본다.

누구?

"주만용 검사의 비리 혐의를 틀어쥐고 있을 사람."

진태가 준미를 본다.

"설마?"

"네, 맞아요. 이민진 주사보."

"하지만 이 주사보가 입을 열어줄까요?"

준미가 뒤로 기대며 진태를 본다.

"주만용 검사를 어떻게 생각하세요? 솔직하게, 인간적으로?"

진태가 잠시 생각하다.

"쓰레기죠."

"그럼 당연히 민진 씨도 돌아섰을 겁니다. 같은 검찰청에 있을 때야 무섭고 두려워했지만 지금은 걸릴 것이 있을까요? 심적으로는 주만용을 미워하고 있을 겁니다. 증언을 해줄지도 몰라요. 우리에게도 호의적이었고. 마지막에 우리의 수사를 헌신적으로 도와주었던 것이 그 증거라고 할 수 있죠."

"하지만 민진 씨 입장에서도 자신을 희생해 가면서 주만용 검사를 고발해야 하는데 그 상황을 받아들이겠습니까?"

"……."

"생각해 보세요. 민진 씨가 주만용을 위해서 스파이 활동을 해줬는데 그걸 그냥 해주지는 않았을 겁니다. 돈을 받았다는 말입니다. 그렇다면 그녀도 결국 자유롭지 못할 겁니다. 더군다나 검찰 밥을 먹는 사람인데 내부 고발을 기대한다는 것은 무리가 아니겠습니까?"

준미가 잠시 생각에 잠긴다. 진태는 민진의 안타까운 처지에 대해 생각한다. 검사의 강압으로 같이 범죄에 참여할 수밖에 없었던 그녀의 상황. 준미가 그 상황을 이해하지 못하는 건 어쩌면 당연한 일이다. 하지만 진태는 민진이 어떤 상황이었을지 충분히 상상이 간다. 그래서 안타깝다.

준미가 진태를 바라본다.

"우리의 수사는 때로는 냉정해야 할 때가 있습니다."

"!!!"

"인간적인 부분 때문에 우리가 작은 악을 참아준다면 그건 옳지 못하다고 생각합니다."

"!!!"

"그녀는 한때 우리의 식구였습니다. 하지만 죄를 지었다면 당연히 벌을 받아야 합니다."

"검사님, 하지만……."

준미가 진태의 말을 기다린다. 진태가 준미를 본다. 그녀의 단호한 눈빛. 타협의 여지는 없다.

"계장님, 이민진 주사보를 만나주세요. 설득해 주시구요. 그렇지 않으면 우리는 나아갈 수 없습니다."

"만약 입을 열지 않는다면요?"

"우리가 직접 찾을 수밖에 없어요. 찾기 어렵다고 생각하지 않습니다."

태경은 면목동에 있는 오거리 삼겹살집 앞에 서 있었다. 밖에서 가게를 바라본다. 20석이 조금 넘는 규모의 식당은 손님이 별로 없어 보였다. 지금 들어가서 말을 걸어도 별 상관이 없을 것 같았다. 태경은 문을 열고 안으로 들어간다.

TV로 프로야구 중계를 보고 있던 박남수가 화들짝 일어나서 태경을 바라본다.

"혼자 오셨습니까?"

바로 치고 들어가려는데 손님이 간절한 박남수의 표정을 보고는 일단 고기 좀 먹어야겠다는 생각을 한다.

"네. 요즘 혼밥이 대세 아닙니까? 혼자 먹어도 되죠?"

"네네. 그럼요. 앉으세요."

태경은 대략 식당을 스캔해 본다. 청소 상태도 잘 되어 있지 않고 공간이 좀 좁게 느껴진다. 다소 게으르고 감각이 없는 사람이다.

태경은 메뉴판을 보고 가장 비싼 걸 시키기로 한다.

"안창으로 세 개 주세요."

"술은?"

"소주 한 병."

곧 붉은 빛이 도는 고기가 나온다. 큰 기대 없이 입으로 가져가는데 맛있어서 깜짝 놀란다. 좋은 고기를 쓰고 있다. 하지만 내부 인테리어나 장사 수완이 없어서 고전을 면치 못하고 있는 듯했다. 정직한 스타일이다. 술수를 부리는 것보다 정공법으로 다가가는 것이 좋을 것 같아 보였다. 고기를 한참 먹고 나서 박남수를 부른다.

"사장님, 여기 와서 말동무나 좀 합시다."

"네? 아 그래요."

박남수가 다가와서 태경의 앞에 앉는다.

"아 사장님, 여기 고기 좋아요."

"그럼요. 저희는 진짜 좋은 고기 씁니다. 사람들이 몰라줘서 그렇지."

"그러니까 내가 사장님 좋은 분이라는 걸 보자마자 확 느꼈다니까, 온몸으로."

"하하하. 고맙습니다. 사람이 시원시원하시네."

바로 들어가자 정공법으로.

"예전에 태산에서 일하셨죠?"

박남수가 순간 멈칫한다.

"어떻게 아셨어?"

태경이 명함을 내밀어서 건넨다. 박남수가 태경의 명함을 본다.

"변호사?"

"네."

"변호사가 나한테 왜?"

"혹시 태산에서 일할 때 암에 걸린 노동자들 없었습니까?"

박남수가 태경을 한참을 바라본다.

"후우……."

긴 한숨을 내쉬고 나서 주머니에서 담배를 꺼내 물려다 아차 하고 다시 집어넣는다. 복잡한 심경의 박남수. 잠시 지켜보던 태경이 묻는다.

"왜 그러시죠?"

태경의 질문에 박남수가 태경의 눈을 똑바로 바라보고 묻는다.

"이번엔 몇 명이우?"

"!!! 그럼 예전에도?"

"많이 있었죠. 회사에서 다 덮었지. 소송을 건 사람은 몇 명입니까?"

"두 명입니다. 하지만 증언하지 않는 사람들이 더 있구요."

"피부암? 폐암? 백혈병?"

"피부암입니다. 이전에도 문제가 많이 있었군요?"

박남수는 창밖을 보며 다시 긴 한숨을 내쉰다.

"돈 몇 푼으로 끝났지. 각서까지 받아서 입단속시키고 그랬지."

"공장에서 세척액이 기화됐습니까?"

"흄현상 말이지."

"네, 흄현상."

"온도가 올라가 소독액이 기화가 돼 연기 나는 걸 흄현상이라고 하지. 라인은 노후했는데 물량을 들이밀면 순간적으로 기계하고 실내 온도가 올라가서 그렇게 되는 거지."

"예전부터 그런 일이 있어왔군요."

"그렇지. 빈번했지."

"왜 그런 일이 있는데도 고치지 않고 계속 라인을 가동하는 겁니까?"

"공장 설비라는 게 그렇게 부분 부분 고친다고 해결되는 게 아니야. 애초에 시스템을 설계했으면 빼도 박도 못하지. 다시 지어야 하는데 그럼 그동안 공장 쉬는 거랑 재투자 비용까지? 주주들이 가만히 있겠어? 그사이에 기계를 돌려 물량이 나오면 다 돈인데 어떻게 하겠나? 반도체야 계속 호황이었으니까!"

"하지만 그러면 애초에 공장 설계할 때 흄현상을 전혀 고려하지 않은 겁니까?"

"아니지. 안전장치가 되어 있지."

"근데 왜 그런 일이 자꾸 발생하는 겁니까?"

"물량이 밀리지. 결국 정해진 물량을 대야 하는데…… 물량이 계속 밀리면 위에서 지시가 내려와. 라인의 락을 풀라고."

"락?"

"안전장치. 기계가 과열되는 걸 막아주는."

"그럼?"

"일부러 푸는 거야. 물량을 대기 위해서. 라인의 속도를 높이기 위해서 안전장치를 푸는 거야."

"!!!"

"이건 산업재해가 아니야. 살인이지."

"!!!"

"내가 왜 그 좋은 회사에서 나왔겠어? 응? 후우. 하루가 멀다 하고 어린애들이 나자빠지는데…… 정말 견딜 수가 없었어."

"그동안은 왜 가만히 계셨습니까?"

"아무도 나서지 않았으니까. 당한 사람조차 가만히 있는데 내가 뭐라고."

"그럼 지금은요? 누군가가 나선 지금은요?"

"……"

"오늘 하신 말 법정에서도 해줄 수 있겠습니까?"

박남수가 고민한다.

"두 여성이 죽어가고 있습니다. 앞으로 또 몇 명이 죽어갈지 모르구요."

박남수가 태경을 본다.

"담배 태우나?"

밖으로 나온 두 사람은 담배를 피워 문다. 박남수의 손끝으로 담배가 타들어간다. 박남수는 새로운 담배를 꺼내 이전 담배로 불을 붙여 연달아 피운다. 담배가 다시 타들어가기 시작한다.

"젤 독한 걸로 피우다가 좀 건강해지겠다고 순한 걸로 바꾸었더니 꼭 두 대씩 피우게 되네."

"……."

"돈도 더 많이 들고 건강에는 더 안 좋겠지……."

박남수가 태경을 본다.

"나이가 들면서 드는 생각이……. 내가 누구인지를 생각하게 돼. 나는 어떤 인간인지를."

"……."

"그리고 내가 어떤 인간인지는 결국 내가 살아오면서 해온 말과 행동으로 결정되는 것 같아."

"그래서요?"

"그나마 좀 좋은 인간으로 마무리해야 하지 않겠어?"

"!!!"

박남수가 담배를 깊게 빨아들인다.

"몰랐었는데 가장 고통스러운 게 자신을 사랑하지 못할 때더라고. 태산에서 나오고부터 줄곧 그랬어. 내가 미웠었지."

담배를 끈다.

"이놈의 담배, 끊어야지."

그리고 박남수가 태경을 본다.

"내가 증언을 하지."

태경이 박남수를 본다.

"오늘부터 다리 쭉 뻗고 주무시게 될 겁니다."

진태는 오랜만에 찾은 중앙지검 앞 커피숍에서 민진과 마주 앉았다. 일부러 중앙지검 사람들이 잘 찾지 않는 외진 곳으로 선택했다. 굳이 둘의 만남을 사람들에게 광고할 필요까지는 없었기 때문이다.

"잘 지냈지?"

"네. 계장님은요?"

"나도 잘 지내지."

어색한 침묵. 서로의 속내를 숨기고 마주 앉을 때의 불편함. 민진이 그 침묵을 먼저 깬다.

"그런데 어쩐 일이세요?"

"응. 그게…… 이 주사보."

"네."

빙빙 돌리지 말고 바로 들어가자. 그게 낫다.

"혹시 주만용 전 부장검사와 커넥션을 가지고 있었어?"

"!!!"

민진이 놀란 표정으로 진태를 본다. 그러나 곧 다시 굳은 표정으로 돌아온다.

"그냥 예전에 모셨던 적이 있지요. 그게 커넥션이라면 커넥션이겠네요."

"우리 사무실 와서도 계속 관련이 있지 않았어?"

"아뇨!"

민진이 굳은 표정으로 진태를 본다. 다소 격앙된 표정. 그러나 곧 자신이 너무 흥분했다는 사실을 깨닫고 어색한 웃음을 띤다.

"무슨 말씀 하시는지 잘 모르겠어요. 예전에 모셨으니까 오가며 인사 정도는 했겠죠."

진태가 잠시 창밖을 바라본다.

"우리는 주만용 검사가 스폰서 검사라고 생각하고 있어."

민진이 담담한 척 진태를 본다.

"그래서요? 그게 저하고 무슨 상관이죠?"

진태가 민진을 바라본다. 여기서 정면으로 뚫고 들어간다? 아니다. 민진은 그런 스타일이 아니다. 치밀하고 두뇌 회전이 빠르다. 절대 감정에 휘말려 자신에게 불리한 진술을 할 타입이 아니다.

그렇다면?

"아니, 상관없지. 그냥 뒷담화 좀 하려는 거야. 알고 있잖아? 전주까지 내려와서 우리한테 작정하고 훼방 놓고 있는 거?"

"네, 알고 있어요."

"그래서 뭐 좀 그런 소문 있으면…… 귀띔이나 해달라고. 뭐 민진 씨가 같이 지냈으니까 예전에."

"그런 게 있다면 그걸로 뭐 어쩌시려구요?"

"최소한 우리도 자기방어는 해야 하지 않겠어?"

"……"

"우리가 차장검사를 뭐 어쩌겠어?"

"……"

민진이 뭔가를 생각한다. 고민에 빠져 있다. 그녀는 분명 주만용을 미워하고 있다. 그렇다면 지금 그녀는 자신이 다치지 않고 주만용을 보내는 방법을 생각 중이다.

여기서 승부수다.

"언론에 스폰서 검사가 나와도 결국 검사하고 스폰서만 조지게 돼 있어. 응? 아무도 검찰 수사관한테는 관심도 없어."

"!!!"

"그냥 그렇더라고. 구차하게 자기 수사관까지 불 멍청이도 없고. 그럼 자기 죄만 늘어날 테니까. 그리고 말이야…… 아마도 주만용이 우리 검사실에서 수사할 것 같은데…… 혹시라도 밑에 데리고 있던 수사관이 비리에 연루되었다고 해도 우리는 크게 중요하게 생각하지는 않을 거야. 특히 그 수사관이 수사에 작은 협조라도 해주었다면 말이지."

진태가 민진을 본다. 민진이 웃는다. 그리고 뭔가를 결심한 듯 이야기를 시작해 나간다.

"저라면 이렇게 할 거 같아요. 주만용 같은 스폰서 검사는 대개 강남 특히 선릉 쪽에 자기 사무실을 가지고 있어요. 검찰청하고도 가깝고 여러모로 자기 일 보고 돈하고 자료 숨기기에 좋은 곳이니까요. 거기다가 애인까지 만날 장소도 필요하겠죠. 아마도?"

"!!!"

"지금 전주지검으로 내려갔으니까 아마 급하게 정리하지는 못했을 거예요. 다른 장소를 찾아야 할 테니까."

"!!!"

"그렇다면 그곳이 아직 남아 있을 거고 그곳에 주만용의 비리 사실이 고스란히 남아 있을 겁니다."

"!!!"

"그리고 그곳을 알아내고 싶다면 아마 그가 단골로 이용했던 대리운전 회사를 연결하면 될 것이고요."

"!!!"

"스폰서가 준 고급 외제 차를 몰고 다녔으니 외제 차를 전문으로 담당하는 강남의 대리운전 회사를 중심으로 조사해 보면 금방 나올 테죠."

역시 민진이다. 빠르고 디테일에 강하다. 좋은 수사관이다. 실력적인 부분에서는 의심의 여지가 없다.

민진이 놀라는 진태를 보고 차분하게 웃는다.

"만약에, 모든 것이 만약이라는 상상을 하고 해본 말입니다."

"그렇지. 만약이지."

"저는 이만. 바빠서요."

"그래 들어가봐."

민진이 짧게 고개를 숙이고 안으로 들어간다. 진태는 그녀의 뒷모습을 보며 정말 노련한 수사관이라는 생각을 한다. 자신이 걸려들 그 어떤 흔적도 남기지 않았다.

그리고 드디어 주만용의 꼬리를 보았다.

감추지 못한 그 꼬리를 어서 밟아야 한다.

절대 도망가지 못하도록.

꽈악.

영미의 반격

"정말 똑똑하네요, 징그러울 정도로. 그런 짓을 저질러놓고 자기는 조금도 다치지 않으려는 그 태도가 나는 왜 이렇게 얄밉죠?"

효림이 진태를 보며 말한다. 진태는 조금 쓸쓸한 표정이 되어 효림을 본다.

"뭘 또 그렇게까지 생각해?"

"뭘 그렇게까지 생각하냐니요? 정말 짜증 나요. 생각하면 할수록."

"……"

"보면 계장님은 은근히 민진 주사보 감싸더라구요?"

"사람마다 다 사정이 다르니까."

"그렇다고 그렇게 스파이 짓하고 그러는 게 맞아요?"

"확실한 증거는 없어!"

"하!"

"후…… 효림 씨, 지금 그런 거로 다툴 때가 아니니까 어쨌든 그 대리기사 문제 좀 조사해 줘. 알겠지?"

"내가 왜요? 나는 더 이상 서준미 검사실 소속이 아닌데요."

"진짜야?"

"네, 맞잖아요. 내가 서준미 검사실 소속도 아닌데 불쑥 나타나서 이렇게 지시하고. 계장님도 솔직히 지금은 나하고 남이잖아요."

"삐졌어?"

"아뇨. 뭘 삐져요!!! 어이가 없어서."

"알았어. 그럼 뭐 어쩔 수 없지. 내가 이 피곤한 몸을 이끌고 전주 내려갔다가 다시 또 올라와야지."

진태가 일어나서 밖으로 나가다 말고 돌아서 효림을 본다.

"그동안 즐거웠어."

"참나."

"응?"

"알았어요! 진짜!"

"역시 우리 효림 씨! 내가 본 역대급 검찰 수사관이라니까!"

"쳇."

"아니, 검찰이 대체 왜 우리 대리 회사에."

"쉿. 이거 아주 중요한 일이라니까요?"

"제가 알기로 이런 거 다 영장이 있어야 한다고……."

"와, 이거 쉽게 쉽게 가려고 했는데 안 되겠네. 응?"

"네?"

"검찰들이 박스 들고 들락날락거리면 불편할 거 아닙니까? 그죠?"

"그건 그렇죠."

"그러니까 내가 이렇게 살짝 온 거지."

"후우. 정말 뒤탈 없는 거죠?"

"사장님이 뒤탈 있을 게 뭐가 있어요? 응? 뭐 잘못했어요?"

"번호가 몇 번이라구요?"

"010-452X-56XX"

사장이 번호를 입력하자 주만용이 콜을 부른 날짜와 시간이 쫙 떠오른다. 효림은 회심의 미소를 짓는다.

"이게 콜 받은 기사분 연락처죠?"

효림은 여러 번의 연락 끝에 드디어 한 명의 대리 기사를 만날 수 있었다. 30대 초반의 남자였다. 그는 의외로 적극적으로 만나겠다는 의사를 밝혔다.

"그 사람 기억하고 있어요, 분명하게."

"어째서요?"

"정말 후우…… 정말 쓰레기였어요."

역시 안에서나 밖에서나 변하지 않고 일관된 모습이다. 쓰레기. 대리 기사는 이야기할수록 점점 더 분노하고 있었다.

"어떻게 인간이 인간에게 그럴 수가 있는지 말이에요. 제가 잘못한 것도 없었어요. 그저 급정거 한 번 해서 차가 살짝 밀린 것뿐인데 그걸 가지고 얼마나 욕을 하는지. 차마 입에 담지도 못할 그런 욕을요."

효림이 안타까운 표정으로 대리 기사를 바라본다.

"제가 그 사람 차 운전해 주고 나서 한동안 울화증 때문에 가슴이 수시로 답답해지고 자다가 깨고 그랬다니까요. 어찌나 화가 나던지! 제가 정말 그날 우리 애만 아니었으면 그 사람 어떻게 했을지 몰라요!"

대리 기사는 아직도 그때 생각을 하면 분이 차오르는지 부르르 떨고 있었다.

"그 사람 정체가 뭡니까? 자기가 대단한 사람이라고 하던데?"

"현재 전주지검 차장검사입니다."

"참 나. 그런 똥걸레 같은 인간이!"

"그 사람이 갔던 건물 기억납니까?"

"그게……."

대리 기사는 한참을 생각한다. 그리고,

"네, 생각납니다. 거기가 선릉인데 업소 아가씨들이 많이 사는 곳이거든요. 거기가 이름이…… 이름이…… 아! 맞아요! 유성 오피스텔!!! 유성 오피스텔이었어요!!!"

효림이 메모를 한다. 그사이 대리 기사가 효림을 보고 말한다.

"그 인간 뭔가 죄를 지었죠?"

"네."

"제발 그 인간이 죗값을 받게 해주세요."

"네. 꼭 그러도록 할게요."

"네. 그래야죠. 그래야지 그게 제대로 된 세상 아닙니까?"

⚖

그 주 주말. 마 형사가 효림과 함께 유성 오피스텔 지하 주차장에 앉아서 주만용이 나타나기를 기다리고 있었다.

옆에 앉은 효림이 긴 하품을 토해 낸다. 마 형사는 그런 효림이 신경이 쓰여서 바라본다.

"아니, 굳이 안 이래도 된다니까 왜 고생스럽게 이렇게 나와서 이래요?"

"신경 끄세요. 나도 수사하고 있는 거니까. 그리고 이 모든 정황을 알아내서 여기까지 오게 한 사람이 누구예요? 나야 나. 그런데 이제 빠지라니 말이야 방구야?"

"말 나온 김에 방구 한번 껴도 되나요?"

"두 번 본 여자한테 싸대기 맞아본 적 없죠?"

"많아요."

"네?"

"많이 맞아봤다구요."

"하기야 생긴 게 빤지르르하니 많이 맞게 생겼다."

"이 사람이 진짜!!!"

그때 아우디 S1이 들어온다. 마 형사와 효림은 말싸움을 멈추고 앞쪽을 응시한다. 주만용이 내린다. 그리고 조수석에서 늘씬한 여자가 내려서 비틀거리더니 주만용에게 안긴다. 주만용과 여자가 키스를 한다. 그러더니 둘이서 팔짱을 끼고서 안으로 들어간다. 그 모습을 사진으로 찍는 효림.

"우리 검사님 몰랐는데 아주 풍류가 있으시네."

마 형사가 웃는다.

"자, 이걸 잡았는데 어떻게 이용할까요?"

"……."

"주만용 검사께서 A급 연예인이라서 디스패치에 보고할 수도 없고 어떻게 해야 하죠? 조금이라도 눈치 까면 저 안에 있는 자료나 정보 다 숨겨버릴 텐데?"

"……."

"말 좀 해봐요. 저 안에 어떻게 들어가냐구요?"

"싸대기 다시 좀 맞는 수밖에요."

"네?"

송이는 최근 만나야 하는 검사 때문에 잔뜩 짜증이 난 상태였다. 만나는 대가로 매달 꽤 큰돈이 들어왔지만 그 남자는 정말 자기 스타일이 아니었다. 나이도 많았고, 쪼잔했고, 지겨운 인간이었다. 한다는 이야기가 온통 자기가 얼마나 잘났고 대단한지 떠드는 이야기뿐이었다. 그러나 송이에게는 그저 진상 개저씨일 뿐이었다. 얼굴을 볼 때마다 면상에 침이라도 뱉어주고 싶었다. 그는 힘이 있는 남자였고, 송이는 지시받은 대로 그 남자와 만나야 했다. 그래야 돈이 나왔다.

송이는 그 남자 때문에 받는 스트레스 때문에 괴로워하며 늦게 일어났다. 간단히 세수를 하고 핑크색 체육복으로 갈아입고 개를 끌고 가까운 스타벅스부터 찾는다. 아메리카노 한 잔을 받아 들고 마시고 난 후에야 정신이 좀 들었다. 개를 끌고서 가까운 공원을 한 바퀴 돌고 나서야 스트레스가 좀 풀렸다.

그런데 그 때 운명처럼 그 남자가 나타났다.

그 남자가 마주 서서 자신을 보았을 때 송이는 운명처럼 빠져들었다. 훌쩍 큰 키에 갸름한 얼굴, 죽이는 턱선. 다소 초췌하면서도 우울해 보이는 얼굴. 덥수룩한 머리와 수염으로도 그 미모를 가리지 못한다. 결정적으로 선글라스를 벗자 송이는 그 눈빛에 뻑이 간다. 잘생겼다. 정말 잘생겼다. 그 남자가 먼저 말을 걸었다.

"혹시 유성 오피스텔 살지 않으세요?"

"네!! 저 거기 살아요!!!"

"이웃 주민이네요."

"어머, 정말요!!"

"혹시 커피 마셨어요?"

"아뇨. 아직 못 마셨어요. 나 커피 정말 좋아해요."

커피를 마시고 집을 구경시켜달라는 노골적인 말에도 송이는 전혀 놀라지 않는다.

"그런데 제가 여기 가끔 오기는 하는데요. 사실 여기는 우리 큰오빠가 사는 곳이라서요. 제가 가끔씩 놀러 오곤 해요. 저는 삼성동 살구요. 차 타고 우리 집으로 가요."

"아, 그러셨구나. 근데 그 집 한번 봐요. 오빠 집."

"어머, 왜요?"

"아니, 다른 집은 구조가 어떻게 빠졌나 내가 너무 궁금하더라고. 응?"

송이가 뭔가 의심하는 듯한 표정으로 마 형사를 본다. 그러더니,

"어머. 너무 섬세하고 디테일하다. 난 그렇게 인테리어 신경 쓰는 남자가 좋더라!"

그렇게 둘은 주만용의 오피스텔 안으로 들어간다.

마 형사는 천천히 주만용의 아지트를 살펴본다. 15평 정도. 거실이 넓었고 또 그만큼 넓은 방 하나가 딸려 있었다. 마 형사는 천천히 집 안을 살펴본다. 송이가 마 형사를 따라다닌다. 그러면서 옷

을 벗는다.

"아우, 여기 덥다. 그죠?"

그러면서 자신의 어깨와 가슴골이 돋보이도록 만든 후 노골적으로 마 형사에게 보여준다. 그러나 마 형사는 신경 쓰지 않고 집 안을 살핀다. 그러자 송이는 조금 이상한 표정을 짓는다.

'내가 매력이 없나?'

그런데 집 안의 분위기를 살피고 생각한다.

'하기야 이 집은 분위기가 안 살아!'

"여기 정말 별거 없어. 우리 집으로 가요. 가서 와인 한잔해요, 응?"

"아니, 보니까 구조가 괜찮네. 응? 구조가 좋아. 응?"

송이가 다소 멍한 표정을 지으며 마 형사를 본다.

"그럼 자기 집 가자. 응? 보고 싶어, 자기가 사는 집."

"응. 잠깐만 기다려, 자기."

그러면서 마 형사는 드디어 안쪽에 있는 금고를 발견한다.

유레카.

마 형사가 금고를 슬며시 움직여보자 송이가 놀라서 말한다.

"안 돼! 그거 건드리면 안 돼!"

"응, 잠깐만. 금방 끝나."

마 형사가 제품을 들여다본다. 쉽게 열 수 없는 제품이다. 마 형사가 전화를 건다.

"어! 장닭! 너 어디냐? 빨리 튀어 와라! 여기가 어디냐 하면 선릉 유성 오피스텔. 도착해서 전화해라. 늦으면 수갑 찬다."

"자기야, 장닭은 누구야? 왜 그래?"

마 형사가 송이를 본다. 그리고 벽으로 밀어붙인다.

"어머!"

"송이야."

"응?"

"오빠 믿지?"

"응."

"오빠는 우리 송이하고 이렇게 잠시 얼굴 들여다보고 있었으면 좋겠어."

"응 좋아. 좋아, 오빠."

"그래 송이야, 이제부터 말은 하지 말고. 응?"

마 형사는 송이와 함께 서로의 얼굴을 들여다본다.

마 형사는 한참 송이의 얼굴을 들여다본다.

"요 눈, 요 코, 요 입. 많이도 고쳤구나."

"잉 오빠 미안해! 나 가슴은 자연 그대로야!"

"자자, 괜찮아. 오빠가 다 이해할 테니까. 우리 이제 이야기 좀 하자."

"해봐, 오빠. 난 오빠 다 이해할 테니까."

"우리 송이 돈 필요하지?"

"응, 오빠. 왜 오빠가 나 돈 해줄 거야?"

"아니. 니 큰 오빠가 해줄 거야."

"!!!"

"나는 저 금고를 열 거야. 저 안에 돈하고 서류가 있어. 너는 돈을 가지고 튀고 나는 서류를 가지고 튀는 거지. 어때?"

"!!! 오빠 도둑이야?"

"아니. 오빠는 일종의 홍길동이지."

"홍길동?"

"응. 우리 송이 돈 나눠주는. 우리 송이 외국 좋아하지?"

"응. 좋아하지!"

"그래. 너는 돈 가지고 외국으로 한 몇 년 도는 거야. 여행하면서. 죽이지?"

"!!! 좋아!! 나 여행 좋아! 나 런던 가고 싶어!"

"좋아. 오빠가 시키는 대로 하면 발 닳을 때까지 여행할 수 있어."

"응. 뭔데?

"내가 저 돈하고 서류를 꺼내면 서류는 내가 가지고 돈은 우리 송이가 가지고. 좋지?"

"그럼 내가 도둑이 되는 거잖아!"

"응. 대신 돈은 니가 다 가지는 거지. 저기 얼마가 들어 있는지 알아?"

"!!!"

"외국으로 도망가면 절대 잡히지 않을 거야. 그리스 좋아하지? 거기 섬 많거든. 거기서 선탠도 하고. 비키니 입고. 자연산이라서 남자들이 좋아할 거야. 외국 남자들이 또 한국 여자한테 죽잖아."

"오빠도 같이 가면 안 돼?"

"오빠는 홍길동 해야지."

"근데 나 혼자 가기 무서운데."

"너 그럼 계속 이런 아저씨나 만나고 다닐래?"

"!!! 좋아. 나갈게, 외국으로."

송이가 생각을 한다.

"근데 오빠, 저 돈은 어떻게 외국으로 가져가? 얼마 이상은 못 가 져가잖아."

"응. 우리 송이 똑똑하네. 근데 너 그 돈 은박지로 싸면 검색에 안 걸려. 걱정하지 마!"

"아! 근데 사람들 마약 같은 건 왜 걸리는 거야?"

"바보야. 냄새. 개가 코로 냄새를 맡으니까."

"아하! 와, 오빠 똑똑하다."

"자, 그럼 오빠가 시키는 대로 할래? 아님 우리 둘 다 그냥 나가고?"

송이가 생각을 한다.

"콜?"

"콜."

"근데 오빠 정말 뭐 하는 사람이야?"

"오빠?"

"응."

"홍길동."

잠시 후 장닭이 문을 열고 들어온다.

"아 마빡. 진짜 맘 잡고 착하게 살려고 하는 사람한테 진짜 이거 뭐야?"

"시끄럽고, 열어."

장닭이 곧 금고를 열어젖힌다. 금고 안에 현금과 외환 무기명 채권들이 가득 들어차 있고 그 안쪽으로 비밀문서들이 또 가득 들어차 있다.

장닭이 금세 빠져나간다.

"우리 다시는 보지 맙시다. 연락 좀 하지 말고."

마 형사가 금고 안을 들여다본다. 그리고 송이를 본다.

"뭐 해. 돈 챙겨."

송이가 가방을 들고 와서 돈을 가득 챙겨 넣는다.

"자, 난 서류를 챙길게. 오케이?"

송이가 고개를 끄덕인다.

100

"사흘 안에 출국해."

송이가 고개를 끄덕인다. 돈을 챙긴 가방을 들고 밖으로 빠져나간다.

마 형사는 남겨진 서류를 들고 웃었다.

그리고 그곳을 빠져나왔다.

나올 때도 들어올 때처럼 천장과 벽에 달린 CCTV의 각도를 정확히 계산한다. 찍히지 않도록. 거기다 모자에 선글라스까지. 걸릴 리 없다.

그렇게 유유히 빠져나온다.

영미는 순간 그곳을 살펴본다. 작고 좁은 공간. 5평 남짓의 그 공간에는 영미의 지하 감금방을 모든 각도에서 촬영한 장면을 수십 대의 모니터를 통해 실시간으로 보여주고 있었다. 그 옆으로 검은 옷을 입은 여자와 남자가 앉아 있었다. 처음 보는 사람들이었다. 그때 영미를 속였던 남자는 없었다.

"당신들 뭐야?"

두 남녀는 대답이 없다. 표정도 읽을 수 없다.

"!!!"

아무 표정이 없다. 묘하다. 인간이 저런 표정을 지을 수 있나?

"사람이 저 아래서 저런 개 같은 꼴을 당하고 있는데도……. 하기야 똑같은 인간들일 텐데 뭘 바래?"

그때 검은 옷을 입은 그것들이 움직이려고 한다.

"움직이지 마!!"

영미가 민수의 목에 유리 조각을 더 바짝 가져다 댄다. 민수의 몸이 움츠러든다. 유리 조각에 눌린 목에서 피가 흘러내린다.

"개수작들 하지 마. 나 안 그래도 이 새끼 죽여버리고 싶어서 환장한 년이니까. 더 이상 나를 자극하지 마. 응?"

남자와 여자가 고개를 끄덕인다.

영미가 턱으로 남자를 가리키며 말한다.

"당신 핸드폰 꺼내!"

남자가 핸드폰을 꺼낸다.

"112를 눌러."

남자가 민수의 눈치를 본다.

"어서!!!"

유리 조각이 더 깊이 파고들자 민수가 말한다.

"시키는 대로 해!"

남자가 112를 누른다.

"통화 버튼 누르고 스피커폰 켜!"

남자가 통화 버튼을 누르고 스피커폰을 켠다. 신호가 몇 번 가지 않아서 전화가 연결된다.

"무엇을 도와드릴까요?"

"여기 이민수 부회장의 집입니다!!!"

"네?"

"이민수 부회장 집이라구요!"

"누구요?"

"태산 그룹 이민수 부회장 집이요."

"그런데요?"

"제가 여기 감금되어 있거든요? 그러니까 어서 와서 도와주세요! 혹시라도 연락이 안 되면 여기 지하 감옥에 갇혀 있을 수도 있어요!"

"네. 정확한 주소를 말씀해 주실 수 있나요?"

"태산 그룹 이민수 부회장 집이라고. 금방 찾을 수 있잖아!"

"후우…… 죄송한데요. 이런 식으로 장난 전화 하시면 처벌 받거든요?"

"장난 아니야!!! 으아아아아아아악!!!! 이래도 못 믿겠어? 응?"

112 대원이 긴 한숨을 내쉰다.

"저희가요. 굉장히 바쁘거든요."

"진짜 급하다구요!!! 급해요!!! 여기 핸드폰 번호 찍힌 곳 추적해서 빨리 경찰 보내달란 말이야!!!"

112 대원이 다시 한 번 긴 한숨을 내쉬고 옆에다 묻는다.

"어쩌지? 태산 그룹 이민수 부회장 집에 납치 감금됐다는데?"

잠시의 침묵.

숨을 몰아쉰다. 영미도 민수도. 그리고 그곳에 있는 남자와 여자도.

긴장된 순간.

"그런데 그곳에 감금되어 있는데 어떻게 전화를 하신 거죠?"

"후우…… 내가 겨우 기회를 만들었어!! 이상한 거 묻지 말고 빨리 이곳으로 경찰 보내란 말이야!!!"

"만약 거짓말이시면 처벌 각오하셔야 합니다."

"알았어요."

"위치 추적해 봤어?"

"네. 성북동인데요."

"성북동…… 이민수 부회장집…… 어 맞는데. 근데…… 정말 이민수 부회장 집인 거 같아. 성북동."

"!!!"

"어떡하지? 지금 이민수 부회장 잠깐 바꿔줄 수 있어요?"

"지금 장난해? 그 인간이 날 납치했다고!!!"

"아 이거 백 프로 장난인데?"

"그래도 출동시켜야 하지 않을까요? 신고가 들어왔는데. 혹시 모르니까."

"에이씨. 출동시켜! 지금 출동합니다. 조금만 기다려요!"

"네, 빨리요! 빨리요!!!"

민수의 표정이 굳어진다. 그리고 긴장하는 검은 옷을 입은 그것들. 영미가 민수의 목에 더 바짝 유리 조각을 쑤셔 넣는다.

"이 개새끼야. 넌 이제 끝났어!!! 정말 끝났어!!!"

민수가 움직이자 영미가 힘을 주며 목에 유리 조각을 더 박는다.

"으악!"

민수가 소리를 낸다. 으악.

"야, 가만히 있어. 난 지금 이걸 니 모가지에 쑤셔 박고 싶어서 안달이 난 상황이니까. 경찰이 도착할 때까지 내가 기다릴 수 있을지 모르겠어!!"

시간이 느리게 흐르고 있었다.

인간의
마음

준미와 진태는 마 형사가 가져온 주만용의 자료를 들여다보고
있었다. 서류의 많은 부분들이 부장검사 시절 밑에 있던 검사들의
수사 자료를 빼돌린 것들이었다. 특히 권력자들의 약점을 쥐어서
자신을 유리하게 만드는 사건 자료들이 많았다. 그렇게 주요 정치
인이나 재벌들의 약점을 쥐고 그들과 딜을 해왔던 것으로 보였다.

준미가 놀랐던 것은 현 회장에 대한 준미의 수사 자료들이 매우
꼼꼼하게 보관되어 있다는 점이었다. 주만용은 민진을 통해서 준
미의 수사를 모두 들여다보고 있었던 것이다.

'이러니 이길 수가 없었지.'

진태가 서류를 들여다보다 놀라서 준미를 본다.

"우리는 낱낱이 해부당하고 있었네요."

"그러게요."

"솔직히 이 자료 보니까 민진 씨에 대한 안타까움이 싹 사라지네요. 거의 녹음해서 우리의 모든 것을 생중계한 것 같아요."

"후 그러게요. 중간에 조심한다고 했는데 순간순간 안심한 것이 결국 결정적인 타이밍을 제공해 준 거네요."

두 사람은 패배의 원인을 다시 한 번 곱씹는다. 결국 승부는 사소한 것에서 갈린다. 좀 더 세밀해지고 꼼꼼해져야 한다. 다시 서류를 들여다보기 시작했다. 하나라도 놓치지 않기 위해서 한 문장을 여러 각도에서 바라보며 머무른다. 바라본다.

그리고 드디어 찾아낸다, 그 자료를.

주만용은 황룡건설 현 회장으로부터 받은 금액과 선물들을 꼼꼼히 기록해 오고 있었다. 그리고 민진에게 준 금액도 역시 꼼꼼하게 기록한다. 그 기록을 가지고 양쪽을 휘두르고 싶었겠지만 그것은 결국 부메랑으로 돌아온다. 다음 장에는 현 회장의 비리 내역을 꼼꼼하게 기록하고 수집하고 있었다. 주만용은 현 회장의 약점을 파고들어 장악하려 하고 있었다. 만약 이것을 증명할 수 있다면 현 회장 구속은 어려운 일이 아니다. 그러나 H라고 표시된 것을 현 회장이라고 증명하기에는 어려움이 따른다. 그리고 주만용의 비리를 증명하는 것이 먼저다.

마 형사가 주만용이 선릉 오피스텔로 들어가는 사진과 금고에 돈이 보관되어 있던 사진까지 모두 기록으로 남겨놓았다.

그리고 한송이. 그녀가 시작이 될 것이다.

한숨 자고 사우나까지 다녀온 마 형사가 검사실 안으로 들어온다. 수염까지 깎고 머리를 자르니 말끔해 보인다. 완전히 다른 사람이다.

"전주가 물이 좋네. 아주 매끈매끈해, 피부가. 검사님, 계장님, 제가 사우나를 하면서 생각을 해봤는데요."

준미와 진태는 제대로 보지 않는다.

"땀을 삐질삐질 흘리니까 잡생각도 삐질삐질 빠져나가더라 이 말입니다. 그러면서 확실히 드는 생각이 이걸 정공법으로 풀면 재미가 없을 것 같아요."

진태가 마 형사를 보며 묻는다.

"재미가 없다?"

"그렇죠. 그리고 위험해. 한송이가 공항에서 잡히고 그 돈에 대한 이야기가 나오는 과정에서 주만용으로 간다. 그것이 우리 계획인데…… 그러다가 또 이게 덮일 수도 있단 말입니다. 수사 과정에서. 응?"

진태가 슬슬 지겨워지기 시작했다.

"그래서 본론이 뭐야?"

"언론에서 터트립시다. 자극적이잖아, 사진도 있고. 현직 차장검사와 술집 아가씨, 선릉 오피스텔, 수많은 현금! 응?"

괜찮다. 잔머리 굴리는 것이 제법이다.

"그 전에 마 형사 괜찮겠어? 조사하면, CCTV에 찍힌 거 조사하다보면 마 형사한테까지 올 텐데?"

"뭐 내 잘생긴 얼굴을 공개해서 공공의 이익을 실현하는 것도 좋지만…… 일단 수사가 중요하니까. 나 몰라볼 거야. 내가 내가 수염 기르고 모자 쓰고 이러면 완전히 다른 사람이거든. 아 선글라스도."

"!!!"

"거기다 한송이 씨는 내 정체에 대해서 전혀 모르고. 응? 경찰은 관심 없을걸요?"

의외로 치밀하다.

"그리고 내가 미리 계산하고 CCTV에 얼굴 안 나오게 다 조치했지."

준미가 일어서서 잠시 걸으며 이야기한다.

"언론에 푼 다음에 우리가 바로 현 회장하고 주만용 카드 다시 꺼내 든다?"

"역시! 머리가 빠르셔."

"근데 이게 굉장히 세련되게 티가 안 나게 해야 하는데…… 우리는 원래 언론하고 좀 딱딱했는데…… 거기다가 우리 쪽에서 자료가 흘러나온 걸 알게 되면 언제든지 뒤탈이 있을 수도 있고 말이야. 위험해."

진태의 말에 마 형사도 고민한다.

"어디 기자들하고 굉장히 친하고 이쪽으로 유능한 사람 없나?"

있지.

한 사람.

아니다. 말도 안 된다.

하지만…….

가능하기만 하다면 멋진 카드다. 누구보다 이 일에 적합하다.

그러나…….

문득 준미는 처음 만났던 시절의 그 남자를 생각한다.

그 남자의 눈빛, 음성, 그리고 무엇보다 마음.

따뜻하던 그 마음.

어쩌면…….

그 마음이 아직까지 조금은 남아 있지 않을까?

남아 있는 그 마음을 조금이라도 끌어낼 수 있다면.

준미는 말없이 책상에 앉아서 생각하기 시작한다.

그 남자를…… 다시 볼 수 있을까?

그리고 그에게 손 내밀 수 있을까?

그가 그 손을 잡아줄까?

잡는다고 해도 그것을 믿을 수 있을까?

만약 그 남자가 계획적으로 수렁으로 끌고 들어간다면?

준미의 머리가 복잡해지기 시작했다.

그녀의 머리로도 도저히 계산이 되지 않는 복잡한 연산이었다.

절대로 고정된 값으로 측정할 수 없는 변수.

인간의 마음.

준미는 그 마음을 계산하려고 하고 있었다.

하지만 계산되지 않았다.

"이태경 변호사를 생각하시는 거죠?"

진태였다. 준미가 놀란 눈으로 진태를 본다.

"언론을 쥐고 흔들 수 있는 거의 유일한 사람이죠."

"……."

"망설이시는 이유가?"

"복잡해요."

"두 분의 과거는 자세히 모르지만 그것보다 더 중요한 게 있지
않나요?"

"뭐죠?"

"비즈니스죠."

"비즈니스라."

"이태경 변호사에게는 유일한 기회일지 몰라요. 구속 직전의 현 회장으로부터 결별하고 자신의 죄를 덜 수 있는. 그걸로 우리가 제안을 하는 겁니다."

"만약 그가 진심으로 현 회장을 돕고 있다면요?"

"그건 검사님께서 판단해 보세요. 정말 그런 사람인지. 아니면 최소한 사리 분별은 하는 사람인지. 그리고 위험이 없는 선택은 없습니다."

그의 마음.

인간의 마음.

아무리 생각해도 계산이 되지 않았다.

태경은 늦게까지 사무실에서 사건 관련 자료들을 뒤적이고 있었다. 흄현상이 일어나 기화된 공기를 흡입했을 때 인간의 몸에 미칠 수 있는 영향들을 꼼꼼히 따져보았다. 그러고 나서 전반적인 재판의 진행 과정과 배상액의 규모에 대해 나와 있는 국내외 판례들을 살펴보았다. 고개를 들었을 때 자정이 지나 있었다. 그러나 이상하게 몸이 피곤하지 않았다. 뭔가 하고 있다는 긴장감과 자부심이 들었다. 거울을 보고 스스로를 욕하고 자학하던 습관도 거의 사라지고 없었다.

마음이 편하다.

'이래도 될까? 내가 이래도 되는 걸까?'

가만히 생각해 본다. 최근 거의 제 시간에 잠들었고 악몽도 꾸지 않았다. 불안한 마음과 두려운 마음도 들지 않았다. 그냥 자나 깨나 사건 생각뿐이었다.

몰입.

그래 늘 이렇게 살아가던 시절이 있었다. 그때는 누구를 만나도 자신감이 있었다. 밝았다. 행복했다. 최근 2주 동안 그때의 그 시절로 돌아가 살았던 것 같다.

그때 다시 유리창에 비친 자신을 바라본다. 이렇게 살아도 되는 걸까? 이렇게 행복할 자격이 있을까? 그때 다시 약해진 마음으로 자신이 희생시켰던 그 사람들의 얼굴이 스치고 지나간다. 태경은 견딜 수 없는 기분이 된다. 내면이 분리된다. 산업재해 노동자들을 도우며 행복해하는 나. 악마같이 사람들을 짓밟아왔던 나.

'나는 누구인가?'

태경은 밖으로 나와 차에 올라탄다. 한밤. 텅 빈 강남대로를 달린다. 그러다 문득 그 아이가 궁금해진다.

태경은 서인의 집 앞에 차를 멈추고서 아무 생각 없이 바라본다. 빨리 그 아이가 최악의 모습으로 나타나 자신의 정체를 일깨워주길. 어서 나타나 담배를 피우고 후배들을 때리고 원조 교제를 하는 모습을 보여주길. 그래서 내가 얼마나 쓰레기 같은 개새끼인지를 일깨워주길. 그런 마음으로 기다린다. 하지만 그 아이는 나타나지 않는다. 그렇게 기다린다.

그러다 새벽 4시, 그 아이가 나타난다. 그리고 걸어간다. 태경은 차에서 내려 천천히 그 아이를 따라간다. 그리고 이십 분쯤 걸어서 그 아이는 편의점으로 들어간다. 그리고 나오지 않는다. 대신 그곳에서 일하던 남자가 나온다. 태경이 천천히 걸어서 유리 벽 안에 있는 그 아이를 본다. 계산대 앞에 서서 뭔가를 읽고 있다. 무엇인지 잘 들여다보이지는 않지만 뭔가를 읽고 있다. 그리고 손님이 들어오자 계산을 해준다. 그러다 가끔 창밖을 내다본다. 화장기 없는 무표정한 얼굴. 태경은 터져 나오는 눈물을 참을 수 없어 그대로 주저앉는다. 그리고 운다. 왜 우는지 알 수 없지만 그냥 운다. 주저앉아서 한참을 운다. 그러다 일어선다. 어느새 날이 밝았고 일찍 출근하는 사람들이 집 밖으로 나오고 있었다.

태경은 유리 벽 안에 있는 서인의 모습을 잊지 않기로 한다. 그 무표정한 얼굴을.

천천히 걸어서 차로 간다.

그리고 차를 타고 집으로 가서 잠시 눈을 붙이고 출근해야겠다는 생각을 한다. 어쩌면 아주 어쩌면 말이다. 다시 시작할 수 있을지도 모르겠다는 생각을 한다.

그리고 차에서 내리는데 그때 앞에 최 과장이 서 있었다.

"뭐야? 응? 왜 새벽부터 남의 집 앞에 진을 치고……."

그 말을 채 끝맺기도 전에 최 과장의 주먹이 그대로 태경의 배로 날아들었다. 태경은 그대로 주저앉는다. 숨을 쉴 수가 없다. 앞이 흐릿해지고 눈에 보이는 것은 흐려진 최 과장의 구두. 숨을 쉬려고 어떻게든 쉬어보려고 하지만 쉽지 않다. 그때 최 과장이 말한다.

"회장님이 찾으신다. 이 개새끼야. 크크크."

그러나 다시 시작하는 것이 쉽지는 않을 것 같다. 현 회장이 다시 늪으로 끌어들이고 있었다.

현 회장은 새벽빛이 새어 들어오는 창가에 앉아서 그 백자를 닦고 있었다. 백자는 새벽빛과 묘한 조화를 이루고 있었다. 최 과장이 한 팔을 잡은 태경을 안으로 끌고 들어온다. 그리고 던져 넣듯이 밀어 넣는다. 태경은 쓰러지듯이 바닥에 주저앉는다. 현 회장이 책상에 앉아서 그런 태경을 내려다본다. 최 과장이 인사를 하고 밖으로 나간다.

태경은 숨이 잘 쉬어지지 않았다. 의식하면서 숨을 쉰다. 노력을 해야 숨이 쉬어졌다. 그렇게 계속 의식하면서 노력하면서 숨을 쉰다. 잠시라도 의식하지 않으면 금방이라도 멈출 거 같다. 현 회장은 그런 태경의 숨소리에 아무런 반응도 없이 처음부터 끝까지 꼼꼼하게 백자를 닦아낸다. 그러고 나서 백자를 서랍 안에 고이 보관한 다음 다시 의자에 앉는다.

"많이 아프나?"

"헉헉헉."

"최 과장이 때리드나? 금마 돌주먹인 기라. 다리가 하나 나가뿌는데도 야 이 주먹이 말이야! 씨다 씨! 으이?"

"헉헉헉."

"와 카노? 숨 쉬기 힘드나?"

"헉헉헉."

"그라이 내 뭐라 카드노? 으이? 인간에 대한 사랑을 버리라 안 카드나? 으이? 그거를 끝까지 그래 버리지를 못해 가꼬! 응? 그래 편의점 앞 길거리에서 그래 주저 앉아가 우나? 으이?"

"!!! 헉헉헉!!!"

"모를 줄 알았나? 내 니한테 관심이 많다. 나는 이태경이로 박사 논문까지 받을 수 있는 사람이라. 으이?"

"헉헉헉!!!"

"인간한테는 캐릭터라 카는 기 있어! 본성이지! 절대 변하지 않는 그 본성. 근데 그거를 잠시 숨길 수는 있어. 괜찮은 척 아닌 척. 악마 같은 새끼가 천사처럼 꾸미고 살 수도 있고!! 착한 놈이 나쁜 놈인 척, 센 척 그럴 수도 있다 이거야! 근데 말이야. 진짜 중요한 순간! 위기의 순간이 되마 인간들은 지 본성을 드러내게 돼 있어! 으이?"

"!!! 헉헉!!!"

"지밖에 모르는 그 인간들에 대한 연민을 그래 버리지를 몬 하겠나? 으이?"

"헉헉헉."

"근데 이번에 연기 좋았어! 내도 깜빡 속을 뻔했다 아이가! 니가 진짜로 그 여자들을 이용해가 한 번 더 도약할라 카는 줄 알고! 으이? 이태경이가!!! 우리 이태경이가 이제 드디어 정신을 차리고 어른들의 세상으로 왔구나! 진짜 세상으로 왔구나 그래 생각을 했다! 응?"

"헉…… 헉."

"근데 이상한 기라! 아무래도!!! 그래가 내 니를 관찰 마이 했데이!!! 응? 태경아! 근데 니가 좀 이상하더라꼬! 응? 좀 아가 막 들떠 가 신나하고 으이? 필요 이상으로 열심히 일하고!!! 그래도 내가 생각했지. 그래도 설마 나를 배신할라꼬 응? 특히나 니가 막 그 최서인인가 하는 여자아 따라서 모텔 들어갈 때는 와 우리 이태경이!!"

완전 내 과가 됐구나 그 캤지. 근데? 아무래도 이상해가 자세히 들여다보이 그게 아인 기라. 우리 태경이 그 최서인이가 잘못됐는 기 안타까버가 따라간 거데? 그래가 가를 구원한 기라 그쟈? 그래서 그기 너무 감격스러버 울었어. 엉엉. 크크크크. 야 참회와 구원의 눈물이가?"

"헉헉헉헉헉!"

숨 쉬기가 더욱 힘들어지고 있었다.

"근데 태경아!!! 내가 뭐라 카드노!!! 인간은 그런 존재가 아이라!!! 동물의 왕국 봐봐라!!! 거기에 정의니! 진리니!! 선이니 악이니!!! 그런 기 있드나? 없어! 그냥 지 살라꼬 배부를라꼬!! 으이? 약한 것들부터 막 물어뜯드라 아이가!!! 인간도 똑같아!!! 아무리 진화를 거듭해도 그 본질적인 유전자가 바뀌는 기 아이라!!! 으이!!!"

"헉헉헉!!!"

"와 병원에서 죽어가는 어린 여자들을 보이 불쌍하드나?"

"헉헉."

"안타깝드나?"

"헉헉."

"슬프드나?"

"헉헉."

"근데 우야노? 가들을 밟아야 니가 산다."

"헉헉."

현 회장이 일어서서 태경의 가슴을 밟는다. 힘을 줘서 누르고 비튼다.

"으아악!!!"

"이래 밟아야 한다. 그래야 산다! 사는 기라!!! 으이!!!!"

"헉헉!"

현 회장이 주저앉아서 태경을 내려다본다.

"가서 그것들을 다시 밟아라!"

태경은 올려다본다. 현 회장의 눈을 똑바로 바라본다. 깊이를 알 수 없이 깊고 투명한 눈. 그러나 흐릿해서 아무것도 보이지 않는 눈.

"헉헉…… 회장님."

"응?"

"실수하셨어?"

"뭐가?"

"헉헉…… 현 회장님, 아니 현 회장. 헉헉. 아니 이 개새끼야!!!"

태경이 숨을 몰아쉰다. 그리고 천천히 호흡이 돌아온다. 태경이 일어난다.

"내가 맞는 게 진짜 무섭거든. 때리고 찌르고 죽이고. 근데 막상 맞아보니까 뭐 아프네. 괴롭네. 그런데…… 그거 알아? 한번 당해 보고 나면 상상하던 그 두려움이 사라지거든."

"크크크크크."

"맞아보니까 별로 무섭지가 않네? 그래서 뭐 이제 죽이려고?"

"못 죽일 거 같나?"

"아니 죽이겠지. 시발 그래 죽여봐! 응? 한번 죽여보라고!!!! 이 개새끼야!!!"

"크크크."

"근데 그거 알아? 가만히 생각해 보니까 내가 살아도 살아가는 게 아니었던 거 같아. 당신하고 이렇게 사는 건. 잠도 제대로 못 자는 게 사는 건가? 응? 아니잖아. 응? 그건 아니잖아. 당신 말대로 동물인데 기본적인 생리 욕구조차 침해받으면서. 응? 아니잖아. 그래서 시발, 그냥 한번 막 나가볼라고. 응?"

"그래? 그라마 이건 어떻노?"

"뭐?"

"서준미!"

"!!!"

"응? 솔깃하제?"

"당신이 현직 검사를 볼 수 있을 거 같아?"

"와? 몬 할 거 같나?"

태경과 현 회장의 팽팽한 눈싸움.

"나도 마찬가지라, 니하고. 나도 서준미한테 한번 씨게 당했잖아. 그런데 다시 공격해 온다? 그라마 내가 우예야겠노? 으이?"

"!!!"

"죽이는 수밖에 없어!"

"!!!"

"니까지 이래 말을 안 들으마. 으이? 내는 할 수 있는 기 하나밖에 없다. 싹 다 죽이뿌는 기라. 니하고 서준미 세트로."

"!!!"

"그라마 안 되잖아. 그쟈?"

"……."

"니 서준미를 마이 사랑하잖아. 크크크."

"!!!"

"그라고 그거 아나? 내가 서준미를 위해서 덫을 하나 놨는데 곧 그 안으로 기어들어올 기라. 그때 진짜 죽이뿌까?"

"!!!"

"태경아, 나도 흔들리고 있어. 서준미 땜에. 니 내가 이래 본색을 드러내는 기 무슨 의미 같노? 으이? 내가 그만큼 위험하다는 이야기야!!! 서준미가!! 나를 다시 파고 있다는 기야!!! 그래서 내가 니를 더욱 못 놓는 기라!!!"

"!!!"

"그거 알아라. 내가 더 이상 궁지에 몰리마 서준미를 무는 수밖에 없어!!!"

"헉헉헉."

"태경아."

"헉헉헉."

"나도 인간적으로 연민을 좀 해도. 으이? 내는 안 불쌍하나? 으이? 살라고 이래 발버둥 치는 나를 좀 생각해도."

"헉헉헉."

"자, 가서 그 둘이 싹 밟았뿌라. 그라마 내가 약속하께. 무슨 일이 있어도 서준미 검사 건드리지 않을게."

현 회장이 새끼손가락을 태경에게 내민다.

"헉헉."

현 회장이 억지로 태경의 손을 끌어내서 약속을 한다.

"자, 도장도 찍고. 복사."

"헉헉헉."

"우리 약속을 한 기다. 그쟈?"

태경이 현 회장을 노려본다.

"그라고 태경아, 사람이 일관성이 있어야지. 응?"

"!!!"

"갑자기 이래 착한 사람 되겠다 카마 되겠나?"

"헉헉."

"니는 그러니까 쭈욱 내가 시키는 대로. 응?"

"헉헉."

"자 대답해라. 내 말 들을 기제?"

현 회장이 웃고 있었다.

착한 사람

태경은 집 안에서 웅크린 채 앉아 있었다. 그리고 현 회장을 생각한다. 그의 늪은 끝이 없었다. 너무나 깊고 깊은 늪이다. 끊임없이 끌어당긴다. 끌려 들어간다. 벗어나려 하면 그의 발목을 잡고 더 깊은 곳으로 들어간다. 이제 충분하다고 그만하면 됐다고 생각하면 늘 그는 새롭고 더 깊은 어둠을 보여주었다. 어둠에는 끝이 없었다.

그때 전화가 울렸다. 받지 않으려고 했다. 그냥 울리게 두려고.

그러나 그 순간 해결되지 않은 많은 것들이 다시 그를 현실로 끌어당긴다.

소송, 두 어린 노동자, 피부암, 병원비, 부모, 죽음.

간단히 해결될 수 있는 문제를 다시 복잡하게 만든 건 태경 자신이었다. 다시 합의하자고 하면 이전보다 조건은 더 나빠질 것이다. 그렇다면 소송을 진행해야 하나? 이길 수 있을까?

일단 매달려보자, 합의해 달라고. 좋은 조건으로 그 둘의 문제를 해결하자.

그리고 전화를 보는데 준미다.

그녀가 태경에게 전화를 걸고 있었다.

"여보세요."

"나야, 준미."

그녀의 음성.

"알아."

"잠깐 만났으면 하는데……."

"우리가? 왜?"

맘에도 없는 퉁명함이 어디선가 튀어나온다. 하지만 그녀의 말투는 변하지 않는다.

"의논하고 싶은 게 있어."

"……."

차라리 잘됐다. 만나서 더 이상 파고들지 말라고 이야기하는 게 나을지도 모른다.

태경은 준미를 중간 지점에서 만나기로 한다. 거기다가 거리가 어느 정도 있어야 미행을 따돌리기에도 좋다. 태경이 집을 빠져나오는데 뒤에 검은색 차가 한 대 따라붙는다. 태경은 따라오는 차를 의식하면서 강남대로로 간다. 그리고 꽉 막힌 도로에서 달리는 차들 사이로 위험하게 유턴을 한다. 마주 오던 차들이 경적을 울린다. 아찔한 상황이다. 태경이 반대편 도로를 보자 미행을 붙던 차가 따라서 유턴하지 못하고 어정쩡하게 서 있다. 태경이 그 사이를 뚫고 바로 고속도로로 이어지는 길로 빠져나간다. 백미러와 사이드미러를 통해 수시로 확인하지만 따라붙는 차는 없다.

옥천 IC에서 빠져나오자마자 있는 커피숍에서 준미를 만났다. 한적한 곳이어서 손님이 없었고 창밖으로 오가는 사람들을 살필 수 있어서 더 좋았다. 잠시 후 작은 국산 경차가 도착하고 거기서 준미가 내린다. 준미는 창을 통해서 태경을 확인하고 안으로 들어온다.

"오랜만이네."

"응. 앉아."

"아직도 현 회장과 일하고 있지?"

"응…… 아직도 현 회장을 겨누고 있니?"

"여전히. 그래서 만나자고 한 거야."

"현 회장의 졸개인 나를 왜 만나자고 한 걸까?"

"제안을 하려고 해."

"뭐?"

"오빠가 살 수 있는 마지막 기회."

"내가 살 수 있는?"

"우리가 현 회장을 제대로 겨누면 오빠도 무사하지 못해. 그 전에 기회를 주는 거야. 현명하게 생각해."

태경이 준미를 본다. 그리고.

"어차피 내 죄는 같아. 덜어지지 않아."

"그래도 최소한 정상참작은 될 수 있어."

태경이 준미를 본다. 이 여자가 지금 제안을 한다. 사무적으로 딜을 하고 있다. 하긴 무엇을 기대했을까?

"잘 생각해 봐. 범죄자와의 협상은 없지만 정상참작이란 게 있으니까."

"범죄자라⋯⋯."

대화가 끊긴다. 시간이 흐르고 침묵은 깊어진다.

"내가 응할 거라고 생각했니?"

"⋯⋯몰라. 사람의 마음은 알 수 없는 거니까."

"지금 예측해 봐."

서로를 마주 본다. 그렇게 한참 동안. 얼마만인지, 이렇게 서로를 오랫동안 마주 보는 것이. 정성을 다해서 서로의 얼굴을, 서로가 어떤 사람인지. 많은 시간이 흘렀지만⋯⋯ 그 시간의 풍화를 뚫고 서로를 깊이 들여다본다. 공기가 무겁다.

"생각해 봤어. 마지막에 오빠가 나 찾아왔을 때."

"!!!"

"그때 내가 많이 화가 나서 그랬었지만 가끔씩 생각이 들었어. 오빠가 왜 날 찾아왔을까 하고."

"⋯⋯."

"혹시 오빠가 다시 시작해 보려던 건 아닐까? 예전으로 돌아오려는 건 아닐까 하는 그런 생각까지 했어."

"⋯⋯."

"그때는 왜 나를 찾아온 거야?"

태경이 준미를 바라본다. 태경을 보는 준미의 눈빛.

지금이라도 그녀의 손을 잡는다면⋯⋯ 다시 시작할 수 있을까? 하지만 아무 말도 하지 못한다.

"응?"

"잘 기억 안 나."

"그랬구나."

태경과 준미가 잠시 서로를 본다.

"오빠."

"응?"

"지금이라도 다시 시작해 보는 건 어때?"

"……"

"함께 현 회장을 겨누자. 오빠가 나서주면 현 회장을 좀 더 쉽게 이길 수 있어."

"……"

"응?"

"내가 왜?"

"그게 정의니까."

태경이 웃는다.

"그걸로 설득할 수 없나?"

"……"

준미가 씁쓸하게 웃는다. 그리고 다시 태경을 본다.

"응? 나를 도와줄 수 없어?"

"준미야."

"응."

"현 회장은 늘 상상하는 것 이상으로 너를 겨눌 거야."

"응."

"너를 죽일 수도 있어."

"알아."

"뭐?"

"나도 당해봤잖아. 직감적으로 알 것 같았어. 아 나를 죽일 수도 있겠구나, 라고."

"!!! 그런데 왜?!"

"좋아. 그래서 굴복하면!"

"!!!"

"어떻게 할까? 나도 현 회장 밑으로 들어가서 오빠처럼 길까? 응?"

"!!!"

"무섭고 두려워서 피하면 끝이 없어. 결국 나의 모든 걸 내놓으라고 할 거야. 난 그렇게 살고 싶지 않아."

"!!!"

"나는 설령 죽는 한이 있더라도 내 길을 갈 거야."

태경은 알게 되었다. 자신이 왜 그토록 서준미를 잊지 못해 하는지. 젊을 적에 잠시 그냥 사랑한 사이일 뿐인데. 잠깐이었는데 왜 그토록 잊지 못하는지를.

태경은 서준미를 사랑한 것이 아니었다.

좋아하고 존경했었다.

사랑은 잊히지만, 사라지지만,

좋아하는 마음은 없어지지 않는다.

세상을 바라보는 그녀만의 방식,

그 누구에게도 꺾이지 않는 그 결기,

어떤 위기와 고통스러운 순간에서도 품위를 잃지 않는 그 고결함.

그래 그녀를 좋아한 것이었다.

존경했다.

그리고 지금 확인한다. 그녀를, 준미를.

그녀는 지금도 변하지 않고 이곳에 서 있다.

태경이 준미를 본다.

"나를 믿을 수 있겠어?"

"오빠를 많이 미워했었어. 하지만 이젠 더 이상 오빠가 밉지 않더라."

"왜?"

"나 이제는 다른 사람을 좋아하나 봐."

"!!!"

"그렇게 사랑과 증오가 사라지니까, 그러고 나니까 오빠가 이해가 되더라. 오빠의 유약함과 연약함. 내내 안타까웠던 그 섬세함 때문에 오빠가 그렇게 무너져 내렸다고 이해가 됐어. 오빤 늘 그랬으니까. 내가 사랑했었던 오빠는."

"……."

"그래서 엇나간 오빠가 밉고 미치도록 증오스러웠나 봐. 티끌만큼도 용서할 수 없었어!"

"준미야……."

"하지만 이젠 아니야. 오빠를 이해해."

서로를 마주 본다.

"오빠, 도와줘. 나 정말 현 회장을 잡고 싶어."

"왜? 이젠 사랑하지도 않는 나에게 왜?"

"나는 아니까. 오빠가 얼마나 착하고 섬세한 사람인지, 얼마나 넘치는 사랑을 가진 사람인지 나는 아니까. 나만은."

참으려는데…… 참으려고 발버둥을 치는데…… 눈물이 흐른다. 흐느낌을 참을 수가 없다.

"무너지는 오빠를 증오했었어. 사랑하지만 나약한 오빠를 참을 수가 없었어. 그래서 옆에 있어주지 않았고, 손 내밀지 않았어. 나 참 나빴다."

태경은 흐르는 눈물을 내버려둔다. 그리고 준미를 본다.

"오빠, 도와줘."

"준미야, 정말 심각해질 수도 있어."

"알아. 그럼에도 불구하고 가야만 하는 길이 있어."

"나를 믿니?"

"응."

"나는 현 회장의 편이었어. 그래도 나를 믿니."

"응."

"왜?"

"오빠는 착한 사람이니까. 원래 그런 사람이니까. 지금은 잠시 길을 잃은 것뿐이니까."

"……."

"나 오빠를 믿어."

그러면서 준미가 USB를 하나 내민다.

"전주지검 차장검사 주만용."

"계속 읊어봐."

"주만용과 애인의 사진이 있을 거야. 하지만 이걸 우리가 바로 수사할 수는 없어."

"언론?"

"응."

"그래서 내가 필요했구나."

"맞아."

"자극적으로 가자는 거지?"

"그래야 관심을 가질 테니까."

"그래야 아무도 못 건드리게 되겠지."

"그다음에는?"

"주만용과 황룡 현 회장을 걸 거야."

"좋아."

"어떻게 할 거야?"

"길게 장기전으로 가면 안 돼. 이거 터트리고 바로 현 회장으로 가야 해."

"이유는?"

"절대 현 회장이 생각할 시간과 여유를 줘선 안 돼. 바로 잡아넣 어야 해."

"알겠어."

"가자."

"그래, 가보자."

그렇게 잠시 앉아서 마주 본다. 대화 없이. 표정 없이. 그래 어쩌 면 더 이상 할 말은 남아 있지 않을지 모른다. 태경은 문득 준미가 사랑하게 된 그 사람이 누군지를 생각해 본다. 아프고 질투가 났 다. 그러나 아무 의미 없는 감정일 뿐이다. 그녀는 이제 완전한 남 으로 앞에 서 있다. 서준미에게 그렇게 의미 없는 사람이 된 것이 슬프다. 그러나 그 역시 의미 없는 감정.

그렇게 커피 한 잔을 같이 마신다. 그리고 각자의 길로 간다.

새로운 전쟁이 시작되었다.

토요신문 장 기자는 업계에서 유명한 기자였다. 악랄하고 자극적이기로. 성격 자체도 삐뚤어진 장 기자는 고위 공무원과 정치인, A급 연예인 등 잘나가는 사람들에 대해 이유 없는 적개심으로 무장해 있었다. 건수만 걸렸다 하면 소설에 가까운 선동글로 매장시키기에 앞장섰다. 언젠가 누군가 물은 적이 있었다.

"왜 그렇게까지 심하게 쓰냐?"

"그냥 체질적으로 잘난 척하는 새끼들이 싫어. 앞에서 잘난 척하고 뒤에서 호박씨 까는 새끼들은 더 싫어."

덕분에 이름 없던 토요신문은 타블로이드계의 황태자로 떠올랐다. 주로 고속버스 터미널이나 휴게소, 기차역에서 팔리는 토요신문은 꽤 많은 판매량을 올리고 있었고, 인터넷판은 자극적인 기사로 꽤 많이 알려져 있었다. 그는 타고난 악플러였다. 그리고 그 자극적인 글은 사람들을 끌어모았다.

한밤 태경과 장 기자는 태경의 집에서 만났다. 태경이 값비싼 양주를 한 병 꺼내 온다.

"아니 왜 칙칙하게 집으로 부르고 그래? 응? 내가 남자 혼자 사는 집에 오고 싶겠어? 뭐 집 자랑 돈 자랑 하는 거야?"

"왜 그래? 응? 내가 아주 시크릿한 이야기를 하려고 하니까 그렇지."

"룸살롱도 보안 잘돼. 이쁜 여자들이 옆에 있어야 이야기도 더 잘되고."

태경이 봉투 하나를 쓱 밀어준다.

"내가 또 이렇게 보상을 하잖아. 응?"

장 기자가 봉투를 쓱 받아 넣는다.

"뭔데?"

태경이 USB를 내민다.

"제대로 한번 씹어줘."

장 기자가 웃으며 USB를 받는다.

"읊어봐."

다음 날 인천공항에서는 20대 초반의 여성이 여행 가방 안에 은박지로 싼 거액의 외환을 가지고 출국하려다 공항에서 적발되는 일이 발생했다. 거의 오십만 불이 넘는 거액이었다. 그 여성은 돈의 출처에 대해서 자기 돈이라는 말만 되풀이하고 있었다.

그리고 몇 시간 후 포털에는 그 여성과 함께 오피스텔로 들어가는 한 남성의 사진과 함께 기사가 작성되었다.

「전주지검 차장검사의 화려한 사생활」

그리고 그날 오후 포털에서는 전주지검 차장검사 주만용의 불륜과 그가 H건설 H회장으로부터 지속적으로 스폰을 받아오고 있었다는 기사가 게시되었다. 곧 난리가 났고, 언론사들은 후속 보도를 하기 시작했다. 자극적이었다. 강남의 한 오피스텔에서 현직 차장검사가 미니스커트를 입은 여성과 비틀거리며 걸어가고 있었다. 거기다가 그 여성은 며칠 후 오십만 불이 넘는 외환을 은박지에 싸서 출국하려다 적발되었다.

기사는 원색적으로 주만용 차장검사를 비난하고 있었다. 글 자체가 분노와 원한으로 가득 차 있었다. 이런 짓이 얼마나 야비하고 더러운 짓인지, 국민의 세금으로 살아가는 자가 저렇게 사는 것이 얼마나 당신들에게 피해를 끼치는지가 세세하게 설명되어 있었다. 늘 그랬듯이 사람들은 장 기자의 글에 빠져들어간다. 그의 분노가 전염된다. 불과 몇 시간 만에 주만용은 국민 쓰레기가 되어 있었다. 참 쉽다. 그리고 빠르다. 그것은 증오의 힘이었다.

거기다 그를 태운 적이 있는 한 대리 기사의 인터뷰는 타고 있는, 활활 타오르고 있는 증오의 불길에 휘발유를 부어버렸다.

"내가 태어나서 그렇게 야비하고 쓰레기 같은 인간은 처음 봤습니다. 말끝마다 반말에 쌍욕에 급정거 한 번 했다고 세상에 있는 욕 없는 욕 다 들었습니다. 그리고 계속 저한테 묻더군요. 자기가 누군 줄 아냐고? 아니 그걸 왜 나한테 묻습니까? 예? 자기가 가장 잘 알면서? 이제 제가 대답해 줄 수 있을지도 모르겠습니다. 그 인간 정말 개쓰레기였습니다."

네티즌들의 반응은 순식간이었고, 또 폭발적이었다. 모두들 분노로 들끓고 있었다.

검찰에서는 사태 파악도 되기 전에 언론 보도부터 되는 상황에 곤혹스러웠다. 대검은 사실 파악을 위해 주만용에 대한 감찰을 지시했다.

"억울합니다!!"

대검으로 불려온 주만용은 억울함을 호소했다.

"그럼 이 사진들은 뭐야?"

"그게 어쩌다 보니 실수를…… 아니 이런 건 사생활 아닙니까?"

"사생활? 텐프로 아가씨하고? 거기다가 그 아가씨가 오십만 불이 넘는 외환을 가지고 나가다가 적발됐어. 그것도 유로는 뺀 액수야."

"그 미친년! 아니 그건 내 돈이 아니라니까요."

"됐고. 자세한 건 애들하고 이야기해."

대검 감찰국장이 자리를 뜨자 패기만만한 젊은 검사들이 들어온다.

"자, 선배님, 시작하겠습니다. 어떻게 차 한 잔 더 드릴까요?"

"됐어."

"한송이 씨와 어떤 관계이십니까?"

"모르는 사이야."

"그럼 사진은요?"

"!!! 그냥 한 번 그런 거야."

"뭘 그런 것인지? 네?"

"야. 너 남자니까 알 거 아냐?"

"아뇨. 전 잘 모르겠는데…… 구체적으로 뭘 하신 거죠?"

"이 새끼가. 너 몇 기야?"

"전 로스쿨인데요?"

"이것들이 진짜, 근본도 없는 것들이."

차분하던 젊은 검사가 안경을 벗고 주만용을 쏘아본다.

"야…… 이거 이러면 막 하자는 건데…… 선배님, 서로 예의를 지켜서 조용히 진행을 할까요? 아니면 같이 막 나가볼까요?"

"뭐? 이 버릇없는 놈."

"이 양반 이거 안 되겠네……. 이봐요. 이거 사이즈가 옷 벗는 걸로 끝나는 게 아니야. 내가 범법자한테 이만큼 예의를 지켰으면 된거 아냐?"

"!!!"

"주만용 씨, 정신 차려. 이미 회사에선 당신을 버렸어."

"!!!"

"암 덩이는 잘라내야 몸이 살지."

"!!!"

젊은 검사가 웃으면서 다시 주만용을 본다.

"자, 다시 묻습니다. 한송이 씨와 구체적으로 어떤 관계입니까?"

주만용은 비로소 알게 되었다. 자기는 완전히 버려졌다는 것을.

이 순간을 모면하고 현 회장을 통해 윗사람들을 찾고 구명 운동을 펼치면 무마될 것이란 희망이 완전히 부서진다.

그러면서 순간 아득한 곳으로 떨어지는 것처럼 정신이 혼미해진다.

그가 가지고 있던 것들.

누리던 것들을.

이제는 끝이다.

갑자기 힘이 빠진다.

자신을 본다.

더 이상 차장검사가 아닌 자신을.

비루하고 겁먹은 남자가 앉아 있다.

아이들은 무슨 생각을 할까?

부인이 가만히 있을까?

나중에 변호사로 활동할 수 있을까?

자기를 부러워하고 우러러보던 친구들은 어떻게 생각할까?

무시했던 친척들은 뭐라고 할까?

그제야 주만용은 알게 된다.

자신을 이루고 있던 모든 것은 검사라는 직책과 그것을 우러러

봐주는 주변의 시선이었다는 것을.

그리고 그 검사라는 타이틀이 사라지자 그는 허공 속의 먼지 같았다.

진짜 인간 주만용은 그 어디에도 없었다.

다음 날 검찰총장은 대국민 사과를 발표하고 주만용 검사와 관련된 비리를 철저히 수사하겠다고 발표했다.

수사에 속도가 붙기 시작했다.

대검으로

태경은 다시 기자들과 만나고 있었다. 이번에는 유력지 기자들을 만나서 술을 샀다. 다들 거나한 자리를 기대했는데 태경은 그들을 소박한 고깃집으로 데려간다.

"뭐야? 요즘 힘들어?"

"박 기자, 나 진짜 정의롭게 살라고. 이제."

"하하하하하. 나는 이제 숨 안 쉬고 살려고."

"진짜야. 내가 요즘 착하게 사니까 이거 봐. 피부가 매끈매끈해진 거 보이지?"

"뭔데? 뭔 수작질을 할라고 또 썰을 풀어?"

최대 발행 부수의 유력지 오 기자가 찌르고 들어온다. 뒷돈과 접대 좋아하지만 기자로서 촉은 좋다. 유용한 스타일이다. 태경이 수작질을 시작한다.

"아니 내가 좋은 소스 하나 줄라고."

최근 공정 언론으로 젊은 층의 지지를 받고 있는 방송국의 조 기자가 슬며시 관심을 보인다.

"뭔데?"

"주만용 건."

솔깃.

다들 꿀통 찾는 벌처럼 모여든다.

"뭔데?"

"응?"

"말해 봐."

태경은 삼겹살을 꼼꼼히 씹으며 기자들을 본다. 조 기자가 재촉한다.

"니주 그만 깔고 읊어봐."

"주만용이가 왜 전주지검에 갔는지 알아?"

"응?"

"왜 하필이면 전주지검이었겠냐고?"

"왜?"

"뭔데?"

"응?"

집중하는 기자들.

"서준미."

"아! 국민 쌍년?"

"그그 저속하게 진짜. 그래, 그 쌍년이 원래 H회장 수사하고 있었는데 그걸 막으려고! 전주까지 내려간 거야."

"!!!"

"스폰서?"

"그렇지!!"

"오케이. 계속해 봐."

기자들이 메모지를 꺼낸다. 젊은 조 기자는 녹음 어플을 튼다.

"서준미 검사가 그전부터 H를 조질려고 작정했잖아."

"H가 황룡 현 회장 맞지?"

"사쓰마리 몇 년짼데 아직 그런 걸 확인하나?"

"알았어. 계속."

"결국 지난번 사건, 서준미를 쌍년으로 만든 그 사건도 결국 주만용이하고 현 회장하고 결탁해서 서준미를 모함한 거라 이 말이지."

"수사를 피하려고?"

"오케바리."

"야, 이거 대박인데?"

"그 서현철 전 대법관 사건도 결국 무죄였지?"

"그래! 그렇다니까! 그거 대가성 없다고 났어!"

"하기야. 그때 분위기상 너무 몰았어."

"자자자. 이때쯤 여러분들이 시나리오를 쫙 그려야 하는데? 응? 그 정도 촉은 있어야 편집국장도 달고 칼럼도 쓰면서 편하게 노후 생활을 맞이하지? 응?"

"뭐?"

"생각하는 그림이 있나 본데. 그려봐."

"니네가 이때쯤 해서 반전을 쓱 내밀어주는 거야."

"응?"

"이해력들 딸리네. 서준미. 그 어려운 수사를 거기까지 밀어붙이고 오해와 모함 속에서도 좌천을 당한 후에도 끝까지 밀어붙이는 그 뚝심. 반전 카드. 오케이?"

"아이템 괜찮네."

하지만 장 기자가 난감한 표정을 짓는다.

"우리 데스크가 저번에 서준미 너무 밟아서 바로 돌아서지 않을 거 같은데?"

"임마. 그런 걸 관철시키는 게 기자지."

"재밌는 아이템이긴 하네."

조 기자가 흥미를 보인다.

"그렇다니까."

"근데 당신 서준미하고 무슨 사이야? 왜 그렇게 띄워줄라고 해?"

"나 존나 사랑하는 사이지."

"지랄하지 말고."

"맞다니까. 어 고기 탄다. 빨리들 먹어."

기자들이 머리를 굴리며 상황을 살피기 시작한다.

태경은 안다. 머리를 굴리는 것은 넘어간 것이다.

기자다.

이보다 흥미로운 기삿거리가 있을까?

현 회장은 깊은 생각에 잠겨 있었다. 전혀 예상치 못한 곳에서 구멍이 나기 시작했다. 주만용이 저렇게 될 거라고는 생각지 못했다. 거기다가 주만용이 자신과 관련된 서류들을 저렇게까지 은밀하게 보관하고 있을지는 꿈에도 생각지 못했다. 인터넷에서는 벌써

부터 주만용의 서류에 적힌 H가 현 회장이라는 것이 거의 정설처럼 받아들여지고 있었다. 현 회장이 궁지에 몰리고 있었다. 현 회장은 다소 마음을 비우기로 한다. 주만용과의 관계는 이미 부정할 수 없는 상황에 몰려 있었다. 여기서 모든 것을 부정하면 오히려 역효과가 날 수도 있다. 자신과 관련을 맺고 있던 고위직들도 그런 것까지 감싸줄 수는 없을 것이다. 그러면 그들도 부담을 느끼고 완전히 돌아설 것이다. 그때 남는 것은 결국 너 죽고 나 죽자 식의 자폭 작전인데 그것은 절대로 현 회장이 원하는 것이 아니다. 현 회장은 이 상황에서 피해를 최소화하면서 스무드하게 넘기는 방법을 생각한다. 그러기 위해서 일단 주만용의 입을 단속해야 한다. 주만용에게서 더 이상의 이야기가 나와서는 안 된다. 자신은 당하더라도 윗선은 보호해야 한다. 그래야 다음이 있다.

가장 중요한 것이 장영미와 관련된 이야기다. 절대 장영미와 김민지 그리고 송엔터에 대한 이야기가 나와서는 안 된다. 그것과 관련된 것만 막는다면 큰 문제가 될 거 없다. 그러다 보면 사람들의 뇌리에서 이 사건이 잊힐 것이고, 현 회장은 운이 좋다면 감옥에서 그걸 지켜볼 것이고 상황이 더 악화된다면 외국에서 조용히 그것을 지켜보면 될 것이다.

노회한 현 회장은 눈을 감는다. 거의 정리가 되어가고 있다.

다만 그 전에 처리해야 할 문제가 있다.

서준미.

어떻게든 그 여자를 막아야 한다. 이번에는 다소 위험을 무릅쓰더라도 그녀를 처리하리라고 다짐한다. 그럴 리가 없겠지만 혹시라도 그녀가 이번 사건 수사에 개입하게 된다면 그때부터는 현 회장이 전혀 감당할 수 없는 상황에 직면하게 된다.

그렇게 되기 전에 반드시 서준미를 처리해야 한다.

드디어 그 일을 하기 위한 시간이 온 것이다.

그 전에 먼저 이동일, 그를 찾아야 한다. 결정적인 키를 쥐고 있는 이동일이 증언을 하기 시작한다면 다시 문제가 불거질 수 있다. 반드시 그를 찾아야 한다.

그리고 가장 우선 해야 할 일은 주만용의 입을 다물게 하는 일이다.

그래서 절대로 장영미가 세상 밖으로 나오는 일이 없어야 한다. 그래야 한다.

그래야 그 사람이 다치지 않는다.

그 사람까지 가게 되면 그걸로 끝이다. 미래가 없다.

무조건 그 사람을 보호해야 한다.

장윤선은 주만용과 집 부근의 공원에서 만났다. 주만용은 그 와 중에도 장윤선의 풍만한 몸매를 훑어 내린다. 운동하며 지나가던 사람들이 주만용을 알아보고는 수군거린다.

"장 비서, 지금 저 개 같은 국민성 봤지? 응? 그저 사실 확인도 안 하고 언론에서 말하는 대로 우르르 몰려다니고 말이야. 미개해. 우매한 것들. 저러니 개돼지란 소리를 듣지."

"주 검사님."

"왜?"

"지금 상황이 심각해요."

"알아."

"곧 구속될 겁니다."

주만용이 흥분을 참지 못하고 일어선다.

"지금 장난해? 응? 현 회장한테 가서 전해!!! 무조건 구속 막으라고, 덮으라고!!! 그렇지 않으면 나도 가만히 있지 않아. 그 안에 있는 자료가 전부가 아냐!"

장윤선이 흔들리지 않고 차분한 표정으로 주만용을 바라본다.

"어르신도 신이 아닙니다."

"!!! 하지만 그 위의 권력자들을 주무르고 있지."

"그 사람들도 역시 마찬가집니다. 좋은 상황에서야 서로 돕지만 지금 같은 상황에서 누가 누굴 돕고 그럴 수 있는 상황이 아니에요. 수사해 봤으니 잘 아시잖아요."

"하지만 나 주만용이야!! 내가 어떻게 감옥에 들어가!"

"어르신도 들어가실 겁니다. 그것도 운이 좋아야지요. 그게 안 되면 외국으로 도망가야 합니다."

"!!!"

"지금 상황은 피할 수가 없어요."

"안 돼! 어떻게든 방법을 마련해 보라 그래! 내가 현 회장을 만나겠어!"

"안 됩니다!"

"!!!"

"그건 자살행위예요. 제발 이성을 찾으세요. 그래야 다음이 있어요."

"검찰 수뇌부에 이야기해서 어떻게든 무마하라고 해봐. 다소 무리가 있더라도."

"작년만 같았어도 통했죠. 하지만 이번 정부에서 그런 수 쓰다가는 제대로 당합니다. 아시잖아요. 검찰을 어떻게든 손보려고 이를 갈고 있는 거."

"!!!"

"들어가세요. 그 안에서 기다리다 보면 어떻게든 기회가 옵니다."

"……."

"자기 죽게 생겼다고 주인을 무는 사냥개가 어떻게 될지 생각해보세요."

"!!!"

"절대 검찰에게 넘어가서 너 죽자 나 죽자 식으로 모든 걸 불어버리면 그때는 정말 끝입니다."

주만용이 장윤선을 본다. 이제야 현 회장의 의도가 이해가 된다. 입을 다물라는 것. 혼자 죽으라는 것.

"그걸 아셔야 해요. 어르신이 무너지면 그때는 모두가 끝이라는 걸."

주만용은 분노가 치밀었지만 인정할 수밖에 없었다.

⚖

최 과장은 몇 달째 이동일을 찾기 위해 모든 것을 바치고 있었다. 현 회장은 위기에 몰리고부터 더욱 조급해져서 최 과장을 몰아붙이고 있었다. 어서 이동일을 잡으라고. 그래서 죽이라고.

하지만 이동일의 꼬리를 잡는 것은 쉽지 않았다.

이동일이 마지막으로 목격된 곳은 부안의 저수지. 최 과장은 당시 이동일이 심하지는 않지만 부상을 당했다고 생각하고 주변 병원의 의료 기록을 뒤졌지만 이동일의 흔적을 찾을 수 없었다. 그러다 생각을 바꾸었다. 오히려 이동일이 병원은 기록이 남기 때문에 두려워서 가지 않았을 수도 있다. 아픈 몸을 이끌고 간 곳은 아마도 여관이나 모텔일 것이다. 부러진 상처가 아니라면 모텔에서 조용히 혼자 약으로 치료했을 가능성도 있었다. 최 과장은 주변의 모텔과 펜션 그리고 여관을 뒤지고 다녔지만 역시 흔적을 찾기가 어려웠다. 주로 한적한 곳을 찾아다녔지만 이동일이 머문 곳을 찾을 수는 없었다.

그러다가 거의 포기할 무렵 지나가던 산 중턱에 있는 러브호텔을 발견하고 차를 세웠다. 그리고 안으로 들어가자 데스크에 머리를 오색 빛깔로 염색한 '양아스러운' 한 남자가 대놓고 에로 영화를 보고 있었다.

최 과장이 들어가자 남자가 보며 말한다.

"대실 이만 원, 숙박 칠만 원요."

"혹시 서너 달 전에 여기에 혼자 온 남자 없나?"

"여기를?"

"좀 다쳤어. 젖었을 수도 있고."

"여긴 다 젖어서 오죠. 크크크."

"기억이 없어?"

"아이 씨. 내가 그렇게 머리가 좋으면 여기에 있겠어요."

최 과장은 돌아선다. 그때 뒤에서.

"참외!"

"뭐?"

"참외 뭐라고 하던데?"

"뭔 소리야?"

"알고 싶으면 오만 원."

양아스러운 남자가 진지한 표정으로 최 과장을 본다. 최 과장이 오만 원권을 꺼내 반을 찢어서 준다.

"말해."

"서너 달 전인가 완전 젖어서 죽기 직전의 인간이 여기로 들어와서 잔 적이 있어요."

"!!!"

"내가 그때 진짜 이빠이 쫄았다니까. 방에서 나오지를 않는 거야! 그래서 혹시 자살했나 싶어서 들락날락. 그래서 문 두드리면 쉬고 있다고 그러고. 일주일 치를 한꺼번에 결제하더라구요. 음식도 시켜 먹고."

"그래서?"

"그러다가 어느 날 밤에 갑자기 나가. 그래서 내가 수상해서 가만히 들어보니까 통화를 하면서 무슨 참외라고 하더라고. 기차를 탄다는 이야기도 듣고."

"참외, 기차?"

"응. 그렇다니까."

"그 외에 다른 건 없고."

"없고."

최 과장이 찢겨진 나머지 오만 원권 주고 돌아선다. 그때 뒤에서.

"뭐 경찰? 탐정? 오 카리스마 작살."

최 과장이 돌아와서 남자를 본다.

"왜?"

"차렷!"

"뭐야?

144

"차렷하라고 이 새끼야!"

"나 면젠데?"

최 과장이 남자의 멱살을 움켜쥐고 끌어당겨서 발로 차서 다리를 모으게 하고 양손을 옆에 붙인다.

"쌍노무 새끼야."

그리고 머리카락을 쥐고 흔든다.

"대가빠리 물 빼."

그렇게 노려보고는 밖으로 나간다. 카운터의 남자는 울먹울먹한다.

"괜히 말해 줬어. 개새끼가."

태경은 재판 준비를 하다가 고개를 들고 인터넷을 켠다. 원래 산만한 편이지만 오늘은 수시로 핸드폰을 들고 포털을 검색한다. 아직 아무런 기사가 없다. 장 기자에게 전화를 걸었다.

"어이…… 왜 아무 기사가 안 나?"

"야. 데스크에서 승인이 안 난다."

"아니 이 좋은 아이템을 못 빨아 드시나?"

"몰라. 서준미 스타일이 맘에 안 든대."

"지랄들 한다. 끊어."

조 기자에게 전화를 걸었다.

"왜 아직도 조용해 응? 심심해 죽겠어!"

"기다려봐. 새벽 뉴스에서 다룰 거야. 반응 보고 확장인지 죽일 건지 결정할 거야."

"야 역시! 한국 언론 죽지 않았어!"

"반응 보고 다시 통화하자고. 근거 없이 아가리 턴 거면 진짜 가만 안 둔다."

태경은 조용히 새벽 신문이 포털에 뜨기를 기다린다.

조 기자의 방송국 새벽 뉴스에서 서준미 검사에 대해서 다뤘다. 그 뉴스가 포털 동영상에 뜨자마자 출근 시간을 기점으로 하루 종일 초록창 1위는 서준미 검사였다. 역시 반전보다 재밌는 카드는 없다. 국민 쌍년이었던 서준미 검사의 지난 이력들이 다시 꼼꼼하게 검토되어 재평가되기 시작한다. 강단 있는 수사, 결기 등등. 국민 쌍년에서 국민 검사가 되는 데는 몇 시간 걸리지 않았다. 특히 사람들은 서준미 검사가 황룡건설 현 회장 수사를 펼치다가 주만용과 현 회장에 의해 밀려났다는 부분에 분노했다. 잘못된 찌라시들의 보도에 유능하고 정의로운 검사를 국민 쌍년으로 몰아갔다고 반성에 반성을 거듭했다. 그리고 오전이 넘어서자 주만용과 현 회장 수사 검사로 서준미를 임명하라는 요구가 빗발쳤다. 검찰 수뇌부는 그런 요구에 대해서 검찰의 인사가 네티즌들의 뜻대로 이루어지지는 않는다고 맞섰다. 그러자 더욱 난리가 났고 네티즌들은 그것이 국민의 요구라고 맞섰다. 검찰은 수사를 은폐하려고 한다는 의혹과 비난에 직면하게 되었다. 방송사의 긴급 여론조사에서 검찰의 이번 수사를 신뢰할 수 없다고 말하는 국민이 90퍼센트를 넘는다는 결과가 나오자 검찰도 당황하지 않을 수 없었다. 청와대와 정치권조차 여론의 흐름에 촉각을 곤두세웠다. 지방선거가 다가오고 있었다. 경찰 측에서 공정한 수사를 위해서 경찰이 이번 사건을 수사해야 한다는 주장이 나오자 검찰은 당황하지 않을 수 없었다. 검찰이 경찰의 수사를 받게 된다? 경찰은 작정하고 덤빌 것이다. 검찰로서는 그 상황만은 피해야 했다. 경찰의 수사를 받는 그 상황만은 용납할 수 없었다. 결국 검찰총장은 특단의 조치를 내릴 수밖에 없었다.

　그날 오후 진태와 마 형사 그리고 다른 수사관들은 초조하게 사무실에서 기다리고 있었다. 준미가 지검장실로 불려간 지 삼십 분이 넘도록 돌아오지 않고 있었기 때문이었다. 오전부터 전혀 예상하지 못했던 인터넷의 반응 때문에 당황스러웠다. 기쁘기도 했지만 너무나 급작스러운 변화와 칭찬에 두렵기까지 했다. 준미는 아무런 반응 없이 다시 수사에만 집중하고 있었다. 그리고 오후 늦게 지검장이 준미를 불렀고 준미는 그 후로도 검사실로 돌아오지 않고 있었다. 진태는 일손을 잡지 못하고 그저 초조하게 서류를 만지고 있었고, 다른 수사관들이 있는 근무시간에는 검사실 출입을 하지 않았던 마 형사조차 나타나 초조하게 소파에 앉아 있었다. 다른 수사관들은 그저 영문도 모르고 현재의 상황을 주시하고 있었다.
　그리고 얼마나 지났을까 준미가 검사실로 들어온다.
　모두가 준미를 바라본다.
　그러나 준미는 아무 말도 없이 조용히 책상에 앉아서 보던 서류를 본다.
　진태와 마 형사 그리고 수사관들이 모두 준미를 바라본다.
　몇 분 동안의 고요. 진태가 참지 못하고 준미에게 묻는다.
　"검사님?"
　준미가 고개를 든다.

그리고 조용히 진태와 마 형사를 본다.

"저와 함께 가시죠."

"네 어디로?"

"대검찰청으로요."

　오후. 대검 대변인은 주만용과 현 회장 수사를 위해 특별 수사팀
을 꾸리기로 결정했다고 발표했다. 그리고 그 특별 수사팀장으로
서준미 검사를 임명한다고 발표했다.

영원히

현 회장은 손에 들고 있던 흰 도자기를 그대로 벽에 던져버렸다. 도자기가 박살이 나면서 사방으로 흩어졌다. 현 회장은 부들부들 떨고 있었다. 마치 오랫동안 짜인 각본처럼 착착 맞아떨어지면서 현 회장을 조여온다. 그리고 결국은 서준미로 연결된다.

왜 진작 죽이지 못했을까?

왜?

어쩌면 현직 검사라는 위치가 주는 두려움 때문이었을 수도 있다.

그러나 가만히 생각해 보면 현 회장은 마음속에서 두려워하고 있었는지도 모른다.

또 어쩌면 존경하고 있었는지도 모른다.

저 맹렬하고 치열한 적의를.

순수하고 이성적이면서도 치명적인 그녀의 수사를.

서준미와 물리적으로 떨어져 있었지만 현 회장은 느낄 수 있었다.

수시로 사방에서 자신을 겨누는 서준미의 적의를.

현 회장은 느낄 수 있었다.

처음부터 현 회장은 그 적의를 감당하지 못했는지도 모른다.

저렇게 깨져버린 도자기처럼 박살나 버릴 자신의 운명을 기다렸을지도 모른다는 생각을 한다.

"낄낄낄낄낄."

어처구니없이 낭만적인 생각들.

이렇게 당해버린 스스로를 낭만적으로 포장하는 현 회장은 그렇게 스스로를 비웃어준다.

이런 방식으로 허세 섞인 자기 위안을 하다니. 어리석게도.

늙었나?

알고 있다. 본능처럼 치열하게 서준미에 맞서왔다는 것을.

늘 순간순간 최선을 다해 싸워왔다는 것을.

교묘하고 치밀하고 야비하게 서준미를 괴롭혀왔다는 것을.

하지만 결국 이렇게까지 몰리고 만다.

그리고 어쩌면 이제는 마지막을 준비해야겠다는 생각을 한다.

화려한 피날레.

조용히 끝낼 수 있을 것이라는 기대를 한 자신이 어리석었다.

그를 위해서.

혹은 모든 것을 위해서.

서준미를 끝장내겠다는 생각을 한다.

정말 이제는 끝이다.

더 이상 타협은 없다.

상대가 저렇게 나온다면 똑같이 되갚아줘야 한다. 치열하고 맹렬하게.

물론 알고 있다. 서준미를 끝낸다는 것은 자신도 같이 끝을 내겠다는 것이다. 이 나라를 떠나야 한다. 자신이 평생 일구어온 그것을 버리고 떠나야 하는 것이다. 그러나 그 방법밖에 없다. 여기서 서준미에게 걸려들어서 남은 평생을 감옥에서 보낼 수는 없다. 그는 빠르게 생각을 정리한다. 사업을 정리하고 돈을 외국으로 빼돌리고 한국에서 자신이 조종할 수 있는 바지 사장을 한 명 생각한다. 그리고 자신은 외국에서 한국의 사업을 조종할 것이다.

이제 그것을 실행에 옮겨야 할 때다.

현 회장이 장윤선을 부른다. 그리고 말한다.

"필리핀에 연락해."

"!!!"

현 회장이 장윤선을 본다.

"서준미한테 알려줘야겠어."

설마.

"어둠이 얼마나 깊은지."

장윤선은 깊고 어두운 구렁텅이에서 기어 올라오는 괴물들을 생각한다.

지옥에 갇혀 있던 그 괴물들.

현 회장이 그들을 부르고 있었다.

마 형사는 대검찰청 안에서 꿔다 놓은 보릿자루처럼 앉아 있었다. 함께 일했던 진태는 검찰 수사관들의 지휘자가 되어 바쁘게 움직이고 있었고, 효림도 자기 나름대로 일이 바쁜지 아는 척조차 하지 않는다. 갑자기 외톨이가 된 기분이었다. 더군다나 서준미 검사는 자기만의 방이 생겼고 십여 명의 검사들에 둘러싸여 접근조차 어려운 사람이 되었다.

거기다 다들 마 형사의 존재를 이상하게 생각했다.

강력반 형사가 왜 이곳에 있는 거지?

마 형사는 이 넓고 화려한 공간에서 자신이 무엇을 해야 하는지조차 헷갈렸다. 그런 스타일이 아닌데도 이상하게 초라해지고 외로웠다. 갑자기 버려진 기분이 들었다. 앉아서 지나가는 사람들을 바라보는 것이 꼭 유기견 센터의 버려진 강아지 같았다.

할 일 없이 소파에 앉아서 기다린다. 하지만 아무 일도 주어지지 않았다. 누가 정직 중인 형사한테 신경이나 쓰겠는가? 군식구도 아니고 그냥 마 형사는 여기서 아무것도 아닌 존재였다. 가끔 진태가 지나다니면서 눈길을 주었지만 더 초라해질 뿐이었다. 유리창 너머로 보이는 준미는 너무 바빠서 정신이 없어 보였다.

순간 자신이 초라해서 견딜 수 없었다. 그래서 그곳을 나간다.

'그래 나의 임무는 여기까지다. 이제 수사가 본궤도에 올랐다. 그냥 서준미 검사에게 맡기고 떠나자.'

마 형사는 휑한 자신의 집으로 돌아가 가만히 책상에 앉아서 지나간 일들을 생각했다. 재미있었고 신났다. 특히 그녀 때문에.

그녀.

그때 그녀에게서 전화가 왔다. 마 형사는 실제로 핸드폰 액정에 찍혀 있는 서준미라는 이름을 보면서도 믿을 수 없었다.

마 형사는 자신의 집 근처 작은 커피숍에서 준미와 마주 앉았다.

"……어쩐 일로?"

"저녁에 찾았어요."

"아……"

준미가 서류를 내민다.

"뭡니까?"

"정직 풀었어요."

"!!!"

"그리고 한동안은 특별 수사본부에 파견된 형사로 일하게 될 겁니다."

"!!!"

"앞으로도 잘 부탁해요."

마 형사는 갑자기 터지려는 울음을 참는다. 절대 울음을 보여서는 안 된다. 특히 이 여자에게는. 일부러 큰 소리로 웃으며 옆쪽을 바라본다.

"아니 난 참 내가 뭐 큰 도움이 된다고."

"큰 도움이 됐어요. 혹시 싫으면 다시."

"아니! 아니. 싫다는 건 아니고. 아무튼 열심히 할게요, 검사님. 야 근데 거 그렇게 자기 방에서 열 명 넘는 검사들 지휘하는 거 보니까 폼 나더라. 진짜 멋있어요."

"그래요."

"응. 아니 네."

준미가 웃는다. 그러다 문득 손을 뻗어 마 형사의 옷에 묻은 티끌을 떼어낸다.

"!!!"

준미는 무심히 그리고 혹은 조금 수줍게 티끌을 떼어내고 고개를 돌린다. 그리고 조금은 들뜨고 어색한 목소리로 말한다.

"아 커피 맛있네요."

"홍차잖아요."

"아 이런! 참 나. 하하하."

마 형사가 준미를 본다. 그동안 플레이보이로 살아온 다년간의 직감으로 지금이 찬스라는 것을 느낀다.

하지만 설마 서준미가 검사가?

아닐 거야?

그래도 혹시?

테스트를 해볼까?

손이라도? 아니야 그건 너무 갑작스러울지도 몰라? 그럼 눈웃음이라도? 아니야, 아니야. 그건 너무 싸 보일지도 몰라. 그럼 그냥 미소 정도? 마 형사의 머릿속이 점점 복잡해지는 중이다.

그때 준미가 말한다.

"이만 일하러 들어가봐야겠어요."

"이 밤에요?"

"네."

"데려다드릴게요."

"괜찮아요."

"아니 나도 새롭게 업무 파악도 하고 내 자리가 어딘지도 보고 그래야 하니까요."

"같이 가요, 그럼."

준미의 작은 경차를 타고 둘은 서초동으로 향한다.

조금 연 창문으로 들어오는 밤공기가 참 달았다.

준미는 조금 행복하다는 생각을 했다.

태경은 현 회장이 궁지에 몰려 있는 사이에 재판에 집중하기 시작했다. 무엇보다 이번 공판에는 히든카드를 감춰두고 있었다. 전직 태산 엔지니어인 박남수가 증언만 해준다면 재판을 단번에 역전시킬 수 있다. 박남수는 태산전자 공장의 핵심적인 부분을 담당한 엔지니어였고, 그만큼 회사의 많은 비밀을 알고 있었다.

태경은 다음 날 재판을 위해서 박남수에게 확인차 찾아간다. 삼겹살집 앞에 차를 세우는데 삼겹살집 문이 잠겨 있었다. 이상했다. 문을 닫을 만한 시각이 아니었다.

태경이 전화기를 꺼내 박남수에게 전화를 걸었다. 신호는 가지만 전화를 받지 않는다. 몇 번을 반복해서 걸어보지만 똑같다. 전화를 받지 않는다.

"젠장!"

태산 쪽에서 손을 쓴 것이다. 안일했다. 돈을 써서라도 박남수를 미리 빼돌렸어야 했는데……

하지만 지금이라도 늦지 않았다. 태경은 바로 아는 형사에게 전화를 걸었다.

"어…… 박 형사, 난데…… 잤어? 당직? 다행이네. 주소 하나만 따주라. 어? 아니야…… 그런 게 아니라…… 누구를 좀 찾아야 해서. 당연히 문제없지. 내가 문제 일으킨 적 있어? 내가 밥 살게! 응…… 그렇지…… 이름은 박남수고. 전화번호가 010-35XX-45XX."

태경이 차를 출발시킨다.

"성수동 543-3번지, 대성빌라 203호. 오케이."

태경의 차가 빠르게 동부간선도로로 빠져들었다.

그러나 작은 빌라 2층. 박남수의 집은 텅 비어 있었다.

태경이 문을 두드린다. 그러나 대답이 없다. 포기하지 않고. 혹시라도 있을지 모른다는 실낱같은 희망으로 두드린다. 또 두드린다. 그러나 안에서는 여전히 아무런 대답도 없다.

"문 열어!! 문 열란 말이야!!!"

쾅! 쾅! 쾅!

그때 옆집에서 한 남자가 문을 열고 소리친다.

"뭐야?! 당신!! 왜 그래?!"

"이 집 사람 어디 갔어?"

"이 사람이 미쳤나? 어디서 반말이야? 당신 몇 살이야?"

"이 집 사람 어디 갔어?!!"

"이 사람이……"

"나 지금 미치기 직전이니까 빨리 말해!!!"

남자가 제대로 한판 하려다 광기 어린 태경의 눈빛을 보고는 수그러든다.

"시골 갔어. 자기 동생 집에."

"시골 어디?!"

"양구. 강원도 양구."

"양구 어디!?"

태경은 차를 타고 강원도 양구로 달려갔다. 한밤중에 양구대교를 건너던 태경은 아득하게 내려다보이는 아래를 보며 두려움을 느꼈다. 마치 공중에 떠 있는 다리 같았다. 양구대교를 지나고 나자 양구읍이 나왔고 양구읍을 지나쳐서 목적지인 남면 쪽으로 가자 수많은 군부대들이 스쳐 지나갔다. 잠시 후 태경은 박남수의 시골집에 도착했다. 인적이 거의 없는 곳이었다. 태경은 달려가서 잠겨져 있던 철문을 흔들었다.

"박남수 씨! 박남수 씨!"

그때 무섭게 생긴 셰퍼드가 달려들어 철망에서 짖어댄다.

그때 문을 열고 거칠게 생긴 남자가 걸어 나왔다.

"당신 뭐야? 오밤중에?"

"박남수 씨 안에 있죠?"

"……당신 누구야?"

"박남수 씨!! 박남수 씨!!"

"당신 누구냐고?"

그때 뒤에서 박남수가 걸어 나온다. 태경이 박남수를 본다.

"박남수 씨."

"형, 이 사람 누구야? 빚쟁이야?"

"남식아, 넌 들어가 있어."

박남식이 고개를 돌리더니 안으로 들어간다.

박남수와 태경이 철망을 사이에 두고 마주 섰다.

"박남수 씨…… 내일이 재판인 거 아시죠?"

"……"

"박남수 씨!"

"돌아가세요."

"재판은요? 나오실 거죠?"

박남수가 태경의 눈을 잠시 바라보다 피한다. 그리고 먼 산을 보며 남 말하듯 말한다.

"저는 나가지 않습니다."

"!!! 그러면 우리는 재판에 이길 수가 없습니다."

"……"

"박남수 씨!!!"

"돌아가요!"

"이유가 뭡니까? 이유가 뭐냐구요?"

박남수가 태경을 본다.

"갑자기 이러는 이유가 대체 뭡니까?!"

"……"

"우리 이야기 많이 했잖아요! 네? 그놈들이 얼마나 나쁜 놈들이지!!! 공장에서 그 어린 노동자들이 어떻게 쓰러져갔는지! 우리 이야기 많이 했잖아요! 네?"

박남수가 태경을 본다.

"내가 너무 힘들어서 그래요."

"!!!"

"그 애들 사정 봐서 나가기에는 내가!! 먹고사는 게 너무 지랄 같아서!!! 그럽니다."

"박남수 씨……."

"내 목구멍이 포도청이라서! 그 아이들…… 잊기로 했습니다."

"……."

"그러니까 그만 돌아가세요."

박남수의 단호한 표정. 박남수가 안으로 들어간다. 개가 철망에 달라붙어 죽일 듯이 짖어댄다. 태경은 그 개들을 바라본다. 개들이 짖어대고 있었다. 쉴 새 없이 맹렬하게.

왈! 왈! 왈!

개 소리로 넘쳐나는 순간들이었다.

최 과장은 기차와 참외 두 가지 단서를 쥐고 이동일을 수색 중이었다. 일단 참외가 가장 많이 나는 곳은 성주였다. 그러나 그 주변 칠곡과 군위 쪽으로도 꽤 많은 참외 생산 농가가 있었다. 그러나 그곳들 중 기차가 지나가는 곳은 칠곡뿐이었다. 구글 맵을 켜고 자세히 그쪽 지역을 검색해 나간다. 그러면서 동시에 여러 가지 확률을 생각한다.

이동일은 급히 모든 물건을 버리고 도망갔다. 거기다 도피 생활이 장기화되었기 때문에 당연히 금전적으로도 쫓길 것이다. 아마도 참외밭은 그곳으로 일을 하러 간다는 통화였을 것이다. 참외밭, 기차. 칠곡군이다.

자, 그러면 여기서 좁혀나가자.

내가 이동일이라면 어떻게 할까?

생각하자. 생각하자. 만약에 내가 이동일이라면?

숨어 있으려고 할 것이다. 눈에 띄지 않으려고. 그렇다면 한적한 시골로? 아무도 없는 곳으로? 인적이 없는 곳으로? 그렇다면 칠곡군 가산 쪽이 유력하다. 칠곡에서도 굉장히 외진 지역이다. 하지만…… 좁은 시골 동네에 낯선 외지인이 들어와서 일한다면 금세 탄로가 날 것이다. 더군다나 가산은 기차가 지나지 않는다.

그렇다면 좀 더 사람이 많은 곳, 섞여들 수 있는 곳, 젊은 남자가 일하러 들어와도 별로 티가 나지 않는 그런 곳을 찾아야 한다. 구글 맵을 옮겨서 검색한다.

동명? 기차역이 없다.

왜관이다.

기차역, 참외밭.

최 과장은 왜관으로 가서 참외밭을 수색했다. 그러나 의외로 왜관 쪽으로는 크게 참외 농사를 짓는 곳이 없었다. 탐문 겸 한 농부에게 슬쩍 말을 건넨다.

"참외여? 참외는 저기 약목 쪽으로 많아여."

"약목?"

"약목에 참외 많이 하지."

"대규모로?"

"카믄."

"약목에 기차가 다닙니까?"

"약목역 있지. 많이는 안 다니고."

최 과장은 약목 쪽으로 방향을 잡았다. 차를 타고 30분 정도 달리자 KTX와 일반 철도가 교차하는 곳에 있는 대단위 농업 단지가 나타났다. 옆으로는 낙동강이 흐르고 있었고 4대강 사업의 잔해들이 우주의 비극적인 괴생물체 같은 모습으로 남겨져 있었다. 최 과장은 KTX가 요란하게 지나다니는 철교 아래 차를 주차하고 천천히 걸어서 약목의 농업 단지 쪽을 바라보았다. 수천 개가 넘는 하우스가 길게 이어져 있었다.

최 과장은 그 안에 이동일이 있다고 확신했다.

영미는 민수의 목에 유리를 가져다 대고 소리쳤다.

"가까이 오지 마!! 가까이 오면 다 죽어!!!"

절박하게 소리치는 영미의 모습을 모니터 앞에 있던 남자와 여자가 긴장된 표정으로 지켜본다. 그들은 영미와 민수의 상황을 살피며 서서히 몸을 움직이고 있었다. 그런 그들을 보면서 영미가 조용히 읊조린다. 그러나 목소리에서 분노와 단호함이 느껴진다. 영미는 손에 쥔 유리 조각을 더욱 세게 움켜쥔다. 그리고 민수에게 지시하듯 말한다.

"자, 이제 걸어서 이곳을 빠져나가는 거야. 응?"

민수가 움직인다. 영미가 지시한다.

"천천히. 급하게 움직이는 순간 이게 니 목에 박힐 거야!"

영미는 민수의 목에 유리 조각을 겨누고서 천천히 본채에서 별채 쪽으로 이동한다. 영미는 절대 떨어지지 않을 매미처럼 민수의 등에 딱 달라붙어 있다. 본채에서 별채로 이어지는 그 복도를 얼마나 걸어갔을까? 맞은편에서 누군가가 달려오는 소리가 들린다. 영미가 긴장한 채 민수의 목에 유리 조각을 더 깊이 겨눈다. 발소리가 더욱 가까워지고 문을 열고 두 순경이 들어온다. 경찰 정복을 입은 순경들이었다. 영미는 경찰 드라마에 출연한 적이 있어 둘의 계급을 확인한다. 경사와 순경이다.

영미는 경찰 제복을 보자 눈물이 쏟아질 것만 같았다.

"도와주세요!!!"

"아가씨가 전화한 겁니까?"

"네. 제가 했어요! 제가요!"

두 경찰은 다소 황당하고 당황스러운 표정으로 본다. 그러다 정신을 차린다.

"진짜네 이거. 응?"

"미치겠네! 진짜네. 야! 이거 야 일단 본부에 연락해!"

"여기 문제가 좀 큰 거 같습니다. 지원 부탁드립니다."

지지직.

"알았다, 오바."

지지직.

영미가 숨을 몰아쉰다. 그러나 여전히 민수의 목에서 유리를 떼지 못한다. 울음이 터질 것 같다.

"괜찮아요? 아가씨?"

"네. 이 사람이…… 이 사람이."

"네네. 아가씨, 일단 있다가 서에 가서 다 말하기로 하구요."

"네."

"자, 우리 믿고 천천히 이리로 내려와요. 그거 떼고. 유리. 이제 괜찮아요."

하지만 영미는 쉽게 그 유리를 떼지 못한다. 그리고 두 경찰을 바라본다.

"정말 경찰 맞아요?"

"그럼요. 신고한 거 맞죠?"

"네."

"그런데 왜 못 믿어요."

"나는 아무것도 믿을 수가 없어요."

영미가 유리를 더 바싹 쥔다. 그러고 보니 이상하다. 어떻게 이 집 안으로 이렇게 쉽게 들어왔을까? 아무런 제지 없이. 일하는 사람 하나 따라오지 않았다.

"이 아가씨 엄청 당했나 보네."

"그러니까 아가씨, 일단 마음부터 좀 풀고 이리로 와요."

"아뇨."

"네?"

"지원 오는 거 보고 그때 뗄래요."

"네?"

"지원 곧 오죠?"

"네. 곧 오기야 오죠."

"그럼 우리 잠깐 기다리기로 해요."

"그래요."

잠시의 침묵. 그대로 서로를 어색하게 바라보고 있다. 그사이 영미가 두 경찰을 바라본다. 영미가 한참을 바라본다. 그러다 갑자기.

"저기 경위님."

"네?"

"!!!"

"왜 그래요?"

"계급은 순경인데요."

"!!!"

"당신들 누구야?"

긴장하는 경찰들. 그러다 웃으며 말한다.

"아니 그거 갑자기 그렇게 부르니까."

"아니야! 자기 계급도 아닌데 반응하는 경찰이 어디에 있어!?"

"왜 그래요? 아가씨 응?"

"다가오지 마!!"

그러나 두 경찰이 천천히 조여오듯이 다가온다. 영미는 유리 조각을 꽉 쥐고 민수의 목을 겨눈다. 너무 꽉 쥐어 영미의 손에서도 피가 흘러내린다.

경찰들은 여전히 다가온다.

"오해한 거야! 응? 그러다 사람 죽이겠어? 응?"

"다가오지 마! 확 죽여버릴 거야!?"

그렇게 외치고 뒷걸음질 치는 그 순간 민수의 목을 감은 손에 힘이 빠져 조금 흘러내린다. 중심을 잃고 민수에게 매달리는데 그때 유리 조각이 잠시 비껴 지나간다. 그리고 그 순간 민수가 순간적으로 영미를 들어서 바닥에 메다꽂는다.

퍽!

유리 조각이 영미의 손에서 빠져나간다.

바닥에 메다꽂힌 영미의 온몸에서 고통이 세밀하게 느껴진다.

영미는 허망한 표정으로 누워서 천장을 바라본다.

영미의 온몸에서 긴장이 빠져나가면서 눈물이 흘러내린다.

영미의 시야로 이민수의 얼굴이 보인다.

이민수가 목에 손수건을 대고 영미를 내려다본다.

"뽀삐, 역시 대단해. 너는 정말 대단한 뽀삐야."

이젠 정말 끝이다. 모든 것이 이제 아득하게 느껴진다. 정말 끝을 내야 한다. 영미가 손을 더듬어 유리 조각을 찾아 자신의 목을 겨눈다. 그때 민수가 영미의 손목을 움켜쥔다.

그리고 웃으며 말한다.

"넌 죽을 수 없어."

부들부들 떨며 눈물을 흘리는 영미.

민수가 그런 영미를 보며 웃는다.

"넌 나의 것이니까, 뽀삐."

민수의 그 해맑은 표정.

"영원히."

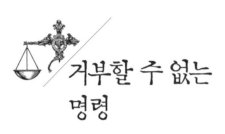

거부할 수 없는
명령

필리핀 마닐라에 가면 피씨클럽이라는 클럽이 있다. 주로 한국인을 상대로 한 불법 매춘과 도박을 소개하는 곳이다. 그런 표면적인 일 이외에 아주 중요한 또 하나의 일이 있었다. 그들은 한국에서 연락이 오면 그곳으로 날아가 주어진 일을 처리하고 다시 한국으로 돌아온다. 위조 여권으로 입국하고 일을 처리하고 돌아오는 데 하루나 이틀이면 충분했다. 그리고 그 일이란 것은 주로 사람을 죽이는 일이었다.

왜 군이 사람 죽이는 일을 멀리 있는 필리핀에 외주를 주느냐?

깔끔하다. 절대 잡힐 일이 없다. 살해 후에 한국 경찰이 진범을 찾더라도 그는 이미 출국하고 난 후일 것이다. 범인의 송환을 요청하더라도 부패한 필리핀 경찰이 그렇게까지 열심히 일할 리 없다. 게다가 이미 피씨클럽은 필리핀 고위 경찰들과 긴밀한 네트워크를 구축하고 있었다.

피씨클럽을 운영하는 자는 김이라고 알려져 있었다. 원래 대구에서 조폭 생활을 하다가 상대 조직원 일곱 명을 살해하고 필리핀으로 도주한 자라고 알려져 있었다. 그는 필리핀에서도 한국인 상대의 매춘과 도박 영업권을 얻어내고 승승장구해 나갔다. 그리고자신처럼 한국에서 사고를 치고 도피하는 자들을 모아 조직을 결성했다. 돈으로 필리핀 경찰과 공무원들을 매수하고 한국인 조직원들을 이용해 막대한 부를 축적해 나갔다. 한국인들이 필리핀 카지노 정킷방에서 뿌려대는 막대한 돈이 고스란히 김에게 흘러들고있었다.

한때 인터폴의 추적을 받던 김은 완전히 지하로 잠적해서 그 후로 모습을 드러내지 않았다. 본명이 여러 가지로 알려져 있었으나아무것도 확실한 것은 없었다. 그런 그가 필리핀 노르테 지역의 거대한 농장에 모습을 드러냈다. 수백만 평의 농장 주변을 필리핀 조직원들이 지키고 있었다. 그 농장 안으로는 아무나 침입할 수 없었다.

그의 앞에 조직원 문과 홍이 조용히 고개를 숙이고 있었다. 김은 테이블 위에 있는 양주를 가득 따르더니 마신다. 그리고 아래서치켜뜨는 특유의 퀭한 눈빛으로 문과 홍을 본다. 한국에서 사고를치고 들어온 문과 홍은 언제든 기회를 잡아 조직의 상층부로 올라가려고 기회를 노리고 있었다.

김이 사진을 한 장 툭 하고 던진다. 여자. 젊은 여자. 홍이 사진의뒷면을 본다.

대검 특별 수사본부 서준미 검사.

"!!!"

김이 희번덕거리는 눈으로 홍을 노려본다. 문이 침을 삼킨다.

김이 특유의 쉰 목소리로 말한다.

"없애."

"!!!"

"가라, 서울로."

김은 돌아앉더니 좁은 방 안으로 들어가서 코카인을 들이켜고는 조용히 의자에 기댄다. 스무 살도 채 되지 않아 보이는 필리핀 여자가 조용히 커튼을 쳤다.

절대 거부할 수 없는 명령이었다.

태경은 이번 공판에서도 참패했다. 인창은 갖가지 자료들을 가지고 태경을 총공격했다. 당황한 태경은 전혀 대응하지 못했다. 계산 착오였다. 태경은 인창이 시간을 끄는 지연 작전으로 나올 것으로 예상했다. 그래서 여러 가지 자료나 증거 제출을 뒤로 미루고 목격자를 찾아 큰 흐름을 바꾸는 데 집중했었다. 결정적인 한 방으로 판을 뒤집으려고 했던 것이다.

하지만 완전한 미스였다.

인창은 재판의 속도를 높였다. 속전속결이었다. 그리고 그 빠른 싸움에서 태경은 모두 패했다. 언론에서는 태산 그룹을 옹호하며 귀족 노조와 일부 변호사들이 무분별하게 소송을 남발하고 있다고 비난했다. 태경이 자신이 아는 기자들을 동원해 여론전을 시도해

보려고 했지만 그 누구도 광고주보다 위대하지는 못했다.

태경은 참담한 심경이었다.

공판이 끝나고 그동안 묵묵히 참고 있던 지선의 아버지 준철이 태경의 멱살을 잡았다.

"어떻게 된 거야? 당신 대체 뭘 한 거야?"

원기가 그런 준철을 뜯어말린다.

"아버님, 진정을 좀 하시고."

"진정? 무슨 진정? 응? 내가 진정을 하게 됐어?"

"당신 어떻게 할 거야? 어떻게 할 거냐고? 응?! 내 딸! 내 딸! 우리 지선이 어떻게 할 거냐고!!"

준철이 주저앉는다. 눈물이 흐른다.

태경이 고개를 돌려 유정을 본다. 유정이 울고 있다. 고개를 돌리고 태경을 보지 않는다. 그러다 태경을 본다.

"변호사님."

"응?"

"정말 저희를 도와주시려고 했던 거 맞나요?"

"!!!"

"혹시 …… 처음부터 작정하신 건가요? 이럴려고?"

"유정 씨."

"저희는요…… 지금 너무 힘들어요, 변호사님."

"!!!"

"매 순간순간 숨 쉬는 것 자체가 고통이에요."

"!!!"

"가끔 생각해요. 어떻게 인생이 이렇게 고통스러울 수가 있지? 잔인할 수가 있지? 한 번뿐인 인생인데요."

"유정 씨……."

"저는 견딜 수가 없어요."

원기가 나선다.

"저기 아직 공판이 남아 있으니까요. 네? 우리가 정말 마지막에는 준비를 할게요. 네?"

유정과 준철이 미덥지 못하다는 표정으로 그곳을 빠져나간다.

태경은 힘없이 그곳에 서 있다.

아래로 끌려 내려간다.

침몰한다.

예전처럼.

　원기가 태경을 찌른다. 태경이 고개를 들어보는데 준미가 서 있다.

원기가 눈치를 보다가 말한다.

"나 먼저 갈게."

태경과 준미만 남겨진다. 준미가 태경에게 다가온다.

"재판 잘 봤어."

"……."

"오빠."

"응?"

"끝까지 가. 약해지지 마, 오빠."

"……."

"약해지는 순간 끝이야."

"……."

"끝까지 할 수 있는 걸 다 하면 기회가 올지도 몰라."

태경이 웃는다. 지나친다. 그 어떤 말도, 그 어떤 이야기도 위로가 되지 않는다. 심지어 준미조차도. 아무것도. 유약함, 무능함, 이렇게 허물어지고 마는 자신. 경멸스럽다.

준미가 태경의 그런 뒷모습을 바라본다.

태경이 천천히 걸어 나와 법원 앞에 선다. 비가 쏟아져 내리고 있다. 억수같이 쏟아져 내리는 비를 바라본다. 그리고 그 속으로 걸어간다. 걸어 들어간다. 태경이 온몸으로 비를 맞아낸다.

한참을 그렇게 맞으며 주차장까지 걸어간다. 원기가 차 안에서 통화를 하고 있다. 비가 억수같이 쏟아져 내리고 있어서 원기의 말소리가 들리지 않는다. 비 내리는 차창으로 원기의 모습을 바라본다. 전화를 끊은 원기가 긴 한숨을 내쉰다. 그리고 고개를 돌리다 차창 밖에 서 있는 태경의 모습을 바라본다.

원기가 문을 열고 나와서 태경을 차에 태운다.

"비 맞고 뭐 하는 궁상이야, 임마!"

"……"

"인창하고 통화했어. 지금이라도 소송 포기하면…… 병원비까지는 책임지겠대. 다시 문제 삼지 않겠다는 각서 쓰고."

"……"

"그리고 언론에 대고 공식적으로 사죄도 하고."

"!!!"

"자존심 그거 잠깐이야. 하지만 현실은 내내 붙어 다녀."

"……"

"너만 생각하지 마라. 결국은 그 사람들 인생이야."

태경이 차에서 내린다.

"어디 가!?"

원기가 차에서 내려 트렁크에서 우산을 꺼내 씌워준다.

"어디 가냐고! 이 새끼야!!!"

"……."

"왜 그래!!! 그냥 밟고 가자! 응?"

"더 이상 못 밟겠다."

"……."

"더 이상은 안 되겠다."

"……."

태경이 빗속을 걸어간다.

원기가 그의 뒷모습을 바라본다. 소리친다.

"어디 가?!"

"*끝가지 해보러!*"

"타, 새끼야!"

용인시의 한 빌라 앞에서 태경이 비를 맞으며 서 있다. 잠시 후
우산을 쓴 오상국이 걸어 나온다. 그가 태경을 본다.

그렇게 잠시 서 있다.

"더 이상 이렇게 찾아오지 마세요."

"다음 재판 증인이시죠?"

"……."

"당신만 진실을 말해 주면 재판을 뒤집을 수 있어요."

"……."

"응?"

"당신에 대해 알아봤어요."

"!!!"

"인터넷에 자세히 나오더라구요, 당신에 대해서."

"······."

"내가 물을게요. 당신은 왜 변했었나요?"

"!!!"

"치욕스럽고 더럽고 비굴하지만 그렇게 살 수밖에 없는 이유도 있는 거 아닙니까? 당신이 그랬던 거처럼?"

"!!!"

"나에게 강요하지 마! 이건 내 결정이니까."

오상국이 돌아선다.

모든 역전의 가능성이 사라졌다.

그리고 마지막 공판만을 남겨두고 있었다.

준미는 거침없이 주만용을 몰아세우고 있었다. 그러나 주만용은 일부 혐의를 인정하면서도 끝까지 스폰서의 존재에 대해서는 입을 다물고 있었다.

"차장검사님, 그러시면 점점 더 불리해지시는 거 아시잖아요? 네?"

"아니 이봐, 자꾸 없는 사람을 만들어내라는 게 이게 말이 돼? 응? 이렇게 강압적으로 수사하는 게 맞냐고? 응? 이러니까 국민들이 검찰을 못 믿고 떡검이니 견찰이니 그러지, 응?"

준미가 차갑게 주만용을 본다.

"그 별명이 나오는데 차장검사님이 일조하신 것 같은데요?"

"뭐?"

"그럼 정말 그 오십만 불이 차장검사님과 관련이 없다 그 말이죠?"

"그래! 난 모르는 돈이야!"

"그럼 검사 월급으로 어떻게 그렇게 거액의 비자금을 만드셨을까요? 그리고 장부에 적힌 H. 이 H는 대체 누구일까요? 응? 저는 너무 궁금하네요."

"나도 너무 궁금하네. 남의 낙서에 왜 그렇게 관심이 많아?"

준미는 난감해졌다. 계산 미스였다. 주만용이 이렇게까지 입을 꽉 다물 줄은 몰랐다. 죄를 털기 위해서 검찰에 모종의 제안을 하거나 모든 것을 현 회장에게 덮어씌울 거라고 생각했지만 의외로 자신이 모두 안고 가는 것을 선택했다.

주만용이 웃고 있었다.

그가 노리는 것은 무엇일까?

검찰로서의 마지막 명예나 자존심도 모두 버리고 오로지 자기 살길만 찾겠다는 것일까? 현 회장의 꼬리를 밟기는 쉽지 않았다. 모든 통화는 차명 폰으로 이루어졌고 사돈과 팔촌의 계좌를 모두 뒤져도 거래 내역은 없었다. 주만용의 장부에 있는 H라는 이니셜만으로 그것이 현 회장이라는 것을 특정해야 하는데 쉽지가 않았다. 물론 그것으로도 재판까지 갈 수는 있지만 장부의 증거 능력에 대해서는 의문이었다.

새로운 돌파구가 필요한 상황이었다.

최 과장은 약목의 대단위 참외 농가들을 뒤지고 있었다. 참외 농가들은 한 해 농사를 마무리 짓고 다음 농사를 위한 준비로 바쁜 상황이었다. 하우스 안은 한여름에 가까울 만큼 더웠다. 최 과장은 그 안으로 들어가 혹시 이동일이 있는가를 찾아보고 있었다. 그러나 주로 나이 든 농부들과 50대 이상의 여성들이 고랑에 쪼그리고 앉아서 일을 하고 있었다. 어디에도 이동일의 모습은 없었다.

최 과장은 나오다 60대 초반 정도 되어 보이는 한 농부와 이야기를 텄다.

"참외가 요즘 좀 됩니까?"

"참외야 좋지. 근데 사람들이 옛날만큼 무야 말이지. 거다가 사드 때문에 조졌어요."

"혹시 여기 젊은 사람 중에 외지에서 일하러 온 남자 없었나요? 서른 살쯤 됐는데."

"남자? 아…… 저기 넘어가면 건이네 하우스가 있는데 거서 얼마 전부터 젊은 일꾼 하나가 일을 해."

"어디죠?"

"요길로 쪽 따가가마 제일 끝에 나오는 하우스. 거 가마 애기 같이 어린 놈이 농사짓고 있어. 요즘은 보기 힘든 일이지."

최 과장은 길 끝까지 이동한다. 하우스 앞에 빨갛게 번호가 적혀 있었고, 모두 20동이었다.

최 과장은 길을 따라가서 건이라는 농부의 하우스를 차근차근 살펴보고 있었다. 하우스 안으로 10여 명의 인부들이 쪼그려 앉아 참외를 따고 있었다. 그때 안쪽에 참외를 모아 포장하기 위해 만든 막에서 안경을 낀 30대 후반의 남자가 걸어 나왔다. 건이라는 남자인 듯했다. 안쪽 막에서 웅성거리는 소리가 들렸다. 친구로 보이는 사람들이 휴가 겸해서 고기를 구워 먹고 있었다. 친구들이 누구냐는 표정으로 그 사람을 바라본다.

"누구시죠?"

건이란 농부가 물었다. 여기서 바로 들어가는 건 현명한 방법이 아니다. 다음에 기회를 보자.

"아닙니다."

최 과장이 돌아서는데 그때 하우스 안쪽에서 채소를 따서 나오는 이동일과 정면으로 마주친다.

이전에도 마주친 적이 있다. 여배우들을 데리고 현 회장의 집으로 왔을 때.

이동일이 그런 최 과장을 기억한다.

달린다. 이동일이 달린다. 최 과장이 따라 달린다. 다리가 아직 완전히 회복되지 않은 상태였지만 잊어버리고 달린다. 급한 이동일이 하우스 안으로 뛰어 들어간다. 최 과장이 하우스 안으로 따라 들어가 좁은 고랑 사이로 이동일을 쫓는다. 이동일이 참외밭 고랑으로 뛰어들어 하우스를 찢고 밖으로 나간다. 최 과장이 그런 이동일을 따라서 하우스를 찢고 따라 나간다.

"거기 서!"

하지만 이동일은 미친 듯이 다음 하우스를 찢으며 달린다. 하우스를 찢으면서 그곳을 통과하려는 듯했다.

그때 하우스를 찢는 것을 본 농부가 눈이 뒤집힌다.

"이 미친 새끼들."

옆에서 고기를 굽고 있던 사람들도 나와서 그 모습을 본다. 찢겨진 하우스, 밟혀서 터져버린 참외. 갑자기 농부 부부의 눈이 뒤집힌다.

그 사이 이동일이 하우스 단지를 빠져나와 길을 달린다. 최 과장이 그 길을 달린다. 그리고 드디어 이동일을 잡는다.

그때 갑자기 저기서 농부가 미친 듯이 달려온다. 빠르다. 그 뒤로 농부의 친구인 듯 보이는 얼굴이 긴 남자가 미친 듯이 달려온다. 이동일을 잡은 최 과장 앞에 마주 선다. 건이와 친구가 마주 선다.

"당신 뭐꼬?"

농부가 소리치자 얼굴 긴 남자가 흥분해서 소리친다.

"와, 과히 웃긴 놈이데. 남의 하우스를 막 찢어뿌네?"

최 과장이 주변을 살핀다. 아무도 없다. 건이가 이동일을 본다.

"이 군아, 아는 사람이가?"

"사장님, 신고 좀."

그때 최 과장이 그대로 농부의 배에 주먹을 꽂아 넣는다. 갑자기 농부가 쓰러진다. 얼굴 긴 남자가 겁에 질려 뒤로 물러서더니 하우스 쪽을 향해 소리친다.

"야, 일로 온나!!!"

최 과장은 그 사이 이동일을 데리고 차로 간다. 빨리 빠져나가야 한다. 다행히 차가 가까운 거리에 있다. 차에 태우고 좁은 농로를 빠져나가려는데 경운기가 가로막는다. 친구 중 다른 한 명으로 보였다. 갑자기 경운기에서 삼겹살을 구워 먹던 농부의 친구들이 떼로 몰려서 달려온다.

호미와 삽으로 최 과장을 위협한다. 그중의 한 남자는 낚시 칼로 창을 두드린다.

최 과장은 잠시 난감해하다가 차를 후진한다. 그때 뒤를 다른 남자가 트럭으로 막아버린다. 최 과장의 출입구가 완전히 막혀 있다.

일이 꼬여버렸다. 조용히 마무리했어야 했는데 실수다. 다리를 다치고 현 회장에게 쪼임을 당하고부터 실수가 많아졌다. 일단 여기서 벗어나야 한다.

최 과장이 창문을 내린다.

농부의 친구들이 흥분해서 소리친다.

"뭐 하노? 창문만 빼꼼히 열고!!! 빨리 내리라!!!"

그때 뒤늦게 나타난 남자가 옆에 있는 차 트렁크에서 쇠 파이프를 꺼내더니 다가온다.

"나와!!"

최 과장이 조용히 말한다.

"하우스와 참외 값은 변상하겠습니다."

그것이 기름을 부은 것이었다.

농부의 부인으로 보이는 여자가 흥분해서 소리친다.

"이기 미쳤나? 니 돈 많나? 사람을 때려놓고! 빨리 내리!!!"

"내리라!! 내리!!!"

최 과장은 점점 난감했다. 그때 동네 노인들과 개들이 몰려와서 그 주변을 둘러싸고 구경하기 시작한다.

농부의 친구들이 점점 더 흥분하고 있었다. 설상가상으로 차가 한 대 더 도착하더니 검게 생긴 한 남자가 내린다. 거대한 덩치. 최 과장은 순간 흑인인가 착각한다. 그 남자가 창문 안을 들여다본다. 단추 구멍 같은 눈이 매섭게 보인다. 최 과장은 점점 더 시간을 끌면 불리해진다고 생각한다.

'일단 상황을 정리해야 한다.'

밖을 살핀다. 한 명을 확실히 제압하고 길을 만든다. 뒤쪽을 막고 있는 축구복 입은 남자를 선택하기로 한다. 최 과장이 차에서 내린다.

그때 앞에서 낚시 칼을 든 남자가 최 과장을 위협한다.

"니, 내 누군 줄 아나? 내가 고령에서……."

그 순간 최 과장이 남자의 낚시 칼을 뺏어서 그대로 목을 치자 남자가 숨을 못 쉬어서 바둥거린다. 순간 주변이 조용해진다. 잠시 후 쇠 파이프를 든 남자가 달려온다. 내려치는 쇠 파이프를 피하면서 그대로 옆구리를 차버린다. 주저앉는다. 그러나 잠시 착각이었다.

"이 개 같은 노무 새끼!!"

갑자기 남자의 부인으로 보이는 듯한 여자가 달려와 최 과장의 팔을 깨문다. 최 과장이 놀라서 얼굴을 후려치는데 여자가 떨어지지 않는다. 그걸 신호탄으로 주변에서 개떼처럼 달려들어 최 과장을 때리고 물어뜯는다. 최 과장은 순간 당황한다. 옆에서 지켜보던 개들이 짖고 KTX가 지나간다. 최 과장은 있는 대로 주먹을 휘두른다. 여자들이 떨어져나가자 달려드는 검은 남자의 급소를 그대로 걷어찬다. 그 남자가 주저앉아 비명을 토해 낸다. 길이 열린다.

시간이 없다. 빨리 빠져나가야 한다. 축구복 입은 남자 쪽으로 달린다. 살이 많이 쪄서 둔해 보였다. 쉽게 제압할 수 있을 듯하다. 그 남자를 뚫고 시동 걸려 있는 저 트럭을 빼내 길을 낸다. 그리고 그 남자 쪽으로 달려가서 주먹을 날리는데 갑자기 최 과장은 몸이 그대로 들리는 것을 느낀다. 그리고 중심을 잃고 논두렁에 처박힌다. 다친 다리 쪽에서 저릿한 고통이 올라온다. 쉽게 움직이지 못한다. 처박힌 논두렁에서 올려다보니 남자의 허벅지가 보인다.

씨름이다.

방심했다.

최 과장은 다시 비틀거리면서 일어난다. 그때 호미와 삽으로 무장한 농부의 친구들이 다시 주변을 둘러싼다.

저쪽에 쓰러졌던 농부가 비틀거리면서 걸어온다. 그리고 최 과장을 노려본다.

"내 참외 물어내라."

경찰의 사이렌 소리가 들려오고 있었다.

일이 완전히 잘못되어 버렸다.

경찰이 도착해서 놀란 표정으로 상황을 본다.

그동안 차 안에서 이동일이 소리 내어 울고 있었다.

"이제 그만…… 이제 그만."

그곳에
있는
그녀

태경은 사무실에서 퇴근도 하지 않고 서류를 들여다보고 있었다. 관련된 자료와 논문들을 미친 듯이 뒤지면서 혹시 모를 반전의 가능성을 찾고 있었다. 그의 옆에는 시간당 5만 원에 고용된 영문과 대학원생이 하품을 하며 외국 논문과 기사들을 번역하고 있었다.

작은 실마리라도 보인다 싶으면 미친 듯이 관련 자료들을 파고들었지만 지선과 유정의 경우와 딱 맞아떨어지지 않았다.

그리고 다시 다른 자료와 사례들을 찾는다. 그리고 다시 실마리를 잡고 파고들고 좌절한다. 그렇게 수많은 과정을 반복했지만 결과는 한결같았다. 사례가 달랐다. 외국의 반도체 공장과 미묘하게 시스템이 달랐고, 발병하는 병의 양상도 다양했기 때문에 결정적으로 사용할 수 있는 근거로는 부족했다. 그저 기존의 근거를 보충

보완하는 수준에 머무르게 되었다. 그 정도로는 이번 재판을 뒤엎을 수 없었다.

결국 가장 중요한 것은 흉현상이 공장 내부에서 일어났다는 것을 증명하는 일이었다. 그러나 그것은 내부 고발 없이는 불가능한 일이었다. 태산은 내부자들뿐 아니라 퇴직 노동자들까지 철저히 관리하고 위협하고 있었다. 태경의 추측으로는 전담팀이 있어 집요하게 방해하고 차단하는 데 전략적으로 접근하고 있는 것으로 보였다.

태경은 점점 현실에 직면하고 있었다. 하지만 모든 힘을 다 짜내 새로운 반전의 기회를 만들려고 했다. 절박한 심정이 되어 자료들을 바라본다.

'제발! 제발!'

하지만 결국 다다른 곳은 막다른 골목이었다. 더 이상 나아갈 수 있는 곳은 없었다. 태경은 절망감에 사로잡힌다. 화가 나서 사무실의 집기를 던져보지만 고통과 허무함만 증명할 뿐이다. 할 수 있는 것이 없다. 그저 담담히 패배를 받아들이는 수밖에.

태경은 조용히 사무실에 의자에 앉는다.

그리고 자신의 현실을 직시한다.

게임은 끝났다.

또 진 것이다.

그리고 자신의 유약함과 무능력함으로 또 죄 없는 피해자들을 고통 속으로 밀어 넣었다.

이 처참한 기분.

그녀가 생각났다.

마지막으로 그녀에게만은 미리 말해 주어야 한다.

그녀에게만은.

칠곡경찰서는 혼돈이었다. 농부와 친구들은 최 과장의 그 만행에 대해서 계속해서 지치지도 않고 떠들어대고 있었다. 최 과장은 계속해서 묵비권을 행사하고 있었다.

그리고 조용히 고개를 숙이고 있는 이동일.

도망치고 달아나려 했지만 결국 제자리다.

운 좋게 여기서 다시 벗어난다 하더라도 어쩌면 평생을 쫓기게 될 것이다. 내면의 지옥을 간직한 채로. 눈만 감으면 떠오르는 김민지와 장영미.

그리고 수없이 희생된 많은 여배우들.

눈을 뜬다. 현실을 본다.

어쩌면 자신이 그토록 두려워해 온 그 순간이 바로 지금일지 모른다. 송엔터에서 그들이 저지른 짓을, 그것을 도운 자신의 행위를 사람들이 알게 되는 그 순간.

사람들 앞에 자신의 죄를 낱낱이 고백해야 하는 바로 그 순간.

그 순간이 바로 지금이라고 생각한다.

어쩌면 그 순간이 그 비난이 생각만큼 고통스럽지 않을지도 모른다.

비난이나 고통의 무게가 작은 것이 아니다.

내면에 지옥을 간직한 채 끊임없이 도망 다니는 것보다는 차라리 사람들한테 모든 것을 말하고 진실을 밝히고 나서 비난 받는 것이 더 나을 것이다.

피하고 도망칠수록 더 옥죄어오는 죄책감과 두려움.

더 이상 이렇게 도망 다니며 살아갈 수는 없다.

그래, 이제 그만 끝내기로 한다.

그는 형사를 본다. 그리고 말한다.

"서준미 검사를 불러주세요."

"뭐?"

"대검 특별 수사본부 서준미 검사에게 연락해 주세요."

형사가 웃는다.

"니가 왜?"

"할 말이 있습니다."

"뭔데?"

그때 조용히 있던 최 과장이 소리친다.

"안 돼!!!"

그리고 이동일에게 달려든다. 형사들이 그런 최 과장을 붙잡는다.

형사가 뭔가 냄새를 맡는다. 어쩌면 이들은 단순 폭행범이 아닐지도 모른다. 대검 특별 수사본부의 수사와 연결된 자들일지 모른다.

큰 건이다.

잘하면 특진이다.

칠곡의 한 형사가 차분한 표정으로 이동일을 보며 묻는다.

"서준미 검사는 왜?"

"연락해서 말해 주세요. 이동일이 모든 것을 다 말하겠다고!"

그때 최 과장이 잡고 있던 형사들을 뿌리치고 달려들어 이동일의 목을 조른다.

"너 이 개새끼!!"

최 과장이 이동일을 죽이려고 한다.

"헉헉!!"

이동일은 숨을 쉬지 못하고 허우적거린다.

그때 옆에 있던 농부와 친구들이 달려들어 최 과장을 겨우 떼어낸다. 하지만 최 과장은 발버둥 치며 공간을 난장판으로 만든다. 위층에서 순경들과 형사들이 몰려 내려와서 겨우 제압한다. 수갑까지 채운다.

형사는 다치지 않았다면 도저히 상대할 수 없는 사람이었겠다는 생각을 한다. 그사이에 벌써 몇 명의 사람들이 다쳤다.

형사가 의자에 묶인 채 앉아 있는 최 과장을 본다.

"당신 뭐야?"

그리고 심각한 표정으로 말한다.

"야 일단 서장님한테 보고해! 그리고 대검 서준미 검사실에 연락 넣어!"

정확히 네 시간 후 국진태 계장과 서효림 서기 그리고 마 형사가 칠곡경찰서에 도착한다. 그들은 칠곡 경찰들로부터 이동일을 넘겨받는다.

"곧 청으로부터 연락을 받으실 겁니다. 굉장히 중요한 일을 하신 겁니다."

형사는 몇 계급 특진일지를 생각한다. 그사이 농부의 친구들이 몰려와서 떠든다.

"아니. 잡기는 우리가 잡았지!!"

"그니까! 상금 같은 거 없어요?"

"아니 잠깐만. 내 하우스하고 짓밟힌 참외는 누가 보상하냐고? 응?"

"그건 칠곡경찰서하고."

진태가 그렇게 그곳을 힘겹게 빠져나온다.

그리고 그날 밤 이동일은 서준미 검사와 마주 앉는다.

"뭐 먹고 싶은 거 있습니까? 배고플 텐데 먹고 싶은 거 있으면 이야기해요."

"배고프지 않습니다."

"그동안 왜 숨어서 도망 다닌 거죠?"

"……."

"네?"

"……무서워서요."

"……."

"그리고 부끄러워서요."

"뭐가요?"

"……."

이동일은 조용히 고개를 숙이고 있다.

"우리는 당신이 가져간 장영미의 일기를 읽었습니다."

"!!!"

"그러니까 우리도 어느 정도는 알고 있다는 겁니다. 우리는 오랫동안 현 회장과 송엔터에 대해서 조사했습니다. 그리고 당신을 추적했습니다."

"알고 있었습니다. 인터넷을 보고 검사님이 제대로 짚었구나, 라고 생각했습니다."

"그럼 왜 진즉에 나타나지 않았죠?"

"……그 사람들이 한 일이…… 그 사람들이 시키는 대로 내가 한 일이 너무나 엄청나서…… 시간이 지날수록 그것이 감당이 안 돼서!!! 어쩔 수가 없었습니다."

"우리도……."

"검사님이 본 건 아주 일부분입니다."

"!!!"

이동일이 고통스럽게 울기 시작했다. 준미가 그런 이동일을 보고 천천히 물었다.

"장영미 어디로 간 겁니까?"

"으 ㅎ ㅎ ㅎ ㅎ ㅎ ㅎ."

"이동일 씨, 시간이 없어요. 이럴수록 장영미 씨를 찾는 시기가 늦어집니다."

이동일이 고개를 들어 준미를 본다. 그리고.

"현 회장이 접대를 하는 여배우 몇 명을 찍어서 그분에게로 데려갔어요."

"그분?"

"누군지는 아무도 몰라요. 오직 현 회장만이 알고 있어요."

"!!!"

"민지도 영미도 그 사람 얼굴을 보지 못했어요. 늘 눈을 가려서 데려갔으니까요."

"그래서요?"

"그렇게 그분에게 여자들을 데려가면 그분이 선택을 합니다."

"선택?"

"네. 선택된 여자는 사라집니다."

"!!!"

"쥐도 새도 모르게요."

"어디로요?"

"그걸 알 수 없습니다. 오직 현 회장만이 알고 있어요."

"증명할 수 있는 자료를 가지고 있나요?"

이동일이 녹음기를 꺼낸다. 그리고 틀자 송엔터 대표 송대기의 목소리가 흘러나온다.

"영미가 사라질 거야…… 그라니까 니는 실수 없이 챙겨. 그 전에 영미가 남긴 기록이나 자료들을 모두 없애야 한다, 이 말이야. 알겠어?"

이동일이 다시 녹음기를 끈다.

"현 회장은?"

이동일이 익숙하게 녹음기를 빨리 감아 원하는 부분을 찾는다. 그리고.

"영미가 눈치를 채마 안 돼. 그리고 니 이동일이라 캤제?"

"예."

"쉿!"

"예"

"자 돈 좀 챙기줘라. 입에 돈이 드가야 무거버져가 말을 잘 몬하지."

다시 녹음기를 끈다.

준미가 이동일을 본다. 이동일이 긴 한숨을 내쉰다.

"제가 그분이란 자가 있는 집까지 장영미와 김민지 그리고 수많은 여배우들을 실어 날랐습니다. 제가! 흑흑흑…… 제가요!"

준미가 이동일을 바라본다. 이동일이 울음을 그친다.

"수사가 되면 그 부분에 대해서 기소가 될 겁니다."

"네. 죗값을 받겠습니다."

"이동일 씨."

"네?"

"당신의 참회가 너무 늦지 않았길 바랍니다."

"!!!"

준미가 그곳을 빠져나갔다. 그리고.

"현 회장, 체포하세요!"

얼마 있지 않아서 경찰들이 현 회장의 집을 둘러쌌다. 그리고 초인종을 누른다. 잠시 후 장윤선이 문을 연다.

마 형사가 소리친다.

"현 회장 어딨어?"

장윤선은 말이 없다.

마 형사와 경찰들이 치고 들어간다. 그리고 현 회장의 집 구석구석을 뒤진다. 그러나 그곳에는 이미 아무도 없었다. 도주한 것이다.

마 형사가 달려가서 장윤선을 노려본다.

"현 회장 어딨어?"

장윤선이 웃으면서 마 형사를 바라본다.

"그건 당신들이 찾아야 하지 않겠어?"

"이런 씨…… 야, 이 여자 체포해!!!"

마 형사가 집 안 곳곳을 뒤진다. 그러나 그곳에 현 회장은 없었다.

인천공항으로 두 남자가 들어왔다. 문과 홍. 둘은 위조 여권으로 아무런 제지를 받지 않고 들어왔다. 실제 여권이라서 그 어떤 문제도 없을 것이다. 정교하게 교체된 사진을 알아보기도 어려울 것이다. 실제 여권의 주인들은 지금 필리핀 카지노에 억류되어 있다. 도박. 절대하지 말아야 한다. 특히 필리핀에서는.

공항 입국장을 빠져나온 문과 홍은 거의 5년 만에 느끼는 한국의 공기를 마음껏 빨아들인다. 정말 마음껏. 주어진 시간은 24시간. 그 안에 일을 처리하고 필리핀으로 돌아가야 한다. 검은 양복에 선글라스를 낀 두 사람은 공항 입국장 부근에 있는 렌터카 대여 업체로 가서 차를 빌린다.

"기왕이면 벤츠로."

그렇게 말하는 홍을 문이 쏘아본다.

"미친 새끼야. 벤츠 타는 킬러 봤냐?"

"아!"

"요즘 한국에서 제일 많이 타는 차가 뭐지?"

"소나타."

"……"

"K5로 주세요."

잠시 후 문과 홍은 렌터카를 타고 서울 시내로 진입한다. 홍은 창밖의 여자들을 보고 눈을 떼지 못한다.

"역시 강남 여자들이 세상에서 젤 이뻐."

"성형외과 의사가 제일 많거든."

"그게 아니야. 한국 여자만의 어떤 매력이 있어. 다들 타국 생활 하면 김치, 된장 이딴 게 그립다고 하잖아? 난 아니야. 이렇게 예쁜 여자들이 걸어 다니는 내 나라가 얼마나 그리운지."

"헛소리 계속 해댈 거야?"

"……오 쉑쉑버거야! 먹고 가자! 응?"

"후우! 이 새끼야. 너 지금 관광 왔어?"

"언제 다시 고국에 돌아올지 모르잖아."

"쉑쉑버거가 한국 꺼냐? 이 똘빡아?"

"아무튼, 와 저기 줄 선 여자들 봐. 죽인다 진짜!"

"닥쳐! 셧업! 비 콰이어트! 응?! 이 새끼야!!! 지금 놀러 왔어? 응?"

"일하기 전에 릴랙스 해야지 뭐야? 뻑뻑하게. 즐겨. 왔섭! 코레 아! 예?"

그렇게 티격태격하는 사이에 둘은 서초동 검찰청 앞에 도착했다.

문과 홍은 대검찰청 직원들이 드나드는 정문 앞이 잘 보이는 곳에 자리 잡고 지켜보기 시작했다.

"여기 불법 주차 구역인데?"

홍의 말에 문이 폭발한다.

"이 미친 새끼야!!! 우리가 여기 남아서 주차 딱지 내겠나? 응? 정신 좀 차려 이 미친놈아!!!"

"아아!"

문이 다시 정문 앞을 응시한다. 그사이 다시 홍이 말한다.

"복지리 먹으러 갈까?"

"복 알을 니 아가리에 잔뜩 쑤셔 넣어 줄까? 응?"

그렇게 시간이 지나가고 있었다.

그리고 오랜 시간이 지난 후 그녀가 모습을 드러냈다.

태경은 천천히 걸어서 서림대학 병원 안으로 걸어 들어갔다. 지선의 입원 병동이 있는 곳까지 무거운 마음과 걸음으로 한걸음씩 나아간다. 천천히 걸어간 입원실에 지선의 모습은 없었다. 태경은 당황스러운 마음에 간호사에게 물어본다.

"어제 저녁에 갑자기 위독해져서 중환자실로 옮겼어요."

"!!!"

태경은 무너지려는 마음을 가까스로 추스른다.

위독, 중환자실.

태경은 입원실을 빠져나와 중환자실로 달려간다.

그리고 도착한 중환자실 입구에 지선의 아버지 준철이 웅크린 채 앉아 있다. 그는 손을 파르르 떨고 있다. 태경은 멈춰 서서 잠시 준철을 바라본다. 준철이 고개를 돌려 태경을 본다. 그렇게 한참을 바라본다. 준철의 손이 파르르 떨린다. 준철은 금방이라도 바스라질 것처럼 아슬아슬해 보였다.

태경이 말없이 준철 옆에 앉는다. 그러자 준철이 참았던 눈물을 쏟아낸다.

"어제 저녁부터 갑자기 저러더니……."

준철은 더 이상 말을 잇지 못한다.

태경은 잠시 그런 준철을 바라본다. 그리고 그의 어깨에 조심스럽게 손을 올린다. 준철이 잠시 더 흐느낀다.

"미안해요…… 변호사님. 내가 너무했죠?"

"아닙니다!"

"내가 너무 힘들어서…… 내가 너무 쫓기니까…… 다른 사람들 생각을 못 했나 봐요. 내가 양심도 염치도 없이…… 변호사님한테 그래선 안 됐는데……."

"아닙니다. 아니에요! 그런 소리 하지 마세요!"

"내가 너무 힘들어서 염치없는 사람이 되어버렸어요!"

"!!!"

준철이 서럽게 울먹인다.

"우리 지선이!! 불쌍한 지선이!! 공부도 잘했는데…… 부모를 잘못 만나서……."

준철이 주저앉는다.

"그냥 인문계를 보냈으면…… 내가 조금 편하자고……."

주저앉은 준철이 가슴을 쥐어뜯는다.

가슴을 긁어내는 듯한 그 울음.

태경은 아무 말도 하지 못한다.

그 울음을 과연 무엇으로 위로할 수 있을까?

자식을 중환자실에 눕혀둔 아버지를 위로할 수 있는 말이 과연 세상에 존재할까?

아니 이 냉혹한 세상에 애초에 위로라는 것이 존재하기는 할까?

준철은 그러다 갑자기 울음을 그친다.

그리고 고개를 숙인 채 말한다.

"참 못났지요?"

"……아닙니다."

"……."

"아버님, 저…… 안에서 지선 씨 좀 볼게요."

준철이 말없이 고개를 끄덕인다.

태경이 멸균복을 입고 중환자실 안으로 들어간다.

천천히 한걸음씩 걸어 들어간다.

그곳에 그녀가 있었다.

이길 수 없는 싸움

준미는 늦은 시간 사무실에서 빠져나왔다. 하루 종일 집중해서 업무를 보았다. 지금 특별 수사팀을 책임지고 있는 만큼 예전처럼 자신의 업무에만 집중해서 되는 상황이 아니었다. 십여 명의 일선 검사들이 가지고 오는 서류를 검토하고 수시로 판단을 내려야 했다.

거기다가 사라진 현 회장을 수색하고 추적하는 일까지 수시로 보고가 들어오고 있었다. 고도의 집중력과 판단력을 하루 종일 유지해야 하는 상황이었다.

그렇게 하루 종일 업무에 시달리고 난 후 준미는 다시 서류를 찾으려고 책상에서 일어나려다 순간 비틀거린다. 잠시 그렇게 서 있는다. 어지러움이 가라앉을 때까지. 삐 하는 소리가 머릿속을 가로질렀고, 몸 전체로 싸한 어지러움이 퍼져나간다. 그 모든 것들이 그저 지나가기를 기다린다.

괜찮아진다.

정수기 앞으로 가서 찬물을 한 잔 가득 따라 마신다. 가만히 생각해 보니 며칠째 거의 잠들지 못했다. 집에 들어가서도 서류를 들여다보았고 잠깐씩 기절하듯이 잠을 자고 난 후 다시 출근하는 일상을 계속 이어오고 있었다. 거기다가 그러한 육체적 한계를 극복하기 위해서 엄청난 양의 카페인을 몸에 쏟아붓고 있었다. 지독한 카페인 금단 현상이 나타나고 있었다.

직감적으로 알 수 있었다. 더 이상은 한계다. 몸이 버티기 힘들다. 준미는 집으로 돌아가 쉬어야겠다고 생각한다. 바싹 말라버린 몸을 이끌고 대검찰청을 나섰다.

문과 홍은 대검찰청 앞에서 조용히 때를 기다리고 있었다. 그러다 서준미 검사가 타는 차가 나타나자 망원경으로 번호를 확인한다.

서준미의 차가 맞다.

문과 홍은 자세를 고쳐 앉고 준미의 차를 따라간다. 준미는 최근 이사한 대검에서 얼마 떨어지지 않은 서초동의 오피스텔 건물로 차를 몰아 들어간다. 주로 독신자들이 거주하고 있는 작은 원룸형 오피스텔 건물이었다.

준미가 지하 주차장 입구로 들어서자 차단기가 열린다. 뒤따라온 문과 홍의 차가 멈춰 서자 번호가 인식되면서 차단기가 열린다. 외부 차량은 주차를 하고 나올 때 요금을 계산하는 시스템이었다.

준미의 차가 빙빙 곡선을 그리는 지하 주차장 아래로 점점 더 내려가고 있었다.

문과 홍의 차도 준미의 차를 따라서 아래로 아래로 내려간다.

늦은 퇴근이라서 준미는 지하 주차장 가장 아래쪽인 6층까지 내려간다. 6층은 주차 여유 공간이 많이 남아 있었다.

준미는 가장 안쪽에 차를 세우고 차에서 천천히 내렸다. 그때 앞쪽에서 따라 들어온 차가 천천히 주차를 한다. 준미는 별생각 없이 차 문을 잠그고 엘리베이터가 있는 쪽으로 걸어간다. 그때 앞쪽에서 멈춰 선 차에서 남자가 내린다. 그리고 준미가 가는 길을 막아선다.

그리고 담배를 꺼내서 툭더니 퐁 하는 소리가 나는 라이터를 켜서 불을 붙인다. 어둡고 습기가 찬 지하 주차장에서 담뱃불이 유난히 밝게 느껴진다. 남자가 담배를 깊이 빨아들이더니 내뿜는다. 연기가 지하 주차장에서 퍼져 나간다.

준미는 직감한다.

나를 잡으러 온 것이다. 선택을 해야 한다.

엘리베이터로 달려가야 하나? 그러나 이 남자를 뚫을 수 있을까? 아니면 차가 있는 뒤쪽으로 달려서 차를 타고 빠져나간다. 그때 그 의도를 알아차렸는지 다른 남자 하나가 차를 몰아서 주차된 준미의 차 앞을 막아선다.

프로들이다.

너무 안이했나? 최소한 사람들이 많이 다니는 곳만 골라 다니는 정도의 신경은 썼어야 했나? 자정이 넘은 시각. 준미는 지하 6층 주차장에서 두 남자에게 둘러싸여 있었다. 결국 방법은 앞에 있는 남자를 뚫는 것이다. 그것이 그나마 가장 가능성이 있어 보였다.

준미는 태연한 척 앞으로 걸어 나가는데 남자가 준미의 어깨를 잡아챈다.

준미가 돌면서 무릎으로 남자의 급소 쪽을 걷어차려고 하는데 남자가 이미 예상했다는 듯이 뒤로 물러나서 준미의 무릎을 잡는다.

그리고 웃으며 준미를 본다.

"내가 아직 고자 되기엔 너무 이르지. 응?"

그러면서 준미의 어깨를 틀어쥔다. 준미가 다시 한 번 남자를 걸어 넘기려는데 남자가 힘으로 버티면서 준미를 본다.

"오 유도?"

그러더니 그대로 준미의 양어깨를 잡고 벽으로 밀어붙여 처박는다.

쿵!

준미는 그대로 벽에 처박힌다.

남자는 실전 싸움에서 단련된 고수였다. 남자는 그대로 주머니에서 꺼낸 수건으로 준미의 입을 틀어막는다. 그때 준미가 고개를 돌려 남자의 손목을 물어뜯는다.

"으아!!!"

그사이 준미가 남자를 벗어나 달린다. 지하 주차장 통로를 거슬러 올라 달린다.

그때 다른 남자가 모는 차가 준미를 따라붙는다. 통로를 달리는 준미를 그대로 치어버리려는 듯 속도를 올려서 따라붙는 차. 준미가 벽에 붙어서 가까스로 그 차를 피한다. 차는 그대로 벽을 처박고 준미는 넘어진다. 준미가 일어나서 달리려는데 차에서 내린 남자가 다가와서 그대로 준미의 얼굴을 갈긴다.

퍽!

그 충격에 준미가 그대로 쓰러져 기절한다.

아래서 남자가 달려온다.

"문."

"잘하는 짓이다. 기집애한테 이빨질이나 당하고. 응?"

홍이 쓰러져 있는 준미를 걷어찬다.

"이런 미친년이! 감히 나를 물어? 응?"

그러나 준미는 정신을 잃고서 반응이 없다. 그런 준미를 계속 걷어차려는 홍을 문이 제지한다.

"그만해. 상품이 상해선 안 돼."

숨을 몰아쉬는 홍.

"아 오케이. 오케이."

문과 홍은 쓰러진 준미를 트렁크에 실어서 오피스텔을 빠져나간다.

오피스텔 입구. 벽에 박아서 너덜너덜한 차를 요금 징수원이 바라본다.

"7천 원요."

"뭐야? 한 십 분 있었는데 뭐가 그렇게 많이 나와?"

"십팔 분 있었고, 십 분에 사천 원이거든요."

"뭐? 십 분에 사천 원? 여기 땅에는 금칠했냐? 응?"

그러면서 홍이 지갑을 뒤적인다.

"잔돈 없냐?"

문이 말없이 만 원권을 던진다. 징수원이 이천 원을 내민다.

"왜 이천 원만 줘?"

"여기서 기다리는 사이 2분 지났어요."

"이런 개 같은!!!"

홍이 차에서 내린다.

"야 너 나랑 장난해?"

하지만 여자 징수원은 아무 말도 없이 홍을 본다. 신경조차 쓰지 않는다.

"야, 천 원 내놔!!! 어서!!!"

징수원이 무표정하게 홍을 본다. 스스로 흥분을 참지 못해서 뭔가를 꺼내려는데 그런 홍을 문이 잡는다.

"진정해."

"후우."

문이 홍을 태워서 밖으로 빠져나간다. 징수원은 그 천 원을 자기 주머니에 챙겨 넣고는 빠져나가는 문과 홍의 차를 바라보았다.

태경은 중환자실 안으로 걸어 들어가 누워 있는 그녀를 바라본다. 지선은 의식이 전혀 없었다.

산소마스크를 낀 지선은 눈을 감은 채 거칠고 힘겨운 호흡을 계속해 나가고 있었다. 태경이 지선 옆에 앉는다.

그리고 지선을 바라본다.

소송을 진행하면서 이렇게 가까이서 집중해서 지선을 바라보는 것은 처음이었다. 어쩌면 피해 왔는지 모른다. 그녀의 심각한 상태와 상황을 애써 외면해 왔던 것이다. 죽음에 몰린 그녀를.

그냥 재판이라고 생각하고 있었다. 이기면 되는. 그러나 결국 태경은 이 자리에 앉아서 지선을 바라볼 수밖에 없었다.

의식은 없었지만 지선의 메마른 눈가로 눈물이 흘러내린다.

태경이 그런 지선을 바라보았다.

7년 전 크로센 사건 때를 다시 떠올렸다. 호흡기를 끼고 숨을 몰아쉽던 8살 아이, 폐가 녹아내려서 평생 동안 누워 지내야 했던 중학생, 그리고 죽어버린 다른 피해자들.

그리고 지금 다시 최유정과 어지선.

그들은 언제나 이렇게 지치고 다친 모습으로 앞에 누워 있었고, 태경은 그렇게 언제나 그들에게 아무것도 해주지 못했다. 아무 의미 없는 미안하다는 그 말밖에는 할 수 있는 것이 없었다. 태경은 다시 꾸역꾸역 그 말을 꺼내려 하고 있었다. 들을 수 있는지 없는지 모르겠지만 태경은 천천히 자신의 말을 토해 내기 시작한다.

"지선 씨 좀 일어나요. 응?"

그러나 지선에게서는 아무런 반응도 없다. 태경은 자기 머리를 부여잡고 쥐어뜯는다.

"미안해요. 나 또 질 것 같아요."

지선의 호흡이 더욱 거칠어진다.

"7년 전에는 정말 멋모르고 덤볐어요. 그러다가 졌어요. 상대가 정말 어마무시했거든요. 핑계를 대려는 건 아닌데 그래서 졌어요. 그다음부터는 이기는 쪽에 서게 됐어요."

태경이 혼자 흐느낀다.

"나도 모르게 그렇게 됐어요. 그때부터는 연기를 한 거 같아. 이건 내가 아니다. 진짜 내가 아니다. 다른 사람이 되어보는 거다. 그랬더니 어느 날 나보고 사람들이 법정 배우라고 부르더라구. 거기 나는 없었어요."

태경이 긴 한숨을 내쉬며 눈물을 흘린다. 그리고 지선을 본다.

"하지만 이젠 진짜 알겠어요. 내가 누구인지. 어떤 사람인지. 이게 진짜 나예요. 여기 앉아 있는 내가 진짜 나예요."

눈물이 태경의 얼굴을 타고 흐른다. 쉴 새 없이.

"그래서 나 이기고 싶어. 정말 미치도록 이기고 싶어요! 무슨 수를 써서라도. 왜냐구! 그 개새끼들한테 보여주고 싶어. 지선 씨가 지금 어떤 모습인지. 이 모습을 봐라! 이 새끼들아!!! ……너희가 이렇게 만들었다!!! 응?!!! 정말 그렇게 해서 그 새끼들 다!! 다!! 전부 다!!! 흑흑흑…… 이기고 싶어요."

태경이 중환자실 바닥에 주저앉아서 계속 흐느낀다.

"정말 이기고 싶어요. 이번 한 번만은 반드시…… 이번은 꼭 이기고 싶어요……"

중환자실에서 태경의 흐느낌과 지선의 숨소리가 묘하게 교차하고 있다. 그때 중환자실 간호사가 와서 태경을 본다.

"여기서 이러시면 안 됩니다."

태경이 울음을 멈춘다. 터지려 하는 울음을 억지로 누르고 또 누른다.

그리고 다시 지선을 바라본다.

"이러시는 게 환자에게 전혀 도움이 되지 않습니다!"

간호사가 다시 엄격하게 말한다.

"나가주세요."

태경이 비틀거리며 일어선다.

"죄송합니다."

태경이 걸어서 밖으로 나간다.

남겨진 지선의 거친 호흡이 계속되고 있었다.

태경이 복도로 나간다. 지선의 아버지 준철이 여전히 지친 모습으로 중환자실 앞 벤치에 앉아 있었다. 태경이 다가가려는데 전화가 울린다. 원기였다.

"태경아."

"왜?"

"인창하고 마지막으로 합의 봤다."

"……."

"듣고 있냐?"

태경이 벤치에 앉은 준철을 바라본다. 그의 축 처진 어깨. 가만히 보니 신발 밑창이 떨어질 것같이 너덜거린다.

"조건이 뭐냐?"

"병원비 플러스 삼천."

"……."

"공개 사과까지. 그러니까 우리의 병은 태산과는 아무 관련이 없었다. 억지였다, 라고. 마지막에 용서하고 배려해 준 태산 측에 감사한다, 라는 내용으로 인터뷰도 하고."

"후우."

"마지막 기회야, 진짜!! 내가 인창 쪽에 사정사정해서 얻어낸 기회라고! 자존심만 내세울 문제가 아니야! 이번 소송에서 지게 되면 태산에서 가만히 있을 거 같아? 손해배상이니 뭐니 해서 또 달려들 거야. 너 그거까지 감당할 수 있겠냐? 너야 그냥 쏙 빠지면 그만이지만 그 사람들 생각해 봐. 아무리 자존심이니 뭐니 중요해도 너 돈이 인간을 얼마나 진창까지 빠트리는지 잘 알잖아? 크로셴 때 사람들 생각해 봐."

"알았다."

"오케이. 내가 그쪽에 긍정적으로 신호 보낼 테니까 니가 유정 씨하고 지선 씨 아버님 만나서 설득해. 오케이?"

"그래."

"너 틀지 마라. 응?"

"그래."

태경은 전화를 끊는다. 태경은 전화기를 움켜쥔다. 손이 떨린다.

굴욕적인 조건이었다.

용서. 배려?

하지만.

그 돈.

돈.

돈.

돈.

그 돈이 사람을 진창으로 끌고 들어간다.

유정도 준철도 병원비를 더 이상 감당하기 어려운 상황이었다.

거기다 소송이 끝나고 나서 패소한다면 맞이하게 될 손해배상 청구 소송.

변호사 선임 비용으로 수십억 원을 쓰면서

노동자들에게 겨우 던지는 그 돈.

한 사람의 목숨 값.

한 사람 인생의 가격.

인간을 사버릴 수 있다고 믿는 그 돈.

너무나 적은 그 돈의 액수에서 느끼는 모멸감.

그러나 그 돈이 갖는 힘.

넘어설 수 없는 그 돈의 힘.

그래, 이길 수 없다.

타협하자.

그 돈을 받고 꿇어주기로 한다.

태경은 준철의 옆에 앉는다.

"태산에서 마지막 조건을 제시했습니다. 병원비에 삼천만 원입니다."

"!!!"

"재판이 마지막까지 몰린 상황에서 나름대로 나쁘지 않은 조건입니다."

"……"

태경이 잠시 바라본다. 준철이 멍하니 바닥을 내려다본다. 그러다 태경을 본다.

"그 돈이 참 탐나기는 하네요. 지금 우리 입장에서는. 참 염치없죠? 자식 저렇게 만들어놓고."

"아닙니다, 아버님. 지금까지 누구보다 잘 해오셨습니다. 그럼……"

"그런데요, 변호사님."

"네."

"그 돈이 참 아쉽고 좋지만요…… 우리가 지금 그 돈을 받아서 뭐 하겠습니까?"

"!!!"

"우리 지선이 보셨지만 거의 끝입니다. 그런 지선이 보내놓고 우리끼리 그 돈 받고 이제 좀 편하게 살아보자…… 전 그렇게 되지가 않을 것 같습니다."

"!!!"

"힘들지만 정말 죽을 만큼 힘들지만 이게 제 삶인 것 같아요, 이 제는."

"아버님."

"유정이한테는 한번 물어보세요. 그 아이는 아직 어리니까요. 하 지만 저희는 저희를 위해서 그러지는 않을 겁니다."

"아버님."

태경이 준철의 눈을 본다.

"우리 이 소송 질 겁니다."

"……."

"소송 끝나면 저쪽에서 여론을 위해서라도 손배소 할 겁니다. 그 때는 더욱 고통스러워지실 겁니다. 저쪽에서도 노동자하고 화합하 는 이미지를 위해서 이러는 겁니다. 진짜 마지막 기회입니다."

"변호사님은 지금 포기하고 싶습니까?"

"!!!"

"그럼 저도 그만두고요."

"!!!"

"말씀해 보세요. 변호사님은 어떻습니까?"

"저는……."

준철이 태경을 바라본다.

"변호사님 딸 같으면 어떻게 하겠습니까?"

"……저는 ……끝까지 갑니다."

"그런데요? 변호사님 딸 아니라고…… 조금 어려워지면 여기 와 서 포기하세요, 그럽니까?"

"……."

"무식해서 잘 모르지만 거기 전쟁터 아닙니까? 죽자고 덤비세요. 그렇게 해주려고 변호사님한테 맡기라고 한 거 아닙니까? 전 변호사님한테 모두 맡긴 겁니다."

"……그렇죠. 전쟁이죠."

"그럼 수단과 방법 가리지 말고 이겨야죠."

"네."

"가만히 생각하니 제가 정말 힘든 건요. 우리 애가 아픈데 왜 아픈지 그 이유를 듣지 못한 거예요. 말해 주지 않는 거예요. 지금은 그냥 그것이, 그 이유가 알고 싶어요. 내 딸이 그리고 유정이가 대체 왜 갑자기 그렇게 된 건지…… 그 이유를 좀 밝혀주세요."

태경은 준철의 그 말에 가슴이 뜨거워졌다.

그래, 싸우자.

그러나…… 방법이 없었다.

아무리 생각해도 방법이 없었다.

그리고 다음 공판은 점점 다가오고 있었다.

마지막이 될 가능성이 높은 공판이었다.

현 회장의
계략

대검 특별 수사본부의 수사관이 된 마 형사는 현 회장의 흔적을 쫓고 있었다. 황룡건설 관계자들로부터 지방에 있는 현 회장의 별장과 건물 그리고 은신처 등으로 추측되는 곳의 주소를 받아내서 며칠 동안 샅샅이 뒤졌지만 현 회장은 그 어디에도 없었다. 서울로 돌아오는 차 안에서 마 형사는 결과론이긴 하지만 잘못된 수사를 했다는 생각을 했다. 기본적인 수사를 게을리하지 않는 것은 매우 중요한 일이기는 하지만 지금 이 위급한 상황에서 현 회장이 수색이 가능한 곳에 숨어 있을 리가 없었다.

'현 회장은 지금 우리가 전혀 예상하지 못한 곳에 있다.'

그렇다면 지금 현 회장의 계획은 무엇일까? 왜 숨어버린 것일까? 그답지 않다. 그는 자신을 던져서 위기를 극복한 적이 있었다. 그런 그가 숨어버렸다는 것은 더 이상 이 상황을 벗어날 수 있는 방법이 없다는 뜻이 아닐까?

그러나 언제까지 숨어 있을 수 있을까? 검찰의 수사가 이렇게 턱밑까지 조여온 상황에서 현 회장은 어떻게 하려는 것일까? 그냥 고분고분하게 잡히려는 것일까? 그렇지 않을 것이다. 그것은 현 회장이 아니다. 그렇다면 수사에 임한다? 아니다, 그건 자살행위다. 지금 나온 범죄만으로도 현 회장은 절대 다음 세상을 볼 수 없다. 그렇다면?

결국 이 상황을 돌파해 나갈 방법을 찾고 있을 것이다.

그렇다면 도대체 어디에 있는 것일까?

무엇을 노리는 것일까?

'생각하자. 생각을 하자. 생각을 해야 한다.'

마 형사는 그렇게 깊은 생각 속으로 빠져들었다.

그렇게 얼마나 흘렀을까?

마 형사는 집중하지 못하고 문득 준미를 생각한다.

지금도 일을 하고 있을까?

그의 옷에 묻은 티끌을 떼어주던 그녀의 모습.

혹 이번 사건이 끝나고 나면 좀 더 길게 자주 그녀를 볼 수 있을까?

어쩌면…….

그렇게 기대에 찬 다른 생각들을 해본다.

그러나…….

지금은 수사에 집중해야 할 때였다.

하지만 준미 생각이 잘 떨쳐지지 않았다.

문과 홍은 차를 타고 한참을 달려 서울 근교 어딘가에 도착한다. 그들은 차를 타고 달리면서 따라붙는 미행이 없는지를 수시로 확인한다. 한참을 달려 외곽 도로에서 국도로 빠진다. 주변에 공장들이 길게 늘어서 있었다. 그 국도를 타고 한참을 더 들어간 다음 이어진 시멘트 포장길을 달린다. 건물들이 점점 더 줄어들고 인적이 드물어지고 있었다. 그 길에서 다시 산 쪽으로 들어서는 비포장길로 들어서고 거기서 한참 들어간 곳에서 샛길로 빠져 산속으로 더 들어간다. 산과 산 사이에 논과 밭이 펼쳐진 곳을 지나 한참을 더 들어가자 그곳에 양철 판으로 만든 담으로 길고 높게 둘러싸인 곳이 나타난다. 허술해 보이지만 곳곳에 CCTV가 설치되어 있었다. 거기다 양철 담 안쪽으로 온갖 잡동사니들이 넘칠 듯이 쌓여 있었다. 안쪽에서 개 짖는 소리가 요란하게 들려온다. 소리로 추측건대 수십 마리는 넘을 것 같았다. 문과 홍이 입구에서 멈춰 서서 잠시 기다리자 문이 열린다. 문과 홍이 탄 차가 미끄러지듯이 안으로 들어간다. 두 사람은 차에서 내린다.

잠시 후 어둠 속에서 현 회장이 모습을 드러냈다. 그의 뒤에는 정만재와 몇 명의 조폭들이 서 있다.

문과 홍은 현 회장과 마주 섰다.

"물건 가져왔습니다."

홍이 자동차 트렁크를 열자 그 안에 웅크린 준미가 있다. 현 회장이 준미를 바라보고는 고개를 끄덕인다.

안에서 정만재가 가방을 하나 내어준다. 문이 가방을 열어서 확인하자 100달러 지폐가 가득 차 있다. 홍이 그 지폐를 한 장 꺼내 혀로 핥아본다. 그리고 문을 보고는 고개를 끄덕인다. 문이 현 회장을 본다.

"감사합니다, 회장님."

"그래. 배 시간이 언제고?"

"예. 밤 열 십니다. 늦으시면 안 됩니다."

"걱정하지 마라, 임마. 내가 지옥에 가서도 시간 지키는 사람이라. 가서 세팅해 놓고 있어라."

"네."

"오랜만에 배 타니까 설레네."

그리고 안쪽에서 정비사 두 사람이 나타나서 차를 해체하기 시작한다.

얼마 걸리지 않아 차가 수백 가지 조각으로 흩어지기 시작한다.

문과 홍은 담배를 피우며 그 모습을 바라본다.

"뼈까지 완전히 발라먹는구나! 크크크."

홍의 말에 문은 여전히 대답이 없다. 두 정비사는 차를 해체한 뒤 부품들의 일련번호를 지우더니 구석구석으로 던져 넣는다. 이렇게 해체된 차를 개발도상국으로 팔아넘기는 것으로 보였다.

그리고 정비사가 전혀 다른 차를 타고 와서 문과 홍 앞에 세운다. 두 사람이 부산으로 타고 갈 차다. 이제 문과 홍은 부산항으로 가서 오후에 출발하는 필리핀행 배에 타게 된다. 물론 이미 약속된 루트로 안전하게 승선한다. 그리고 필리핀으로 돌아가면 끝이다. 다시는 한국 땅을 밟게 될 일은 없을 것이다. 오늘이 지나고 경찰이 두 사람을 쫓게 되겠지만 그들이 사용한 위조 여권은 필리핀에서 도박 빚을 지고 억류된 사람들의 것이고, 문과 홍의 진짜 정체를 밝힌다고 해도 그때쯤 둘은 필리핀의 어딘가에서 유유히 지내고 있을 것이다. 필리핀 경찰 당국의 비호 아래.

둘은 조용히 웃으며 현 회장에게 인사하고는 돌아선다. 그렇게 사라진다.

그들이 사라지자 현 회장이 트렁크 안에 기절해 있는 준미를 본다.

"낄낄낄."

잠시 후 준미가 희미하게 눈을 뜬다. 그리고 눈앞에 있는 현 회장을 바라본다.

현 회장이 그런 준미를 보며 말한다.

"정신이 드나?"

"!!!"

준미가 주변을 살핀다.

"어데를 보노? 나를 봐야지. 으이?"

"!!!"

"와, 여서 보니 새롭나?"

"여기 어디야?"

"지옥이다! 이 씨발년아!"

⚖

재판은 다소 맥이 빠져 있었다. 모든 것이 이미 다 끝나버렸다는 것은 너무 분명한 사실이었다. 판사도 검사도 그리고 방청객도 모두 알고 있었다. 그리고 변호사인 태경도 알고 있었다. 그러나 간절한 표정으로 앉아 있는 한 사람의 원고만이 아직 주먹을 쥐고 간절한 희망으로 재판을 바라보고 있었다.

유정은 그런 마음으로 재판에서 눈을 떼지 못하고 있었다. 이상하게도 준철이 모습을 보이지 않고 있었다. 태경은 혹시 지선에게 무슨 일이 있는 것은 아닌지 걱정이 되었다.

하지만 무슨 희망을 줄 수 있을까? 태경은 문득 이대로 시간이 멈춰버렸으면 하는 유치한 생각을 해본다. 그렇게 해서라도 다가오는 이 처절한 패배의 순간만은 피하고 싶었다. 그러나 재판은 잔인하리만치 차근차근하고 정확하게 진행되고 있었다.

혁권이 새로운 증인을 신청했다.

40대 중반의 안경을 낀 깔끔한 남자가 증인석으로 걸어 나왔다. 혁권이 만면에 여유 있는 웃음을 띠며 증인을 바라보았다.

"이진오 증인은 현재 어떤 일을 하고 있습니까?"

"카이스트에서 산업공학과 교수로 재직 중에 있습니다."

"어떤 분야를 연구하고 있죠?"

"제가 연구하는 분야는 공장 시스템 가동과……."

"아 교수님, 간단하고 쉽게 말씀해 주시기 바랍니다. 자세한 내용은 서면으로 검토하겠습니다."

"쉽게 말하면 공장을 안전하게 잘 돌리는 겁니다. 공장 시스템을 점검하고 그 안에서 발생 가능한 산업재해를 미리 예측하고 예방하기 위해서 공장 시스템을 세분화, 정교화하는 것이 저의 업무라고 할 수 있습니다."

"그럼 이번 사건의 경우 전문가시겠군요?"

"그렇다고 자부합니다. 최근 소니의 미국 현지 공장 설계에서 안전 관련 시스템 설계는 제가 총괄했습니다."

"대단하십니다. 태산의 공장에 가보셨습니까?"

"네, 가봤습니다. 설계도도 꼼꼼히 봤구요. 사실 제가 그동안 수차례 자문하면서 보안 설계를 보완했습니다."

"아, 그럼 누구보다 그 공장의 시스템에 대해서 잘 안다고 할 수 있겠네요."

"그렇습니다."

"이렇게 전문가를 만나니 가슴이 뻥 뚫리는 기분입니다. 그동안 있었던 그 소모적이고 불필요한 논쟁을 끝낼 수 있을 것 같습니다."

혁권이 진오를 바라보며 일부러 발음 하나하나까지 신경 써가면서 묻는다.

"태산의 용인 반도체 공장에서 일명 흄현상 그러니까 고온으로 인한 기화 현상이 일어날 수 있습니까?"

"불가능합니다. 정상적으로 라인이 가동된다면 그럴 가능성은 제로입니다."

"정말 명쾌하시군요. 이상입니다."

판사가 태경을 바라본다.

"원고 측 변호인 반대신문 하세요."

태경이 일어선다. 유정이 태경을 간절한 표정으로 바라본다. 그녀는 눈으로 말하고 있었다. 흄현상은 있었어요.

태경은 잠시 진오를 그리고 법정을 바라본다. 더 이상의 쇼는 없다. 당연히 법정의 대배우도 없다. 국민 참여 재판이 아니다. 여론전이 아니다. 혹 국민 참여 재판이었다고 하더라도 더 이상 그런 식의 재판은 없다. 진지하고 명확하게 그리고 법률가로서 이 재판에 임하기로 한다. 그는 진오를 보며 담담하고 차분하게 물었다.

"교수님…… 지금 정상적인 가동이라고 하셨죠?"

"그렇습니다."

"그러니까 교수님께서 말씀하시는 완벽한 안전 설계는 공장의 운영자들이 공장 운영 규정을 잘 준수해 나갈 때만이 효과가 있는 것이겠죠?"

"당연합니다."

"그렇다면 만약 생산 라인의 속도를 올리면 어떻게 됩니까?"

"네?"

"그러니까요. 물량을 대기 위해 라인의 락을 풀어버리는 겁니다. 그럼 어떻게 되는 겁니까?"

"그런 건 상식적으로 가능한 일이 아닙니다. 그런 짓을 하는 사람이 어디에 있겠습니까?"

"이 세상이 상식적이기만 할까요?"

혁권이 조용히 일어나서 말한다.

"지금 원고 측은 정황 증거만으로 상황을 특정하고 있습니다."

"단지 가능성을 엿보는 겁니다."

"그 어떤 증거도 없는 무리한 억측일 뿐입니다."

판사가 잠시 생각한다.

"일단 가능성을 보기로 합시다. 원고 측 계속하세요."

"네. 그렇게 락을 풀어버린다면, 그렇다면 흠현상이 일어납니까?"

"그럴 가능성이 있죠."

"명확하게 해주시죠. 락을 풀면 흠현상이 일어나는 거죠?"

진오가 잠시 생각하다가 말한다.

"가능성이 높습니다, 매우."

"이상입니다."

혁권이 일어선다. 단호한 태도로 말한다.

"원고 측에서는 지금 태산 공장의 내부적 문제에 의문을 제기하고 계신 것 같은데요. 태산은 전 세계를 상대로 비즈니스를 하는 회사입니다. 그런 무모한 짓을 할 리가 없습니다."

태경이 싸늘하게 비웃는다. 혁권이 그런 태경을 본다.

"이런 일들이 외신에 알려지면 비웃음만 사게 될 겁니다. 국가 이미지 또한 추락하구요."

"국가 이미지는 그런 식으로 꾸밀 수 있는 것이 아닙니다. 아주 전근대적인 생각을 하고 계시군요."

태경과 혁권이 서로를 노려본다. 팽팽한 눈싸움이 이어진다. 판사가 제지한다.

"이 재판은 변호인들의 개인적인 논쟁을 하는 그런 곳이 아닙니다. 개인 감정들을 자제하고 정확하고 명확한 법리적인 부분에 집중해 주세요."

혁권이 판사를 본다.

"네, 재판관님. 상대가 너무 심하게 지저분하게 나와서 제가 잠시 이성을 잃었습니다."

"그 말조차 필요 없는 말입니다."

"네. 논란에 종지부를 찍겠습니다. 이 사실을 명확하게 증언해 줄 오상국 씨를 증인으로 신청합니다."

오상국이 걸어 나왔다. 그는 끝까지 태경과 유정 쪽을 바라보지 않는다.

그에 대한 신문이 시작되었다.

준미는 좁은 트렁크 안에서 몸을 일으킨다. 그리고 걸어 나와서 현 회장 앞에 선다. 얻어맞은 상처의 고통이 얼굴과 배에서 고스란히 느껴진다. 어깨도 욱신거린다. 뼈가 잘못된 것일까? 내 몸이 내 몸이 아닌 것 같은 기분. 거기다가 그놈들이 뭔가 약으로 취하게 만든 것 같기도 하다. 하지만 최대한 흔들리지 않고 바로 서서 현 회장을 바라본다. 담담하고 용기 있게. 현회장이 그런 준미를 바라본다.

"하하하…… 역시 대단하다! 대단해! 응? 이런 상황에서도 흔들림이 없네. 으이? 역시 서준미 검사라."

"아니. 역시 현 회장 당신이야."

"응? 이제 나를 인정해 주는 기가?"

"인정하지. 이렇게까지 할 수 있는 사람은 당신밖에 없으니까."

"하기야 대부분의 나쁜 놈들도 이래까지는 몬 하제? 그쟈? 감히 대한민국 현직 검사를, 그것도 온 국민이 주목하고 있는 대검 특별수사팀의 서준미 검사를 이래 할 사람은 내밖에 없지 그쟈?"

"궁금해지네. 이러고 어쩌려는지."

"와? 걱정되나?"

"그렇게 멍청한 인간은 아닌데 하는 생각은 들지. 이러고 한국에서 살 수 있을 거 같아? 곧 전국적으로 수배가 깔릴 텐데?"

"수배? 그 까이거 내가 무서버할 거 같나? 대한민국이 좁다 좁다 캐도 사실 댕기보마 만장 같은 기라. 으이? 살피보마 빠져나갈 구멍이 새삐까린 기라. 으이?"

"평생 숨어 살 수 있을 거 같아?"

"내 미칬나? 이 가시나야. 내가 숨어 살구로."

"!!!"

"내는 곧 필리핀으로 간다."

"!!!"

"거는 이 헬조선하고 달라. 거는 내 힘이 아직 통해요. 으이? 나는 거가 가 수백만 평 농장에다가 하인 하녀들 수백 명 거느리고 왕처럼 살 기라. 그거 아나? 필리핀 가정부들이 그래 일을 잘하는 거? 거다가 거기는 몇 명 죽이뿌도 아무 문제가 없어! 근데 이 헬조선은? 이 개 같은 놈들이 저거는 얼마나 정의롭다고 으이? 이래 달라들고 못 살구로 하노? 으이? 검찰이다 경찰이다 거기다 이제는 네티즌 그 시발놈들까지 내 뒷조사를 하대? 으이? 악의 축? 지랄을 한다. 저거는 똥물 안 뒀을 거 같나? 아프리카 애들이 굶어 죽는데 삼겹살 처먹고 피자 처먹는 그 자체가 악이라 으이?"

"그 개똥철학 더 들어야 하나?"

"아니지. 우리는 굿바이 한다. 나는 필리핀으로 니는 지옥으로."

"부탁이 있어."

"뭐? 마지막으로 뽀뽀라도 해줄까?"

"죽일 거면 더러운 꼴 안 보고 그냥 죽게 해줘."

"와! 대박! 킹! 왕! 짱! 우리 서준미 검사 대단하다. 그 결기! 그 용기! 내 박수를 보낸다. 그런데 그래는 안 되겠다."

"!!!"

"니를 그냥 보낼 수는 없지. 왜? 니 때문에 내가 입은 피해가 진짜로 어마어마하거든! 으이? 그기 금전적으로 복구는 안 돼도 심리적으로 복구는 해야지? 응? 니가 지옥에 있는 거를 상상하민서 내도 마음적으로 위로를 좀 받아야 안 되겠나? 으이?"

"무슨 짓을 하려는 거야?!"

"재밌는 짓? 크크크. 오히려 니가 원할지도 모르겠다. 그래 간절하게 찾던 사람을 보게 해주는 거니까?"

"무슨 소리야?"

"보게 해줄게."

"누구를?"

"니가 그래 보고 싶어 했던 그 사람."

"???"

"장영미."

"!!!!"

"크크크크크. 아이고 재밌는 기라. 으이?"

정의의
실체

대검의 특별 수사본부는 다소 어수선한 모습이었다. 오후가 되어서도 준미가 모습을 드러내고 있지 않았기 때문이다. 매우 이례적인 일이었다. 항상 가장 늦게 퇴근하고 가장 일찍 출근하는 준미였다. 팀원들은 다소 이상하게 생각했지만 그동안 너무 무리하게 일한 그녀가 지쳐서 조금 쉬는 것이라고 생각했다. 그러나 오후 두 시가 넘어서면서 직원들은 뭔가 이상하다고 생각했다. 아무리 힘들고 피곤하다고 해도 업무 시간에 아무 연락도 없이 출근하지 않을 준미가 아니었다. 혹시라도 지쳐서 자는 그녀를 위해서 연락을 자제하다가 오후 세 시가 되자 결국 수사본부에서 그녀에게 연락을 취했다. 그러나 연락을 받지 않는다. 여성 수사관이 그녀의 집으로 찾아갔지만 아무런 반응이 없었다. 결국 오피스텔 사무실 측에 요청해 마스터키로 그녀의 집으로 들어갔지만 그곳에도 그녀는 없었다. 그때부터 상황이 급박하게 돌아가기 시작했다. 그녀의 출퇴근 시간을 조사하고 CCTV를 뒤졌다. 그리고 지하 6층 CCTV에서 그녀가 납치되어 가는 장면을 확인했다.

그때부터 상황은 급박하게 돌아가기 시작했다.

형사들은 차량 번호를 통해서 그 차가 인천공항에서 대여된 렌터카임을 확인하고 빌려간 자들의 인적 상황을 조회한다. 그 결과 그들은 몇 달 전 필리핀으로 출국한 후에 연락이 두절된 자들이었다.

위조 여권이다!

그리고 동시에 그들이 렌트한 차량이 경기도의 한 외곽 지역에 있는 CCTV에서 마지막으로 발견되었다는 것이 드러난다.

경찰은 모든 병력을 집중해서 주변을 뒤지기 시작한다. 그러나 그 안쪽은 드넓은 공장 지대로 수색에는 꽤 많은 시간이 소요될 것으로 보였다. 쉽지 않은 상황이었다.

마 형사는 오전 내내 황룡건설과 관련된 자들을 뒤지다가 오후가 되어서야 특별 수사본부에 나타났다. 그리고 준미가 사라진 것을 알게 되었다. 마 형사는 온몸에서 피가 빠져나가버리는 것 같은 기분이었다. 하얗게 질린 마 형사가 비틀거리며 컴퓨터 앞으로 가서 CCTV를 지켜본다. 화면을 지켜보면서 마 형사는 금방이라도 터져버릴 것 같은 폭탄이 되어간다. 그러나 그러한 분노를 안으로 삭인다. 폭발하는 것은 자기 분을 푸는 것밖에 되지 않는다는 것을 알고 있기 때문이다. 아무런 도움이 되지 않는다. 준미를 찾는 데 방해가 될 뿐이다. 이성을 되찾아야 한다. 생각을 해야 한다. 그러나 그는 준미가 사라졌다는 그 사실이 다시 확인될 때마다 미칠 것 같은 기분이 다시 몸을 감싸고 들었다. 누구냐? 잡히기만 해라. 내가 잘근잘근 씹어 먹어주마.

그렇게 앉아서 분노를 삭인다.

서준미.

도대체 어디에 있는가?

찾아야 한다! 찾아야 한다! 반드시 찾아야 한다!

생각해라!

생각해!

그녀가 있을 곳을!

잔뜩 각성된 흥분이 사그라들지 않는다.

빠져나갔던 피가 다시 들어와 끓어오르기 시작한다. 부글부글. 언제 터져버릴지 알 수 없다.

우선 들끓고 있는 피를 진정시켜야 한다.

하지만 마 형사는 스스로를 진정시킬 수가 없었다.

이 순간 그녀가 미치도록 보고 싶었다.

법정의 방청객들이 긴장된 표정으로 상국을 바라보았다. 상국이 방청석에서 걸어 나와 증인석에 선다. 태경과 유정이 계속 바라보지만 상국은 눈을 맞추지 않는다. 상국은 긴장되고 단호한 표정으로 정면을 응시하고 있다. 뭔가를 굳게 결심한 듯 보였다. 끝까지 거짓말을 하겠다는 단호한 결의를 한 거라고 태경은 생각한다. 혁권이 일어나서 천천히 상국에게 다가간다. 여유 있고 자신만만한 표정이다. 이미 모든 것이 맞추어져 있을 것이라고 태경은 생각한다. 정교한 연극. 자신도 많이 해봤었다.

혁권이 미소를 띠우며 상국에게 물었다.

"증인은 태산전자에서 어떤 일을 하고 있죠?"

"7공장 3라인의 생산을 관리하는 엔지니어로 일하고 있습니다."

상국의 목소리가 딱딱하고 경직되어 있다. 자연스럽게 흘러나오는 말이 아니다. 미리 준비한 말을 하고 있다.

"그렇다면 생산 라인의 속도 조절과 같은 일도…… 증인이 하겠군요?

"그렇습니다."

"단도직입적으로 묻겠습니다. 생산 라인의 과열이 있었습니까?"

"없었습니다!"

상국이 유난히 단호하게 말한다.

"그렇다면 당연히 흄현상도 없었겠군요?"

"네. 그런 일은 있을 수가 없습니다."

그사이 긴장한 것처럼 부자연스럽던 상국의 말이 자연스러워지기 시작한다. 익숙해지기 시작한 것이다. 거짓말을 스스로 납득시켰다는 뜻이다. 거짓인 줄 알면서도 스스로 진실이라고 믿을 수 있는 것. 그렇게 양심을 버리는 것.

혁권이 만족스럽다는 듯이 웃으며 자리로 돌아간다.

"이상입니다."

"원고 측 변호인, 반대신문 하세요."

태경은 천천히 일어나서 상국의 앞으로 나아간다. 상국이 태경의 눈을 똑바로 쳐다보고 있다. 더 이상 피하지 않는다. 내면의 갈

등이 없다는 뜻이다. 적어도 지금 이 법정에서 그는 스스로 완전히 자신의 거짓말을 받아들였다는 뜻이다. 어렵겠지만 그 거짓말을 깨야 한다. 마지막 기회다. 더 이상의 기회는 없다.

태경은 유정을 가리킨다.

"증인은 원고를 아십니까?"

"네."

"누구입니까?"

"우리 라인에서 일하던 친구입니다."

"몇 살입니까?"

"그런 것 까지 모르겠……."

"21살입니다."

태경이 상국을 본다. 상국도 피하지 않는다.

"그리고 얼마 전에 피부암 진단을 받았습니다."

"네."

"어지선 씨를 아십니까?"

"……네."

"그 어지선 씨도 저기 최유정 씨와 같은 피부암에 걸렸습니다."

"……네."

"이상하지 않습니까?"

"뭐가요?"

두 사람의 눈싸움. 상국의 눈이 흔들리지 않는다. 개새끼.

"같은 공장 같은 라인에서 일하던 두 노동자가 몇 개월 간격으로 같은 병에 걸렸습니다. 이게 이상하지 않습니까?"

"둘이 같은 방을 썼고, 같이 어울려 다녔으니까 다른 게 원인일 수도 있겠죠."

"주임님!!!"

유정이 참지 못하고 일어나서 소리친다. 그러나 상국은 영혼 없는 표정으로 그런 유정을 응시한다.

"원고! 자리에 앉으세요."

판사가 경고한다. 유정이 서러움과 분노가 뒤섞인 복잡한 표정을 짓더니 자리에 앉는다.

태경이 다시 상국을 응시하며 물어나간다.

"다시 한 번 묻겠습니다. 정말 흄현상이 없었습니까?"

"없었습니다."

"하지만 여기 있는 최유정 씨와 어지선 씨는 분명 공장 안에 연기가 가득 차는 흄현상이 여러 차례 있었다고 말했습니다."

"거짓말입니다."

상국이 단호한 태도로 대답한다. 그 대답에 맞서 분노가 섞인 유정의 외침이 재판정 안에 퍼진다. 판사가 다시 경고한다. 태경은 멈추지 않고 계속 나아간다.

"흄현상이 정말 없었습니까?"

"네."

무너뜨려야 한다. 어떻게든 무너뜨려야 한다. 더 이상 체면치레하지 말자. 바로 치고 들어가야 한다. 여기서 실패하면 모든 것이 끝이다.

"두렵습니까? 진실을 말하기가 두렵습니까?"

"!!!"

태경이 상국을 노려본다.

혁권이 일어나서 상국을 방어하며 소리친다.

"재판장님! 지금 원고는 증인에게 근거 없는 협박을 하고 있습니다."

태경은 틈을 주지 않고 다시 들어간다.

"증인은 좀 더 강한 자와 싸워본 적이 있나요? 정의를 위해서?"

혁권이 다시 막아선다.

"본질과 관련이 없습……."

태경이 다시 말을 자르고 들어간다.

"단 한 번이라도 정의로운 적이 있나요?"

"!!!"

혁권이 소리친다.

"재판장님!!!"

"변호인!!!"

그러나 태경은 다시 치고 들어간다.

"단 한 번이라도 정의를 위해서 싸워본 적이 있냐구요?"

"정의가 대체 뭔데!!!"

참지 못한 상국이 소리친다.

"당신이 그렇게 말하는 그 정의란 것이 대체 뭔데?"

상국과 태경이 서로를 노려본다.

"실체가 있어? 정의가?"

태경이 유정을 가리킨다.

"저기 있는 저 여자를 위해서 진실을 말하는 것. 그것이 정의야"

태경이 끝까지 상국을 바라본다.

태경이 멈추지 않는다.

"어릴 때부터 그랬겠죠? 힘 있는 친구들이 다른 아이들을 괴롭힐 때도 눈을 감았겠죠?"

상국이 분노한다. 흔들린다. 다급해진 혁권이 소리친다.

"재판장님! 인신공격입니다!!"

판사도 격앙되기 시작했다.

"원고 측 변호인!! 그만하세요."

태경이 계속한다.

"때릴까 봐 무서워서, 한 대라도 덜 맞으려고 고개를 숙였겠죠. 비겁하게!! 그걸 지금도 계속하고 있는 거야! 그렇지?"

"변호인! 마지막 경고입니다!!"

하지만 멈추지 않는다.

"평생을 그렇게 비겁하게 살고 앞으로도 영원히 그렇게 살겠지!"

상국이 소리친다.

"아니야!!!"

"맞아. 오직 자기 한 몸을 위해서!!"

흔들리는 상국을 보며 혁권이 다급해진다.

"재판장님!!! 지금 재판이 우스워지고 있습니다!"

"변호인!! 한마디만 더 한다면 퇴정 조치할 겁니다!!!"

태경이 숨을 고르며 상국을 노려본다.

"증인 다시 묻습니다. 흉현상이 없었습니까?"

상국이 흔들리는 표정으로 태경을 본다.

제발…… 제발.

혁권이 소리친다.

"없었다고 이미 이야기했습니다."

"증인! 흉현상이 없었습니까?"

진실을 말해 줘.

"증인…… 마지막으로 묻습니다. 정말 흉현상이 없었습니까?"

"……"

모두가 집중해서 상국의 입을 바라본다.

그리고…….

"……없었습니다."

태경은 허탈해진다. 모든 것이 끝났다. 갑자기 귀에서 이명이 들려오기 시작했다.

윙! 윙! 윙!

핑 돈다. 빙글빙글.

그리고 소리들이 들려온다.

넌 졌어!

이번에도. 크크크.

루저!

넌 졌어!

넌 절대 이길 수 없어!

유정의 울음소리가 들려온다. 그녀의 외침 소리.

"거짓말이야!!! 거짓말!!! 주임님!! 사실이 아니잖아요. 거짓말이잖아요!! 거짓말!! 주임님! 저를 봐요!!! 저 유정이라구요!!! 주임님!!!"

윙!

윙!

윙!

재판장이 더욱 소란해지기 시작했다. 하지만 태경은 이명과 어지러움 때문에 아무것도 알 수가 없었다.

다만 한 가지 알 수 있었다.

이젠 이 모든 것이 끝이라는 걸.

마 형사는 끓어 넘치던 피를 겨우 식히고 생각하기 시작한다. 지금 경찰들이 총동원되어 준미를 찾고 있지만 별 소득이 없었다. 경찰들이 집중 수색하고 있지만 당장 상황 파악을 하고 기초적인 조사를 하는 데만 꽤 시간이 소요될 것이다. 일단 상황 파악을 해야 하고 또 거기에 따르는 수많은 행정적인 절차들. 그러면서 늦어진다. 그것보다 모든 정황을 파악하고 있는 자신이 움직이는 것이 훨씬 효율적이라는 것을 알게 된다. 지금 이러고 있을 때가 아니다. 멍청하게 앉아서 자기감정에 휘말릴 때가 아니다. 빨리 찾아야 한다.

'지금 이 순간 그녀에게는 누구보다 내가 필요하다.'

마 형사는 정신을 차리고 주변부터 살핀다. 구석에서 진태와 효림이 진지하게 이야기를 나누고 있다. 둘 다 정신이 없어 보였다. 그리로 간다. 단도직입적으로 꺼낸다.

"현 회장이죠?"

효림이 단호하고 떨리는 목소리로 답한다.

"당연하죠."

진태가 이어간다. 그도 최선을 다해 이성을 찾으려고 하는 것이 보였다.

"현 회장이 사라지고 곧바로 검사님이 실종된 것만 봐도 분명합니다. 경찰에다가 이 이야기를 했는데 제대로 이해한 것 같지 않아요."

"그쪽에서도 상황을 파악할 시간이 필요합니다."

"시간이 없어요!"

효림이 소리친다.

"시간이 없다구요!"

다시 소리친다. 그러나 머리가 쉽게 돌아가지 않는다.

"현 회장의 근거지를 거의 뒤졌지만 아무런 소득이 없었어요."

"그렇게 알려진 곳에 숨어 있다면 그건 현 회장이 아니죠."

"현 회장이 어디에 숨어있을까요?"

"어쩌면 말이죠?"

효림의 말에 진태와 마 형사가 집중한다. 그녀가 가장 이성적으로 생각하고 있어 보였다.

"장영미와 김민지가 간 곳으로 검사님을 데려간 것일지도 몰라요."

"!!!"

끔찍하고 고통스러운 상상이지만 일리가 있다, 충분히. 현 회장이라면 충분히 그럴 수 있는 인물이다.

효림이 논리를 이어간다.

"현 회장은 더 이상 자신이 합법적으로 돌파구를 찾을 수 없다는 것을 알아챘을 겁니다. 아마 다른 방법을 찾겠죠. 신분을 완전히 세탁해서 다른 사람으로 살아간다거나 혹은 외국으로 도망간다거나."

"!!!"

"개새끼!"

"그 전에 무엇을 할까요?"

"서준미 검사."

"그래요, 복수예요. 그녀를 아무도 모르는 곳으로 데려갈 겁니다. 그리고 그곳은 현 회장이 가장 익숙하고 안전하다고 느끼는 곳, 누구도 찾을 수 없다고 느끼는 곳일 가능성이 높아요."

마 형사와 진태가 효림의 논리적 전개 속에서 천천히 이성을 찾아간다.

"그러니까 그곳은 장영미와 김민지를 데려갔던 곳이겠죠. 그렇게 발버둥 쳐도 찾을 수 없었던 그곳! 바로 그곳 말이죠!"

"그곳을 알고 있는 사람은?"

"그곳을 알고 있는 사람을 데려간 사람은 알죠."

"이동일."

이동일은 답답하다는 듯이 말한다.

"이미 여러 번 말씀 드렸었잖아요. 제가 데려가긴 했어요. 하지만 그 장소로 직접 데려간 것이 아니라 그쪽에서 지정하는 장소로 데려갔어요."

마 형사가 흥분해서 소리친다.

"그러니까 그곳이 어디냐구?!"

"매번 달랐어요!"

"매번 어디 이 새끼야!"

"고속도로 휴게소! 시골길! 도심의 주유소! 매번 매번 지정하는 장소로 데려가면 거기서 만나서 그 사람이 데려갔다구요!"

"그게 누구야!"

"최 과장요!!"

신문실에서 최 과장이 비웃으며 마 형사를 바라본다.

"내가 말해 줄 거 같아?"

"뭐?"

"크크크. 그걸 내가 말해 줄 것 같냐고?"

마 형사가 흥분하기 시작한다.

"말해!"

효림이 그런 마 형사를 잡는다.

"진정해요."

마 형사가 이글거리는 눈으로 최 과장의 눈을 맞추며 말한다.

"야, 이 개새끼야. 내가 지금 미치기 일보 직전이거든? 좋게 좋게 대답하는 게 좋을 거다."

"좋아. 말해 주지."

"!!!"

"그년이 어떻게 당하고 있을지에 대해서."

"우아아아!!"

돌진하는 마 형사를 잡고 진태가 넘어진다. 우당탕!!!

"크크크. 지금쯤이면 서준미 그년은."

"그만해!!"

효림이 소리친다.

"걸레나 떡이 되어 있을 거야. 크크크."

"개새끼야, 그만해!!!"

마 형사는 짐승 같은 소리를 지르며 진태와 함께 바닥을 뒹군다.

"으아아아!!!"

효림이 소리친다. 잠시 조용해진다. 효림이 마 형사를 쏘아본다.

"이게! 검사님을 찾는 행동인가요!"

그 차가운 말에 마 형사가 숨을 고른다.

"일부러 이러는 거잖아요! 그 정도 머리도 안 돌아가나?"

"!!!"

"크크크."

마 형사가 진정을 한다. 진태가 그제야 마 형사를 놓아준다.

"생각을 합시다!! 생각을!! 검사님이 어딨는지."

마 형사가 숨을 몰아쉰다. 그러다 갑자기 웃음을 터트린다.

"크크크크크크크."

효림이 그런 마 형사를 쏘아본다.

"미쳤어요?"

마 형사가 웃음을 멈추고 효림을 본다.

"늘 그래."

"뭐가요?"

"이렇게 처박히고 지랄을 떨어야 생각이 나."

"!!!"

"생각났어. 그놈들이 간 곳을 따라간 여자."

"!!!"

효림이 눈을 반짝이며 말한다.

"정혜진. 맞죠?"

효림과 마 형사가 마주 보며 웃었다. 그리고 달려 나간다.

남겨진 진태가 최 과장을 본다.

"우린 끝까지 갈 거야."

새로운 뽀삐

혜진은 촬영장 밴 안에 조용히 누워 있었다. 촬영 시간이 가까워지면 연출부 중 하나가 밴으로 그녀를 찾으러 올 것이다. 그녀는 밴 안에 누워 쉬면서 대본을 바라보고 있었다. 얼마 전까지만해도 상상할 수도 없는 순간이었다. 그녀는 맨바닥에 앉아서 촬영을 기다릴 때도 있었고, 촬영이 늦어지면 열 시간이 넘어가는 일도 보통이었다. 물론 아무런 사전 양해나 통보도 없었다. 그러나현 회장과의 담판 이후 그녀는 꽤 비중 있는 역할을 따냈고, 그 이후로는 일사천리로 진행되었다. 포털에 일상 사진과 비키니 사진이오르고 나자 급관심을 받기 시작했다. 그리고 사람들의 반응과 환호, 그리고 드라마 주연 캐스팅. 그때부터 회사에서 밴이 나왔고, 찍어야 하는 광고가 밀리기 시작했다. 정말 순식간이었다. 한번 일이 풀리기 시작하자 정말 거칠 것이 없어 보였다. 그리고 가장 큰 변화는 아무도 그녀를 함부로 건들지 못했다. 단역 시절 거의가 반말이었고, 이름 대신에 '어이 거기'로 불리는 일이 대부분이었다. 바쁜 촬영 중에 NG라도 내는 날에는 촬영팀의 온갖 짜증이 그녀에게로 쏟아졌었다. 하지만 이제는 다르다. 모두가 그녀의 눈치를 보기 바쁘다. 불과 몇 개월 사이에 그녀의 삶은 완전히 바뀌어 있었다. 그리고 그녀는 알게 되었다.

어떤 선이 있다. 그 선에 도달하는 일은 정말 어렵고 힘든 일이다. 어떤 때는 불가능해 보이기까지 한다. 그러나 일단 그 선을 돌파하고 나면 모든 것이 너무나 쉽고 우스워 보였다. 모든 것이 달라졌다. 가끔 혜진은 그토록 바라고 염원하던 것이 겨우 이런 것이었나 싶은 생각이 들 정도였다. 모든 것이 점점 당연하게 여겨진다. 촬영장에서도 모든 것은 그녀 중심으로 돌아갔고 모두가 그녀의 눈치를 보았다. 그것은 모두 인기 때문이었다. 사람들은 혜진의 서구적인 미모와 시원시원한 성격에 열광했다. 모두가 혜진이 정교하게 계산하고 연출한 이미지였다. 상관없다. 사람들이 진짜 모습을 좋아할 거라고 생각하는 것은 순진한 착각이다. 사람들이 보고 싶어 하는 것을 보여준다. 그것이 쇼 비즈니스다.

혜진은 절대 이 자리에서 내려가지 않을 것이라고 다짐한다. 이제 그 누구에게도 무시당하지 않겠다고 생각한다. 이 자리에 오기까지 그녀가 감내하고 겪었던 그 지옥 같은 일들을 생각하며 다시는 떨어지지 않겠다고 생각한다. 하지만 최근 그의 든든한 후원자가 될 것 같았던 현 회장이 무너졌다. 송엔터도 뒤숭숭했고 송대기 대표도 사라진 후 나타나지 않고 있었다. 아직까지는 별문제가 없었지만 앞으로 어떤 상황이 될 것인지 촉각을 곤두세우고 있었다. 어떤 상황이 오더라도 자신은 살아남아야겠다고 생각했다. 그러기 위해서 송엔터의 문제가 불거졌을 때 자신만은 결백하게 떨어져 나오기 위한 여러 가지 방법을 생각하고 있었다. 그러기 위해서라도 더욱 철저하게 자기 관리를 하며 누구에게도 함부로 보이지 않겠다고 생각한다.

그런데 그때 밖에서 소란스러운 소리가 들린다. 짜증이 치민다. 촬영 직전이라서 더욱 예민해져 있다. 그러나 소란은 가라앉지 않는다. 잠시 후 매니저가 문을 열고 들어온다.

"저기 혜진 씨."

혜진이 차갑게 노려본다.

"……저기 누가 찾아왔는데……."

"나 촬영 전인 거 몰라요?"

"저 그게 너무 막무가내라서……."

"내가 이런 거까지 일일이 이야기해야 돼?"

그때 선팅 문을 두드리는 소리.

쾅쾅쾅.

"경찰이래. 검찰 수사관도 왔어."

"!!!"

"어떻게 할까? 대표한테……."

"들어오라고 해요. 밴 안으로."

"응?"

"그리고 밖에 잘 보고 절대 누가 보지 않게!"

"응! 알겠어."

잠시 후 밴 안으로 마 형사와 효림이 들어온다. 혜진은 효림을 알아본다. 잠시 바라본다.

"우리 할 이야기는 다 한 거 같은데?"

"아니, 나는 아직 덜한 것 같아서요."

"……"

"그사이에 엄청 유명해지셨어요. 역시 이 바닥은 한 방인 거 같아. 하지만 역시 추락하는 것도 한 방이지."

"!!!"

"타이밍도 참 이상해요. 그쵸? 내가 찾아가서 그 이야기를 들려주고 나서 혜진 씨가 그사이에 이렇게 순식간에 스타가 되다니. 혹시 내가 알려준 그 정보가 혜진 씨의 동아줄이 되어준 게 아닌가?"

혜진이 차갑게 웃으며 노려본다.

"재밌는 여자네."

차가운 대응. 효림은 불과 몇 달 사이지만 혜진이 완전히 다른 사람이 되어버렸다는 것을 알게 되었다. 분위기, 느낌 모든 것이 다른 사람이다.

"우리 심플하게 갑시다. 나를 찾아온 이유가 뭐죠?"

초조하게 지켜보던 마 형사가 끼어든다.

"스폰서를 만나러 간 곳을 말해!"

혜진이 마 형사를 노려본다.

"반말이 거슬리네……. 나 정혜진이야."

마 형사가 웃으면서 혜진을 노려본다.

"스폰서를 만나러 간 곳을 말하세요. 정. 혜. 진. 씨."

혜진이 차갑게 효림을 노려본다.

"내가 분명히 그런 적이 없다고 말했을 텐데요."

"우리는 당신이 스폰서를 봤다고 생각해!"

"이유가 뭐야?"

"아무런 지명도도 없는 여배우가 갑자기 드라마 주연을 꿰차고 연이어서 광고를 찍는다? 이게 뭔가 거대한 힘이 작용하지 않고는 어려운 일이지."

"맘대로들 생각해."

마 형사가 이글거리는 눈으로 혜진을 노려본다.

"아가씨, 내가 지금 시간이 별로 없어. 인내심은 더 없고."

"협박하는 거야."

"지금 이 자리 좋지? 근데 어떻게 내가 스폰서 관련 여배우로 기자들 만나서 썰을 풀어줘?"

효림이 혜진을 응시하며 말한다.

"곧 송엔터의 스폰서 관련 사건 수사가 본격화될 거야. 송엔터는 쑥대밭이 될 거고? 그때 표적 수사로 몰아가줘?"

혜진이 담담하게 둘을 바라본다.

혜진이 핸드폰 카메라 동영상 촬영 모드를 켠다. 그리고 두 사람을 비춘다.

"말해 줘야겠어. 수사가 되어도 내가 절대 이번 사건과는 무관하다는 것을. 수사하지 않겠다고 약속하는 둘의 모습을 여기에 담아야겠어."

영리하다. 밟아 죽여버리고 싶을 정도로.

결국 둘은 정혜진이 요구하는 장면을 촬영한다. 그러자 혜진이 두 사람을 본다. 핸드폰을 흔든다.

"나한테 날아오는 파편도 막아주셔야 해요. 아니면 알죠?"

핸드폰을 다시 흔든다.

"자, 이제 말해 봐."

"일반 여러 스폰서들은 그냥 일반적인 강남 같은 데서 만났어요. 지금도 어딘지 알고. 그런 곳을 말하는 게 아니죠?"

"!!!"

중요한 단서다.

"그럼 중요한 스폰서가 있었나?"

"아주 특별한 남자."

"특별한?"

"얼굴도 본 적이 없어요. 늘 어둠 속에 있었고, 나는 눈을 가리고 있었어요."

"그 남자를 만난 곳이 어디지?"

"한남동."

"한남동 어디?"

"정확히 알 수는 없어요. 눈을 가리고 갔으니까."

"그럼 한남동인지 어떻게 알았지?"

"제가 자주 가는 동네라서 소리로 알 수 있었어요."

대단하다. 굉장히 두뇌 회전이 빠르다.

"대략이라도 어딘지를 지정할 수 있겠어요?"

"순천향대학병원과 그랜드하얏트호텔 사이에 있었어요. 그 부근 특유의 소리가 있거든요."

"조금 더 좁힐 수 있나요?"

"그랜드하얏트 쪽에 조금 더 가까울 거예요. 올라가는 길에 있었어요."

마 형사와 효림은 그쪽 지역의 지도를 머릿속으로 그려본다.

"그리고 도착한 지역은 조용했어요. 아주 고요한 곳이었죠. 주변도. 더 이상은 저도 모르겠어요. 그게 전부입니다."

효림과 마 형사도 더 이상 좁히는 것은 어렵다는 것을 인정한다.

마 형사가 마지막이라는 마음으로 묻는다.

"혹시 그 남자가 누군지 알 수 있겠어?"

"……아뇨. 다만 좀 젊은 남자였어요."

"눈을 가렸는데 어떻게 알 수 있죠?"

"손가락의 느낌이 그랬어요. 아주 젊었어요. 손가락이 정말 길고 예뻤어요. 매력적일 정도로. 그렇게 당하는 중에도 그런 생각이 들더라구요. 아, 그리고 키가 정말 컸어요. 나보다 한 이십 센티미터는 더 컸던 것 같아요. 한 187에서 190 정도 되는 것 같았어요. 남자하고 섰을 때 그렇게 겨우 가슴에 닿는 경우는 거의 없거든요."

그때 매니저가 문을 두드린다.

"혜진 씨, 곧 슛 들어갈 거 같아."

혜진이 두 사람을 차분히 본다. 그러더니 순식간에 뭔가 호소하는 간절한 표정이 되어서 효림과 마 형사를 바라본다.

"저 정말 어렵게 여기까지 왔어요. 그냥 쉽게 이야기했지만 제가 그걸 견디는 순간들은 결코 쉽지 않았어요."

혜진의 눈에서 새똥 같은 눈물이 주르륵 흘러내린다.

순간의 감정 변화. 효림은 배우는 정말 다르구나, 라는 생각을 한다.

"저와의 약속 꼭 지켜주세요. 부탁드립니다."

마 형사와 효림은 조급한 마음 가운데서도 잠시 혜진이 촬영하는 장면을 지켜본다. 효림은 백 명이 넘어 보이는 스태프들 가운데서 조명을 받으며 서 있는 그녀를 보며 문득 인간의 인생이란 것이 무엇인가를 생각한다. 그녀의 밝고 화려함 뒤에 존재하는 그 그늘을 생각한다. 좋은 사람을 만났다면 그 그늘이 없는 자유로운 배우가 되었을 텐데…… 평생 그 그늘과 고통 속에서 살아가야 할 그녀를 생각한다.

문득 그녀가 행복했으면 좋겠다는 생각을 한다.

"현 회장이 서준미 검사도 그곳으로 데려갔을까요?"

"마 형사님이 현 회장이라면 어떻게 했을까요?"

"그런 생각도 해야 하나?"

"현 회장이 혜진과 같은 여배우들을 데리고 그 사람을 만났다는 것. 그 사람, 함께 만나는 여배우까지 신분을 알 수 없었던 그 사람. 그건 그 사람이 매우 중요하고 알려져서는 안 되는 사람이라는 것. 그러니까 누구나 그 사람을 알고 있다는 것이죠."

"그래서?"

"현 회장이 왜 그렇게 무리하게 장영미와 김민지를 사라지게 했을까요?"

"!! 그 남자가 원했다?"

"네."

"그러면 서준미 검사도?"

"그 남자를 찾아야 해요! 현 회장이 보호하려는 그 남자를."

민수는 지금 벌어지고 있는 이 모든 상황들이 짜증이 났다. 어쩌면 살아오면서 민수는 화가 나본 적은 없었다. 분노라는 감정은 애초에 민수에게 존재하지도 않았고, 존재할 상황조차 없었을지도 모른다. 그에게 존재하는 것은 그저 자신의 뜻대로 풀리지 않는 것에 대한 짜증이었다.

짜증이 났다.

현 회장은 충실한 사냥개였다. 현 회장처럼 충실하고 은밀하고 영리하게 원하는 목표물을 물어오는 사냥개는 지금까지 없었다. 그는 충직하면서도 센스가 있었다. 몇 번 킁킁거리는 것만으로도 주인이 원하는 것을 정확히 알아내고 곧 마련했다. 민수는 그런 사냥개 때문에 그동안 즐거운 사냥을 하고 맛있게 그것을 즐겼다. 하지만 이제 사냥개가 물려서 피투성이가 되었고, 사냥개에 가축을 빼앗긴 농민들이 들고일어나 사냥개의 주인을 찾고 있었다.

'개 벌레만도 못한 것들이 감히 나에게 도달하려고 해?'

그런 일이 있어선 안 된다. 이렇게 귀하고 대단하게 태어나기가 얼마나 어려운데. 이리도 완벽하고 찬란하게 한 점 티 없이 태어나기가 얼마나 어려운 일인가. 그런데 이런 완벽한 인생을 개미 떼들 때문에 망칠 수는 없는 일이었다.

완전히 끝내야 한다.

사라져야 한다.

아무도 몰라야 한다.

고리조차 남기지 않아야 한다.

남아 있는 흔적들을 모두 없애야 한다.

그와 현 회장과의 고리를 알고 있는 모든 사람들은 다 죽어야 한다.

크크크.

민수는 자기와 닮은 감정도 없고, 사랑도 없는 자들을 불러 모았다.

새로운 사냥을 시작해야 할 시간이었다.

"당신 무슨 짓을 하려는 거야?!"

준미가 소리치는데 현 회장이 손수건으로 준미의 얼굴을 막았다. 손수건에서 강한 약품 냄새가 느껴졌다. 준미는 순간 호흡을 멈추고 그 손을 뿌리치기 위해 발버둥 쳤다. 그러나 현 회장은 더욱 힘을 주며 손수건으로 준미의 얼굴을 조여왔다. 준미가 더 이상 참지 못하고 숨을 들이쉰다. 약품 냄새가 머릿속 깊은 곳까지 파고드는 것이 느껴진다.

순간 구역질이 나면서 서서히 아득해지기 시작한다. 더 이상 몸을 가눌 수가 없어서 쓰러진다. 정신이 멍해지면서 힘이 빠졌다. 모든 것이 사라지고 어떤 삐 하는 소리만이 그녀의 머릿속에 남는다. 그리고 그 소리는 가는 실처럼 아슬아슬하게 이어져간다. 그 소리만이 준미와 외부 세계를 이어주는 유일한 신호였다. 준미는 의식을 유지하기 위해 그 신호에 매달린다. 그리고 그 신호를 통해서 외부를 인식하려고 노력한다. 하지만 뭔가를 느끼고 있지만 정확하게 인지할 수는 없다. 몽롱하고 희미한 의식이 이어진다. 그렇게 혼미한 가운데에서 그녀가 느낄 수 있는 유일한 것은 자신이 어딘가로 끌려가고 있다는 것이었다. 그것만이 유일하게 느낄 수 있는 것이었다. 무언가 생각을 해보고 추론을 해보려 하지만 그녀의 의식은 마치 뭉개진 것처럼 흐리멍텅하다. 그리고 그 의식의 혼란은 점점 커져간다. 그리고 이어지던 그 신호도 점점 흐려지기 시작한다.

그리고 어느 순간 실처럼 이어지던 신호가 끊긴다. 의식이 끊어진다.

암흑이다.

덜컹!

소리가 들린다.

삐! 하는 신호가 다시 이어진다. 그녀는 어지러움과 구토를 느낀다. 좀 전과 달리 신호가 점점 더 커진다. 누가 그녀를 트렁크에서 꺼내 끌고 들어가고 있다, 어딘가로.

눈을 떠서 확인해 보려고 하지만 잘 되지 않는다.

삐!

하는 신호 소리가 더 커지고 그녀의 머릿속은 빙글빙글 돈다.

약품의 후유증인 듯했다.

쿵!

그리고 소리와 함께 그녀는 자신의 몸이 어딘가로 던져지는 것을 느낀다.

그리고 다시 의식을 잃는다. 그리고 돌아온다.

삐! 하는 소리.

그러나 점점 의식을 찾는 시간이 길어지고 준미는 서서히 눈을 뜬다.

힘겹게 눈을 떴지만 모든 것이 흐릿하다.

실체가 보이지 않고 흐려진, 정체를 알 수 없는 두리뭉실한 것들이 서 있다.

하지만 귀를 울리던 삐 하는 소리가 사라지면서 초점이 명확해진다.

그리고 눈앞에 있는 것들이 선명해진다.

남자.

그녀의 앞에 그 남자가 웃으며 서 있었다.

준미는 그 남자를 단숨에 알아보았다.

그 남자가 웃으며 준미를 보았다.

"하이! 뽀삐."

사냥

도피 중이던 송엔터테인먼트의 송대기 대표가 죽은 채로 발견된
것은 저녁이었다. 제보를 받은 경찰이 그가 숨어 있는 별장에 들이
닥쳤을 때 그는 이미 목을 매달고 죽어 있었다. 감식반의 부검 후
그가 죽은 지 겨우 서너 시간이 지났고 스스로 목을 맨 것으로 드
러났다. 그러나 현장 주변으로 너무나 의심스러운 흔적들이 많아서
디테일한 수사가 필요한 상황이었다. 또 그로부터 몇 시간 후 현 회
장의 최측근으로 알려진 비서 장윤선이 한강에 빠져 사망한 것이
시민의 신고로 발견되었다. 장윤선은 현 회장의 비리를 증명할 가
장 중요한 인물로 손꼽혀왔다. 부검 결과 물에 뛰어들어 사망한 것
으로 드러났다. 정황상 자살이라고 볼 수밖에 없었지만 감식반은
좀 더 들여다볼 계획이었다. 불과 몇 시간을 두고 현 회장의 가장
중요한 측근 두 사람이 자살한 것이 그저 우연은 아니라는 판단이

었다. 모두 알고 있었다. 현 회장이 자신의 꼬리를 자르기 위해 사냥을 하고 있다는 것을. 그러나 증거도 없었고, 현 회장도 없었다. 특별 수사본부는 그의 사냥을 뒤쫓으며 죽은 자를 바라볼 뿐이었다.

이들의 죽음에 특별 수사본부는 당황할 수밖에 없었다. 흔들리기 시작했다. 가장 중요한 준미가 실종되고 난 후 수사의 중심을 잡고 방향을 설계할 만한 검사가 없었기 때문이었다. 차출된 검사들의 능력의 문제가 아니라 사건 자체가 너무나 광범위해서 단숨에 파악하기가 쉽지 않았기 때문이다. 그것을 파악하고 있던 유일한 검사 준미가 사라지자 모든 것이 흔들리고 있었다.

결국 사라진 현 회장과 실종된 준미를 찾는 것이 가장 중요한 일이 되었고 그 수색을 담당하는 경찰로 수사의 핵심이 넘어가버린 듯했다.

특별 수사본부는 공중에 붕 떠버린 듯했다.

진태는 다시 최 과장을 신문실로 불렀다. 그래도 현재까지 사건의 실체를 가장 가까이서 목격한 자였다.

최 과장은 진태의 추궁을 비웃으며 말한다.

"이봐. 나는 현 회장에게 있어서 그냥 사냥개 같은 거야. 때리고 협박하고 죽이고 했지. 하지만 내가 알고 있었던 것은 극히 일부야. 그래서 내가 살아 있는 것이 아닐까?"

일리가 있는 말이다. 하지만 어떻게든 돌파구를 찾아야 한다.

"하지만 당신이 느꼈을 혹은 추론할 만한 뭔가가 있을 거 아냐?"

"크크크. 그걸 내가 왜 말해 줘야 하지?"

그렇다. 이 남자는 협조하지 않을 것이다. 진태는 깊은 한숨을 내쉰다.

그때.

"담배 있나?"

순간 진태가 최 과장을 본다. 진태가 담배를 꺼내서 최 과장에게 물려준다. 불까지 붙여준다. 대검 건물 전체가 금연 건물이지만 지금 그런 걸 신경 쓸 때가 아니다. 최 과장이 담배 연기를 깊숙이 빨아들였다 내뱉는다.

"살 거 같네. 아프간 반군들한테 잡혔을 때도 가장 생각나는 게 이 담배였다. 사흘 동안 물도 못 마셨을 때였지."

"……."

최 과장은 성스럽게까지 느껴질 정도로 집중해서 담배를 피워낸다. 좁은 신문실이 담배 연기로 가득하다.

"한 대 더 부탁해도 되겠나?"

진태가 불까지 붙여서 한 대 더 물려준다.

"난 버려진 사냥개지. 근데 막상 버림받아 보면 말이야…… 분노란 게 생기더라고 주인한테. 그게 참 묘해. 그런 감정 따위 다 버린 줄 알았는데……."

"……."

최 과장은 다시 담배 연기를 깊이 들이마신다. 그리고.

"현 회장 뒤에 누군가가 있었어."

"그건 다 아는 거고!"

"뒤에서, 아니 위에서 조종하는 누구!"

"!!!!"

"현 회장도 사냥개 중 하나란 말이야!"

"누구?"

"그건 당신이 알아내야지."

"……"

"크크크. 생각보다 멍청하네."

"뭐?"

"답이 금방 나오지 않아?"

"무슨 소리야?"

"생각해 봐. 현 회장이 지난 몇 년간 저렇게 급속하게 사업을 확장할 수 있었던 이유가 뭐라고 생각해?"

"!!!"

맞다, 그 생각. 현 회장 뒤에 누군가가 있을 거라는 생각. 물론 이전에도 했었다. 현 회장이 움직이고 현 회장을 도와주는 은밀한 권력자들이 있을 거라고 생각은 했다. 하지만 현 회장보다 위에 서서 현 회장을 조종하고 키워주는 상위 권력자가 있을 거라고 생각하지 못했다. 현 회장이 사업을 확장하는 전지적 시점에서 수사 자료를 다시 검토할 필요가 있다.

진태는 일어섰다.

해야 할 일이 명확해진 것이다.

그리고 그것은 자신이 가장 자신 있는 서류 검토였다.

진태는 담배를 최 과장에게 갑째 건네준다.

"고마워."

최 과장이 다음 담배를 입에 물었다.

마 형사와 효림은 한남동과 이태원 일대를 샅샅이 훑었다. 그러나 애초부터 그런 식으로 접근하는 것은 무리였다. 생각보다 넓은 지역이었고 그런 식의 단편적인 정보 가지고 정확하게 하나의 인물을 특정한다는 자체가 애초부터 불가능한 일이었다. 급하게 뭐라도 해야 한다는 마음에 두 발로 동네를 찾아다니는 것은 불과 반나절 만에 불가능한 일로 결론이 내려졌다. 둘은 근처의 햄버거 가게에서 허기를 달래며 다음 방향을 논의하기 시작했다.

"이대로는 안 돼요."

효림의 말에 마 형사가 힘없이 바라본다. 피곤에 찌든 표정. 생기 없이 절박한 눈빛. 답을 찾지 못하고 난 후부터 마 형사는 급격히 무너지고 있었다.

효림이 그런 마 형사에게 상황을 정리해서 말하기 시작했다.

"결국 우리가 여기서 알아낼 수 있는 건 정혜진이 이 부근에 있는 대저택으로 끌려가서 누군가를 접대했다는 것뿐이에요. 그리고 그곳이 어디인지는 지금으로서는 전혀 알 수가 없구요."

"무슨 수를 써서라도 찾아야 해요!"

효림이 그런 마 형사를 바라본다. 그는 햄버거에 손도 대고 있지 않다.

"먹어요."

"먹고 싶지 않아요."

"그래도 먹어요!"

단호한 효림의 말에 마 형사가 바라본다.

"수사라는 것이 결국 끊임없이 생각하고 판단하고 추적하는 거죠. 결국 체력과 집중력이 필요해요. 그렇게 귀신 좀비 같은 몰골로 헤매고 다닌다고 검사님을 찾을 수 있는 것이 아니라는 겁니다. 먹고 조금이라도 쉬어요. 그래서 생각이란 걸 해요. 지금 우리에게

250

필요한 건 그 생각이라는 거니까요!"

"……."

마 형사가 효림을 본다. 이렇게 힘든 상황에서도 그녀의 말은 귓속으로 파고들어 팍팍 꽂힌다. 문득 맞는 말을 하는 데 선수라는 생각이 든다. 하지만 원래 맞는 말이라는 것이 듣기가 쉽지 않다.

"마음이 급해서 반나절 동안 이 한남동을 미친 듯이 헤매고 다녔지만 우리가 건진 게 뭐죠? 햄버거 값하고 주차비가 우라지게 비싸다는 것 이외에 우리가 새롭게 알게 된 게 뭐냐구요? 열심히 자신을 학대한다고 해결되는 건 아무것도 없어요."

"알았으니까 그만해요."

마 형사가 햄버거를 들어 씹기 시작했다.

효림이 그런 마 형사를 보며 만족스럽다는 듯이 자기 몫의 콜라를 쪽쪽 빨아 마신다. 탄산이 날아가버려서 그런지 조금 들쩍지근하게 느껴진다. 차갑게 쏘는 그런 콜라가 마시고 싶었다. 그러나 더럽게 비싼 햄버거는 뻑뻑했고 콜라는 김이 다 빠져 있었다.

그때 진태에게서 전화가 걸려왔다.

"네, 계장님."

태경은 귓속을 맴돌던 이명이 사라지기를 기다린다. 그래서 얼른 이곳을 벗어나고 싶다. 그런데 뭔가 이상하다. 웅성거리는 소리. 태경은 어지러운 가운데 천천히 고개를 들어 소리 나는 쪽을 바라본다. 그때 재판정 입구 쪽에서 휠체어를 탄 지선이 보인다. 태경은 다시 바라본다. 그것이 정말 지선인지. 맞다, 지선이다. 특유의 그 빨간 빵모자, 창백한 피부. 두꺼운 옷을 걸친 지선이 재판정 안으로 들어온다. 방청객들이 웅성거리며 그녀를 바라본다. 뒤에서 휠체어를 밀고 있는 준철이 태경을 바라본다.

태경의 귓가를 맴돌던 이명이 서서히 사라진다. 태경은 정면을 응시한다. 그리고 지선을 바라본다. 지선은 힘이 빠지고 쇠약해질 대로 쇠약해져 있다. 하지만 그녀의 의식이 돌아왔다. 그녀는 태경을 보고 희미하게 웃고 있다.

그때 판사의 목소리가 들려온다.

"변호인…… 변호인? 변호인!"

점점 더 선명하게 들려온다. 그리고 주위가 보이고 상황이 파악되기 시작한다. 그래, 아직 끝나지 않았다.

태경은 상국을 바라본다. 지선에게서 눈을 떼지 못하는 상국.

태경은 잠시 그렇게 바라보게 내버려둔다.

가끔 명확한 사실을 인식하는 데 시간이 걸린다는 것을 우리는 알게 된다.

눈앞에 보이는 것을 받아들이는 데 시간이 걸리는 것이다.

움직일 수 없이 명확한 그 사실을 받아들이기까지 우리가 겪어야 하는 과정들.

아니라고 부정하고, 외면하고, 고통받은 뒤에야 받아들이게 되는 진실.

하지만 알게 된다.

차라리 그 고통에 직면한 순간이,

외면하고 두려워하면서 받은 고통에 비하면 별것 아니라는 것을.

가장 고통스러운 것은 외면하고 회피하고 걱정하면서 보는 시간들이라는 것을.

이제 상국은 그토록 피하고 싶었던 그 순간을 맞이하게 된 것이다.

그것은 바로 지선을 만나는 일.

죽어가는 자신의 동료를 만나는 일.

그리고 알게 된다.

자신이 그동안 무엇을 외면하고 있었는지.

지금 눈앞에 있는 어지선이라는 진실.

상국이 흔들린다. 흔들리기 시작한다.

한때 같이 일했던 직장 동료.

같은 라인에서 웃으면서 일했던 그 여자.

그리고…… 마음에 담아두었던 여자.

여상을 졸업하고 맑은 미소를 띠며 기대감을 품고 들어왔던 어린 어지선.

대기업에 취직했다고 그래서 부모님이 좋아했다고 말하던 그 어린 여자.

돈 모아서 대학도 가고 공부도 하고 부모님한테 효도도 하고 싶다고 말하던 그녀.

바로 그 여자.

어지선. 하루 8시간 3교대 근무…… 토요일 격주 근무…… 연말 상여금 200퍼센트에 그렇게 좋아하던 바로 그 노동자.

내 동료…….

'그래 그 사람들이…… 아니, 바로 내가, 바로 내가 그녀를 저렇게 만들었다.'

판사가 다시 태경을 부른다.

"변호인?"

태경이 침착하게 다시 돌아선다.

"네, 재판장님. 잠시 어지러움을 느껴서요. 죄송합니다."

"조금 쉬었다 할까요?"

아니다. 흐름을 깨서는 안 된다. 그사이 오상국의 마음이 다시 닫혀버릴지도 모른다. 지금 몰아붙여야 한다.

"아닙니다, 재판장님."

태경이 상국을 바라본다, 차분하게. 더 이상 추궁하지 않는다. 그래, 우리 이제 진실만 이야기하자구요. 저 앞에 있는 저 잔인한 진실에 대해서만…… 이야기하기로 해요.

"증인, 다시 한 번 확인하겠습니다. 만약 생산 라인이 과열되면 흄현상이 일어난다는 것을 알고 계셨죠?"

"……"

"증인?"

"네, 알고 있었습니다."

혁권이 치고 들어온다.

"이미 여러 번 수차례 확인한 사실입니다."

"그렇게 확인해야 할 만큼 중요한 문제입니다!!!"

판사가 잠시 생각하다 태경의 손을 들어준다.

"마지막으로 확인하는 것이어야 합니다."

"네."

"계속하세요."

혁권이 긴장된 표정으로 태경과 상국을 바라본다. 그도 느끼고 있었다. 뭔가가 흔들리고 있다. 뿌리째. 초조하게 태경의 신문을 지켜본다.

태경이 상국을 바라보며 신문을 계속한다.

"증인, 만약에, 만약에 말입니다. 그렇게 흉현상이 일어난다는 것을 알면서도. 그러니까 락을 풀고, 생산 라인의 속도를 올리면 과열로 인해서 기화가 일어나고 그로 인해 유독 가스가 발생한다는 것을 알면서도 그 일을 지시하면…… 그건 뭐죠?"

"……."

혁권이 소리친다.

"전혀 의미 없는 가정과 상상으로 문제를 부풀리고 있습니다. 유도신문입니다!"

그러나 태경도 상국도 아무 말이 없다.

"……."

흔들린다.

상국이 고개를 든다. 태경이 그 타이밍을 놓치지 않는다.

"그건 살인 아닌가요?"

혁권이 소리친다.

"재판장님!!! 지금 원고 측 변호인은 부적절한 가정과 유도신문으로 일관하고 있습니다."

"원고 측 변호인! 지금 그 질문이 사건의 본질과 관련 있습니까?"

"네, 재판장님. 조금만 기다려주십시오."

태경이 다시 상국을 본다.

"만약에…… 위에서 그런 지시가 내려왔는데 그것이 부당한지 알면서도 지시를 거부하지 못했다면요?"

"……."

"그게 정말 죄가 없는 것일까요? 그것도 실체가 없는 건가요?"

"!!!"

"이해되고 용서받을 수 있을까요?"

상국이 흔들린다. 말을 하려고 한다. 그러나…… 그러나…… 그의 앞에 놓인 저 어지선이란 바위 같은 진실. 움직일 수 없는 진실.

혁권이 다시 소리친다.

"재판장님!!! 이 모욕적이고 부적절한 신문을 언제까지 지켜봐야 하는 겁니까?"

태경이 재빠르게 치고 들어간다.

"증인, 생산 라인의 과열이 정말 없었습니까?"

혁권이 소리친다.

"이미 수없이 말했습니다! 과열은 없었다구요!!!"

"……."

하지만 상국은 말이 없다.

"정말 과열이 없었습니까? 흄현상이 없었습니까? 연기가 퍼지지 않았습니까?"

"재판장님!"

"그만해!!!"

상국이 소리친다. 울먹인다. 그의 눈에서 눈물이 흘러내린다. 상국이 고개를 들어 지선을 본다. 슬픈 지선의 눈빛.

"힘들어 죽겠어요."

"제가 왜 엔지니어님하고 차를 마셔요."

"됐거든요."

"크크크크크"

"그 촌스러운 옷은 대체 어디서 산 거야?"

"아직은 저도 내 마음을 잘 모르겠어요."

"조금만 기다려줘요. 응?"

"천천히 알아가 봐요, 우리."

지선아…….

너 왜 그러니?

너 왜 그러고 있니?

왜 그런 모습으로…….

"증인이 지시를 받고 생산라인을 더 빨리 돌린 것이 맞죠?"

상국이 울먹인다.

"그만…… 그만해."

휠체어에 앉은 지선이 그런 상국을 안쓰러운 표정으로 바라본다. 사람을 바라보는 지선의 방식. 지선의 눈빛. 그녀의 시선.

상국이 고통스러운 눈빛으로 지선을 본다.

"증인, 정말 흄현상이 없었습니까?"

상국이 주저앉으며 흐느낀다.

혁권이 일어나서 소리친다.

"재판장님!! 휴정을 요청합니다. 증인이 지금 힘들어하고 있습니다. 그건 원고 측이 싸구려 전술로 감정과 동정을 강요하고 있기 때문입니다."

동정?

개새끼들.

상국이 눈물을 멈추고 일어선다. 그리고 지선을 바라본다.

"흄현상이 있었습니까?"

"……네."

!!!!

술렁거린다.

태경이 상국에게 다가가며 묻는다.

"회사에서 생산 라인을 더 빨리 돌리라고 지시했나요?"

"네. 물량이 밀려서 락을 풀라고 했습니다. 공장장이 직접."

"!!!"

혁권과 피고 측 변호인단이 허탈함에 주저앉는다.

"그래서 흄현상이 일어났나요?"

"네. 수시로 일어났습니다."

"원고는 이번 일로 인해 잘못된 증언을 하도록 회사 측으로부터 강요를 받은 적이 있나요?"

"네."

태경이 판사를 바라본다. 그리고.

"이상입니다."

상국이 지선을 바라본다. 지선이 희미하게 웃고 있다. 상국은 눈물을 참을 수가 없었다. 그러나 이상하게도 마음이 편했다. 아마도 회사에서 내부 고발자로 찍히게 되고 어쩌면 직장을 잃게 될지도 모른다. 공들여 쌓아온 지난 10년간의 경력이 모두 사라지게 될 것이다. 하지만 그럼에도 불구하고.

더 이상 저 여자를 외면할 수 없다.

이미 수많은 사람들이 괴롭히고 외면해 온 저 여자를…….

인생의 마지막을 준비하는 저 여자를…….

더 이상은 외면해서는 안 된다.

유정이 울고 있었다. 꺼이꺼이 서럽게.

한동안 아무도 말이 없었다.

그렇게 이번 공판이 끝났다.

하지만 재판은 이제 막 다시 시작되려 하고 있었다.

악마라는
심연

준미는 눈앞에 있는 그 남자를 바라보았다.

그 남자를 본 적이 있다. 아니 신문실에서도 여러 번 부딪혔었다. 너무나 차분하고 예의 발랐던 그 남자.

"태산의 과오. 제가 최대한 줄이고 없애나가도록 하겠습니다, 검사님."

신문실에서 준미의 눈을 보며 말하던 그 남자.

태산 그룹의 부회장.

그리고 곧 있을 다음 주주총회에서 공석인 회장에 취임할 것이라는 소문이 파다한 이 남자.

이민수.

그 남자가 준미를 바라보고 있었다.

준미는 이 상황이 너무나 비현실적이라서 잠시 멍하니 앉아 있었다. 어제까지 대검에서 수사를 지휘하던 자신이 폐차장으로 끌려가고 다시 전혀 위치를 알 수 없는 어느 막힌 공간에서 대한민국 최고의 재벌과 마주하고 있었다.

준미는 이물감이 느껴지는 이 순간이 어쩌면 꿈일지도 모른다고 생각한다. 조금 있으면 잠이 깨고 곧 대검으로 출근해서 현 회장을 잡기 위한 수사에 매달리는 그런 현실로 돌아갈 수 있을 거라고 생각한다.

어서 스릴러 영화 같은 이 꿈에서 깨어나기를 간절히 바란다.

하지만 이민수 뒤에서 웃으며 서 있는 현 회장을 발견했을 때 준미는 이것이 엄연히 현실이라는 잔인한 사실을 깨닫게 된다.

"깼나?"

현 회장이 웃으며 서 있다.

준미가 민수를 보며 묻는다.

"당신이 왜 여기에 있죠?"

"뽀삐, 그렇게 서두르지 마. 우리에게 시간은 많아."

"무슨 소리야!!! 시간이 많다니!!!"

"앞으로 너는 영원히 여기서 살아가게 될 거야!!!"

"!!!"

"잘 봐둬. 필요한 건 다 있어. 거기다 나의 사랑까지."

"당신 제정신이야? 이러고도 당신이 무사할 것 같아?"

"음. 그러기 위해서는 당신이 여기 있다는 걸 누군가는 알아야 할 것 같은데? 그런데 누가?"

"!!!"

"몰랐잖아, 당신. 내가 현 회장의 뒤를 봐주고 있었다는 거!!!"

"!!!"

"에이, 실망이야! 그러고도 국민 검사라고 할 수 있어? 그러니까 이런 데 잡혀 오고 그러는 거야!!!"

민수가 자신의 머리를 툭툭 치면서 말한다.

"생각을 하지 못하니까, 똑똑하지 못하니까, 여기 이렇게 나한테 끌려오는 거라고!!!"

"!!!"

준미는 머릿속에 있는 현 회장 관련 서류들을 끄집어내서 스캔하기 시작한다, 빠르게. 그러나 없다. 어디에도 태산과 관련된 공사는 없었다!

"생각하는 거야? 다시? 알 수 없을 거야! 내가 그렇게 허술하게 할 거 같아?"

설마!

차명 회사!

위장 계열사!

"크크크. 머리가 좀 돌아가? 그런데 어떡해! 너무 늦었어! 아무도 못 찾아! 절대 못 찾아!!!"

"!!!"

"생각을 해봐! 당신도 황룡이 거래한 것이 태산의 위장 계열사일 거라고는 생각도 못 했잖아! 그치? 그런데 누가 그걸 찾을 수 있겠어? 응?"

"!!!"

"당신도 찾지 못한 걸!! 그 누가!! 응? 크크크."

"하지만 당신과 현 회장과의 관계를 알고 있는 누군가 있어! 그 누군가가 증언할 거야! 내가 사라진다면 경찰에서 수사할 거고 현 회장과 당신과의 관계는 곧 알려질 거야!"

갑자기 민수가 정색한다. 그리고 두려워하고 걱정하는 표정을 짓는다. 그리고 덜덜 떤다.

"어떡하지! 그 생각을 못 했네? 응?"

"!!!"

"송대기! 장윤선! 그리고 어 그래, 양철기! 어떡하지?"

"!!!"

"응? 현 회장! 어떡하면 좋아? 서 검사님, 나 어떡해! 응?"

"!!!"

설마.

민수가 웃는다, 다시.

"크크크. 그건 내가 잘 알아서 처리했지. 싹 다 죽여버렸어. 응? 나와 현 회장과의 관계를 아는 사람은 여기 한 사람! 현 회장뿐이야! 그리고 이제 현 회장도 곧. 응?"

"말했지. 나는 필리핀으로 갈 거라고. 너는 여기에 있고."

그때 뒤에서 남자들이 다가온다. 대여섯 명 정도. 영미를 농락했던 그 남자도 있다. 갑자기 그들이 현 회장을 둘러싼다.

"뭐꼬?"

현 회장이 민수를 본다. 민수가 싸늘하게 웃는다. 설마!

"부 회장님!!!"

순간 남자들이 달려들어 현 회장을 잡는다. 그리고 입을 막는다. 벌 떼처럼 달려들어 발버둥 치는 현 회장을 붙잡는다. 현 회장은 발버둥 친다. 살려고 살려고 어떻게든 살아남으려고 발버둥 친다. 그러나 점점 더 숨이 막혀온다.

현 회장의 눈은 핏줄이 터질 것 같고 얼굴은 벌겋게 달아오른다.

그의 눈에 웃고 있는 민수의 얼굴이 보인다.

현 회장은 이 순간 자신이 살아온 그 수많은 순간들이 자신 앞에 펼쳐 보이는 것이 느껴졌다.

그 모든 것이 찰나였던 것처럼 느껴진다.

아무것도 아니었던 것처럼.

그렇게 그의 의식이 아득해진다.

그의 눈앞에서 웃고 있는 이민수의 얼굴도 점점 더 희미해진다.

"그만!"

민수가 소리친다. 현 회장을 죽이고 있는 그들에게 소리친다! 그만두라고!

그들은 즉시 현 회장을 풀어준다.

일곱 명의 사이코패스들. 그들은 민수를 돕지만 민수를 위해서 일하는 것이 아니다. 그들은 민수 덕분에 자신이 가진 환상을 마음껏 펼치게 된 사이코패스들이다. 민수와는 다양한 경로로 만났고, 민수가 그들을 알아보았다. 그들의 나이와 성별, 배경은 다양했지만 한 가지 공통점이 있다. 절대 인간에 대한 연민과 사랑이 없다는 것이다. 그저 누군가가 고통받고 조롱받고 죽어가는 것이 즐거울 뿐이다. 그들은 고통에 대한 두려움도 없다. 그렇기 때문에 이들은 민수가 가장 신뢰하는 존재들이다. 이들이 배신할 수는 없다. 배신이라는 것은 주로 돈이나 양심의 가책 때문에 이루어지는 것인데 이들에게는 둘 다 해당되지 않는다. 두려움은 애초에 없었고 돈도 그들의 큰 관심이 아니다. 그들의 관심은 오로지 민수가 어떤 방식으로 인간을 고통으로 몰아가는가를 관찰하고 즐기고 참여하는 일이다. 즐겁다. 즐거워. 오로지 그것만이.

현 회장은 바닥에 쓰러져 숨을 몰아쉰다.

"으으악!!! 켁켁!!! 허어억!!!"

현 회장이 미친 듯이 공기를 빨아들인다. 숨을 몰아쉰다. 그리고 핏발이 선 눈빛으로 민수를 올려다본다. 하지만 민수는 눈빛조차 변하지 않는다. 차갑다. 아니다. 그런 감정조차 없다. 아무 의미 없는 돌멩이를 바라보듯이 바라본다.

준미는 이 모습을 끔찍한 마음으로 지켜본다. 그러나 절대 이성을 잃지 않고 이들을 관찰하겠다고 생각한다. 하나도 놓치지 않으리라고. 그리고 반드시 밖으로 살아 나가서 이 모든 것을 증언하고 저자를 감옥에 넣어 죗값을 치르게 할 것이라고 생각한다. 어떠한 대가를 치르고 어떠한 고통을 겪게 되더라도 절대로 그 일을 포기하지 않겠다고 다짐한다.

그녀는 이 모든 것을 말해야 할 증언자였다.

민수가 현 회장을 내려다본다.

"왜 그랬어?"

"……부회장님."

"응? 내가 여러 번 말했잖아. 인간에 대한 연민을 버리라고. 사랑을 버리라고."

"……제발."

"왜 그렇게 일 처리가 모질지 못해. 미적미적. 결국 내가 다 처리했잖아."

"한 번만…… 한 번만 기회를."

"이봐요. 그러다 니가 잡히기라도 해봐. 나는 어떡해? 응?"

"절대 잡히지 않겠습니다! 절대!"

현 회장이 발버둥 치면서 민수의 신발을 혀로 핥는다.

"제발 살려주세요! 제발!"

"크크크. 내가 이래서 인간들을 못 믿는 거야! 위기에 처하면 최소한의 자존도 생각하지 못한다니까?"

"!!!"

"나한테 이러고 검찰한테 잡히면 또 이러고, 응?"

"아닙니다. 절대 잡히지 않겠습니다."

"뭘 안 잡혀! 지금 당신 잡을라고 전 국민이 설치고 있는데."

"방법이 있습니다. 부산까지만 가면!"

"아이고. 여기서 부산이 얼마나 먼데! 4시간이 넘게 걸려요!"

"방법이 있습니다."

"아 우리 현 회장, 내가 어떻게 해야 하나? 응?"

"……."

"내가 왜 당신을 이용하는지 알아?"

"!!!"

"당신은 사람들 마음을 잘 이해해. 마치 움켜쥔 것처럼. 나는 그래서 당신을 통해서 많이 배웠어. 인간이란 것들의 마음. 그걸 이해하니까 내가 하는 게 더 재밌더라고."

"앞으로도 계속 그 기쁨을 드리고 싶습니다!"

"아 참 곤란하네, 이거. 응?"

"제발."

"그래 내가 세상을 들여다보는 창인데, 당신은. 그 창문을 없앨 수는 없지."

"!!!"

"하지만 필리핀에 가면 볼 수가 없잖아? 응? 당신이 하나하나 사정과 특징을 알려주는 그 뽀삐들을 만날 수 없잖아! 난 당신을 통해서만이 그 뽀삐를 제대로 이해할 수 있었어! 응?"

"부회장님, 필리핀은 아주 자유로운 곳이죠. 게다가 그곳에는 전 세계에서 몰려오는 관광객과 유학생들이 있습니다. 한국 사람들도 엄청나죠."

"하지만 이런 매력적인 뽀삐들을 만날 수 있을까? 강하고! 아름답고! 절대 굽히지 않는 이 뽀삐들 말이야!!! 내가 원하는 건 아무데서나 헐떡거리는 그런 똥개들이 아니야!!!"

민수는 준미를 가리킨다.

"이런 명작을 위해! 걸작을! 응? 나를 흥분시키는! 이런 여자 말이야!!! 세상 사람들이 궁금해하는데 그걸 내가 가지고 있는 이 상황까지!!! 내가 지금 얼마나 들떠 있는지 몰라!!! 그리고 이 뽀삐를 데려온 현 회장!!! 그래서 내가 당신을 버릴 수 없는 거야!"

"부회장님, 상황은 변합니다. 반드시 계속 뽀삐를 데려올 겁니다. 당신이 만족할 만한 새로운 뽀삐들을 반드시 찾을 겁니다."

민수가 현 회장을 바라본다.

"믿어도 돼?"

"부회장님. 제가 데려온 그 달콤한 뽀삐들을 생각하세요. 다음에 제가 생각하는 뽀삐를 말씀드릴까요?"

"!!! 응? 누구야?"

현 회장이 이민수의 귀에 대고 속삭인다.

"!!!!"

"완벽할 겁니다!!!"

"크크크크크크."

이민수가 들떠서 끊임없이 웃음을 터트린다.

"크크크. 그래, 좋아!!! 부산까지는 우리 애들이 데려다줄 거야."

현 회장이 돌아선다. 식은땀이 흐르고 비틀거린다. 금방이라도 토할 것 같다. 그러나 내색해서는 안 된다. 걸어 나가야 한다. 그래야 살 수 있다. 살아야 한다. 사는 동안 저 악마에게서 벗어날 수 없겠지만 그래도 살아가야 한다.

현 회장은 그곳을 빠져나갔다.

"이제 우리만 남았네?"

민수가 준미를 보며 웃는다.

"미친놈."

"와우! 좋아! 그 패기! 이런 지하 감금방에 끌려왔음에도 불구하고 절대 기죽지 않는 이 패기!"

"미쳤어! 완전히 미쳤어!"

"뭐래도 좋아. 넌 지금 내가 얼마나 흥분해 있는지 모를 거야! 응? 너라는 존재! 거기다가 세상 사람들이 모두 찾고 있는 너를 가두고 있다는 이 스릴과 서스펜스. 아무도 모르잖아! 니가 여기에 있는지는? 응? 크크크크크크."

"도대체 왜 이러는 거야?"

"너는 왜 숨을 쉬는 거야?"

"!!!"

"그만큼 이것이 나에게는 자연스러운 일이야. 너무 좋아, 이 순간. 나의 뽀삐. 나의 사랑. 나의 구원자!"

"꺼져!"

"그럴 수는 없지. 내가 얼마나 이 순간을 기다렸는데? 그거 알아? 처음 너를 만났을 때를 기억해! 서울중앙지검 신문실에서 너를 처음 봤을 때 내가 어땠을 것 같아? 응? 짜릿했어. 난 단숨에 알아봤어!!! 니가 이 세상에서 가장 완벽한 뽀삐라는 걸!!! 그 명민

268

함, 아름다움, 결기, 용기, 고결함! 크크크크크. 내가 그걸 부숴버리고 싶어서 얼마나 몸이 달았었는지 알아? 너를 가두고 너를 내 맘대로 하고 싶어서 얼마나 몸부림쳤는지 아냐고! 응?"

"개새끼!!!"

"너를 데리고 올 때까지 얼마나 기다렸어야 했는지 알아? 그래서 니가 국민 쌍년이 되었을 때 얼마나 마음이 아팠는지 알아?"

"웃기지 마!!!"

"진짜야. 이상하지 않았어? 죽지 않는 니가!! 현 회장 같은 악마가 너를 죽이지 않는 이유가? 그렇게 궁지에 몰리면서도 너를 죽이지 않는 그 이유를 생각했었어야지!!! 그건 니가 뽀삐이기 때문이야! 응? 크크크크크."

"그만해!!"

"넌 너무 아름다워! 나에게 있어 넌 신이 새긴 멋진 조각상 같은 거야! 그래서 부숴버려야 하는 거야! 너무 아름답기 때문이지. 크크크."

"개새끼."

"자 그럼 이제 우리만의 의식을 시작해야지! 첫 번째 순서는? 뭘까?"

"!!!"

"궁금하지? 응?"

"닥쳐! 미친 싸이코의 자위 따위 궁금하지 않아!!"

"아니야, 궁금할 건데?"

"미친놈."

"니가 그토록 찾아 헤매던 그 여자를 만날 차례거든."

"!!!"

"보고 싶었지? 응?"

"꺼져!"

민수가 싸늘하게 웃는다. 그리고 말한다.

"데려와."

그때 안에서 다른 남자가 그녀를 데리고 왔다. 그녀는 장영미였다. 그래, 그녀는 장영미였다. 그녀가 지금 바로 눈앞에 서 있었다.

개미들의 대반격

공판이 끝나고 지선은 다시 병실로 돌아갔다. 이후에도 지선은 중환자실과 일반 병실을 왔다 갔다 했지만 그녀의 몸은 점점 더 쇠약해지고 있었다. 하지만 그녀는 편안해 보였다. 자신이 할 수 있는 모든 것을 다한 후의 편안함 같은 것이 그녀의 얼굴에서 보였다.

"사람들이 공장 안에서 무슨 일이 있었는지 알게 된 것만으로 됐어요. 남아 있는 사람들에게 똑같은 짓은 못 하겠죠, 더 이상."

유정과 준철은 다 꺼져가던 재판의 불씨가 살아난 것을 보고 환호했다. 그리고 그 불씨는 점점 더 거세게 타오르는 불길이 되어 있었다. 언론에서도 이 문제에 대해서 점점 더 크게 다루기 시작했고, 곳곳의 시민 단체에서 제대로 된 소송을 해보자며 손을 내밀어왔다. 하지만 정작 이 모든 것을 만들어낸 태경은 이제 그만 빠

271

지고 싶어 했다.

"그게 무슨 말씀이세요! 이제 와서 그만두겠다니."

"……제가 할 수 있는 일은 다 한 것 같아요."

"이제 시작이잖아요!"

"유정 씨, 봤잖아요. 내가 얼마나 허무하게 무너져 내렸는지."

"하지만 결국 만들어냈잖아요."

"아뇨. 그건 내가 한 게 아니에요. 지선 씨와 상국 씨가 한 거지."

"여기까지 끌고 온 것도 변호사님이에요."

"네. 여기까진 끌고 왔죠. 하지만 역부족입니다. 저로서는요. 유정 씨, 이미 푸른 변호사에서도 관심을 보이면서 소송을 준비하고 있어요. 푸른이 소송을 진행하게 되면 제가 있는 걸 원치 않을 겁니다."

"!!!"

"걱정하지 마세요. 푸른이 저보다 더 잘할 겁니다. 거기다 내부고발이 나왔기 때문에 다른 희생자들도 이전처럼 가만히 있지 않을 겁니다. 소송액이 커지면 대형 로펌하고 접촉해도 되구요. 일이 그렇게 커졌을 때…… 저는 소송의 방해물만 될 겁니다."

"변호사님……."

"유정 씨, 그리고 지선 아버님."

두 사람이 태경을 바라본다.

"아직 끝난 게 아닙니다. 마음 놓을 단계가 아니에요. 이제 소송이 막 시작된 겁니다."

"알아요."

"앞으로 또 얼마나 험한 길을 가야 할지 알 수 없어요. 마음 단단하게 먹어요. 태산과 인창에서도 더 세게 나올 겁니다. 몇 년을

272

끌 수도 있어요."

"알고 있어요."

"네, 변호사님."

두 사람은 태경을 본다. 태경은 그 둘과 천천히 악수를 나눈다.

"수고하셨습니다, 변호사님."

"네."

태경이 돌아선다.

"변호사님."

유정이다.

"왜 우리 사건 변호를 맡으셨어요?"

"……."

"돈 번 것도 전혀 없고 생각보다 유명해지시지도 않은 것 같은 데. 대체 왜?"

"……."

"왜 그랬어요?"

태경이 웃는다. 그리고.

"내가 원래 이 짓을 좀 좋아해요."

그리고 돌아선다.

마치 마을에 나타난 악당을 처리한 서부극의 주인공처럼 그는 돌아보지 않는다.

서부의 무법자.

그는 석양을 뒤로하고 떠난다.

다시는, 다시는 돌아오지 않는다.

사무실로 돌아오면서 태경은 생각한다. 이대로 떠난다, 아무 미련도 없이. 언제 돌아올지 모르는 긴 여행을 떠난다. 어쩌면 다시 돌아오지 않을지도 모른다. 그렇게 떠날 것이라고 생각한다. 그렇게 주차장으로 가는데 원기가 서 있다.

"야, 형 봤지?"

"그래, 대단하다."

"야, 나 좀 떠나 있을게. 사무실은 니가 정리 좀 해줘."

"그래."

그런데 원기가 좀 이상하다.

"왜 그래?"

"……아니야."

"뭔데? 말해 봐, 이 새끼야!"

"너…… 아직 모르는구나."

"뭐가?"

"서준미 검사가 실종됐어. 어젯밤 이후로 연락이 안 된대. 지금 난리 났어!"

"!!!"

태경은 그 순간 자신의 한 부분이 무너지는 듯한 느낌을 받는다. 딱 준미가 차지하는 무게만큼이었다.

바닥에 주저앉은 태경을 원기가 일으켜 세운다.

준미는 눈앞에 있는 그 사람이 영미란 것을 믿을 수가 없었다.

아름다운 머리카락은 제멋대로 잘려 있었고, 그녀의 시선은 텅 비어 있었다. 마치 기계 같은 표정이었다. 자연스러운 사람의 느낌이 전혀 없었다.

그때.

"뽀삐!"

이민수의 말에 영미가 바닥에 엎드리더니 기어서 다가간다.

"!!!"

"착하지, 뽀삐?"

민수가 손으로 영미의 턱 아래쪽을 만지자 영미가 혀로 민수의 손바닥을 핥는다.

"어이고 이뻐! 우리 뽀삐! 응?"

민수가 영미의 머리카락을 쓰다듬는다.

"착하지, 착해."

영미는 멍한 표정으로 민수가 하는 대로 가만히 내버려둔다. 그러다가 민수가 손을 올리자 두려움에 반사적으로 벌벌 떨며 주저앉아서 고개를 숙인다.

"!!! 무슨 짓이야!!!"

준미가 소리친다.

민수가 준미를 보며 웃는다.

"이렇게까지 이쁘게 만드는 데 얼마나 오랜 시간이 걸린 줄 알아? 위기도 많았고 어려움도 많았어. 하지만 나는 해냈어. 인내심을 잃지 않고 차근차근. 처음에는 감정을 빼앗고, 그다음에는 기억을 빼앗고, 그다음에 언어를 빼앗고, 마지막으로 영혼을 빼앗지. 그 과정으로 탄생한 거야, 이 뽀삐는."

"!! 이 개새끼야!!!"

"그렇게 화내지 마! 너도 곧 이렇게 될 거야!"

"개새끼 죽여버릴 거야!"

준미가 분노를 참지 못하고 민수에게 달려든다. 그러다 그대로 민수에게 목을 잡힌다.

"낄낄낄."

민수가 웃으면서 버둥거리는 준미를 바라본다. 영미는 표정 없이 그 모습을 바라본다.

"커억. 헉."

민수가 웃으면서 준미를 본다.

"그래. 더 흥분하고 분노해! 더 강하게 저항하란 말이야!!"

그러면서 준미를 바닥에 던진다.

"크크크."

"차라리 죽여!"

"싫어! 니가 얼마나 재미있는 장난감인데 죽여! 응? 요기 이 뽀삐도 중간에 싫증이 나서 그냥 없애버릴까 했지만 지금 생각하면 그러지 않기를 얼마나 잘했는지 몰라. 얼마나 재미있었다고! 얼마나 다양하고 깊이가 있는지 몰라, 인간이라는 장난감은. 수시로 변하거든. 응?"

"!!!"

"재밌어. 재밌어. 그 어떤 것보다 재밌어. 인간의 심연을 들여다보고 해부한다는 건. 너도 곧 보게 될 거야. 너의 심연을? 응?"

"크크크."

준미는 정말로 두려워지기 시작했다.

276

사무실에 도착한 민수는 재판 결과를 보고 받았다. 그러나 조금
도 흔들리지 않고 차분하게 법률팀장에게 묻는다.

"그래서 앞으로 어떻게 되는 겁니까?"

"이제까지는 변호사 한 명이 달라붙었는데 이제 푸른이라는 인
권 변호사 협회가 본격적으로 소송을 진행할 거라고 합니다. 그동
안 조용히 있었던 피해자들까지 소송에 참여하고 있다고 합니다."

가렵다. 개미들.

법률팀장이 민수의 눈치를 본다. 민수가 온화하게 웃으며 바라
본다.

"계속하세요."

"아마 법률적으로 치열한 논쟁이 불가피한 상황입니다. 내부 엔
지니어였던 오상국의 증언이 결정적인 타격이었습니다. 게다가 이
사건이 점점 더 알려지기 시작하면 오상국 같은 인물들이 더 나타
날 가능성도 높습니다. 그렇게 되면 정말 걷잡을 수 없는 상황으로
전개될 가능성이 높습니다."

아무리 떨궈내려 해도 떨어지지 않는다. 개미들. 끊임없이 달라
붙어 기어오른다.

"정확하게 말씀해 주세요. 걷잡을 수 없다는 건요?"

"우리가 질 수도 있다는 뜻입니다. 아버님 시대하고는 달라서 이
제 더 이상 사법부도 우리 뜻대로 돌아가지만은 않습니다. 게다가
여론도 점점 더 안 좋아지고 있구요. 오상국 씨의 증언 이후에 언
론들도 달려들어서 집중적으로 이 사건을 조명하고 있습니다. 이

제는 예전처럼 언론 통제도 쉽지 않습니다."

가려움 때문에 괴롭다. 개미는 밟아도 밟아도 다시 기어오른다. 그리고 몸속 찾을 수 없는 곳으로 숨어들어 꼬물꼬물거리며 끝없이 괴롭힌다. 지겨운 개미들. 개미새끼들. 살충제가 필요하다.

"그래서 방법은요?"

"부회장님 생각은 어떠십니까? 홍보 부사장은 기업 이미지를 위해서라도 이쯤에서 회사에서 품어주는 뉘앙스로 가는 것도 나쁘지 않다고 합니다. 아버님 시대와 결별하는 뉘앙스를 취하면 부회장님께는 그리 큰 타격이 될 것 같지는 않습니다."

개미들에게 굴복하자는 이야기다. 그러면 더 많은 개미들이 더 기어오를 것이다. 간지러움을 감당할 수 있을까? 그 지저분하고 더러운 것들.

"순수하게 법률적으로만 생각하면 어떻습니까?"

"반반입니다. 공장 내부의 위해성은 입증이 됐습니다. 하지만 그쪽에서도 그 위해성이 암과 다양한 질병과 직결된다는 것을 입증해야 하기 때문에 긴 법리적 다툼이 예상됩니다."

"길어지면 그쪽에서 힘들어지겠죠?"

"네."

"음, 그 점이 참 안타깝지만 어쩔 수 없어요, 우리로서도. 누가 옳고 그르건 간에 사실 관계를 명확히 해야 한다는 것이 제 입장입니다. 그러니까 최선을 다해 주세요."

개미들을 모두 퇴치해!

"아…… 네. 알겠습니다."

법률팀장이 돌아서서 나간다. 부들부들 떨리기 시작한다, 짜증으로. 짜증이 나서 견딜 수가 없다. 그 지저분하고 더러운 개미 새

278

끼들! 밟아도 밟아도 너무 작아서 끊임없이 기어오르는 그 개미 떼들! 지저분한 개미 떼들!!!

하지만 끝까지! 끝까지 따라가서 살충제를 뿌려주마.

민수는 창가로 가서 아래를 내려다본다.

이 풍경을 볼 수 없는 자들.

죽었다 깨어나도 이 위치에서 바라볼 수 없는 자들.

개미 새끼들.

밟아주마.

문과 홍은 부산에 먼저 도착해서 현 회장을 기다리고 있었다. 경찰의 추적을 걱정하면서 숙소에서 쉬길 원하는 문과 달리 홍은 나가서 즐기기를 원했다.

"이봐. 한국에서의 마지막 순간이야. 이렇게 끝내고 싶어?"

"응. 조용히 쉬고 싶어."

"다시는 이 나라 땅을 밟을 수 없다고!"

"그거 참 다행이네."

"영감같이 굴지 말고 나가서 한잔하자고!!!"

"야. 뭐 하게?"

"나가서 부산 밀면도 한 그릇 하고 회도 먹고. 응? 언제 고국의 회를 먹을 수 있겠어? 너도 알잖아. 열대 지방 물고기 물컹한 거. 응? 가자! 가서 이 싸늘한 날씨를 조금만 즐기자. 생각해 봐. 돌아 갔을 때 그 찝찝하고 무더운 끝없는 열기를? 응? 고국의 이 싸늘함을 조금만 더 즐기자!"

문은 생각한다. 그래, 이 한국 날씨. 싸늘한 날씨. 언제 또 즐길 수 있을까? 나가기로 한다.

그들은 부산항에서 얼마 떨어지지 않은 횟집에서 소주를 나눠 마신다. 문득 문은 나오기를 잘했다는 생각을 한다. 다시는 이 부산의 밤바다를 보게 될 일은 없을 것이다. 이 싸늘하고 차가운 공기도.

굿바이 코리아.

문득 사랑했던 여자들이 생각났다. 가족들도. 그러나 살인죄를 저지르고 사라진 지금의 모습을 보이는 것은 더 못 할 짓이란 생각이 든다. 그때 옆에 앉은 어린 남자들의 언성이 커지기 시작한다.

"커리 이 새끼는 진짜 미친놈이라니까! 응? 완전 농구의 신이야! 조던? 웃기지 말라 그래! 농구는 커리야!"

골든스테이트 워리어스의 농구 유니폼을 입은 남자가 떠들어댄다. 그때.

"참나. 어디를 비교해? 조던?"

홍이었다. 남자들이 홍을 본다.

"아저씨 뭐야?"

"야 니들이 조던을 제대로 보긴 봤냐? 응?"

"유튜브에서 다 봤거든."

"눈까리가 해태구나."

"뭐?"

"조던까지 갈 필요도 없어. 니들 허재 아냐? 허재? 허웅 아버지?"

"참 나."

"커리는 허재한테 쩹도 안 돼! 허재가 페이크 한번 쓰면 그 새끼

280

는 벌벌 떨면서 울 거야, 아마."

"장난하냐, 아저씨! NBA야! 이 변두리 농구가 아니라! NBA에서 뛰지도 못하는 애들이 와서 휘젓고 다니는 게 우리 프로 농구 KBL이고."

"이것들이. 니들 허재가 어땠는지 알아? 응? 허재는 말이야! NBA에 갔으면 역사를 바꿨을 선수야! 응?"

문이 제지한다.

"야, 그만해!!"

어린 남자들이 비웃는다.

"웃기고 있네, 진짜! NBA에서 주전자나 날랐을라나!"

그때였다, 홍이 움직인 것은. 전직 날리던 깡패였던 홍이 어린 남자들을 무차별적으로 때리기 시작한다. 남자들이 피투성이가 되어 쓰러진다.

"이것들이 감히 허재를 모욕해?! 기아자동차 에이스 가드 허재를 너희가 봤어? 응?"

분이 풀리지 않은 홍이 미친 듯이 어린 남자들을 때린다. 문이 겨우 그런 홍을 잡는다.

"야, 미쳤어!"

눈이 돌아간 홍.

"미쳤냐고 이 새끼야!!!"

"!!!"

홍이 이제야 정신을 차린다.

둘이 급하게 가게를 나가려는데 그때 문 앞으로 순찰차가 도착한다.

"!!!"

문을 열고 들어오는 경찰들. 횟집 주인이 손가락으로 홍과 문을 가리킨다.

일이 점점 꼬이고 있었다. 그러나 지구대로 가서 신분 조회를 하는 순간 끝이다.

그때 문과 홍의 모습을 보고 이상함을 느낀 순경이 지원을 요청한다. 그리고 허리춤에 찬 총으로 손을 가져간다.

문과 홍이 돌진한다. 그리고 경찰을 때려눕히고 대로변으로 달려간다. 곧이어 순찰차가 따라붙는 소리가 들린다. 부산항! 부산항까지만! 조금만 더!

그러나 그때 앞에 승합차가 멈춰 서고 떡대 좋은 경찰들이 막아선다.

그리고 순식간에 홍과 문을 제압한다.

그리고 그들의 팔을 뒤로 해서 수갑을 채운다.

문은 생각했다.

이 차가운 한국의 공기를 매 계절마다 느낄 수 있겠다고.

물론 감옥에서.

녀의
의미

현 회장은 이민수가 제공하는 태산전자의 물류 트럭에 숨어 부산으로 향하고 있었다. 절대 들킬 수 없는 이동 편이었다. 현 회장은 컨테이너 안쪽에 숨어서 이민수의 좀비들에게 졸렸던 목을 매만진다. 끔찍한 존재들. 인간이라고도 부를 수 없는 것들.

현 회장은 가끔씩 자신의 내면을 들여다보며 낄낄거리면서 끔찍해한다.

'이런 악랄한 인간을 보았나. 크크크.'

하지만 그것은 이민수에 비하면 아무것도 아니었다. 그는 진짜 악마였다. 현 회장은 나이가 들면서 세상의 이치를 깨닫고 악의 길을 선택한 경우였다. 그도 어릴 때는 사랑도 하고 우정도 나누고 낭만도 즐겼었다. 그러나 나이가 들면서 그런 것들 자체가 아무런 의미도 소용도 없는 것이라는 것을 알게 되었다. 하지만 이민수의 경우는 달랐다. 그는 타고난 악마였다. 그는 자신 이외의 모든 인간은 그저 이용할 만한 도구 이상으로 생각하지 않는다.

현 회장은 이민수를 통해서 많이 배우고 성장한 케이스라고 할 수 있었다. 이민수를 통해서 진정으로 강해지는 방법을 배웠다. 그에게 의지했다. 더 강한 것에게 끌리고 기대려고 하는 것이 인간의 본성. 현 회장도 마찬가지로 이민수에게 매혹되어 있었다. 하지만 잠시 잊고 있었다. 이민수에게는 그 어떤 것도 기대해서는 안 된다는 것을.

현 회장은 이제 당분간 그로부터 멀어질 것이다. 그러나 이민수는 곧 그를 찾아올 것이다. 그가 현 회장을 살려둔 이유가 있다. 그 이유를 위해 현 회장을 찾을 것이다. 현 회장은 몸이 오싹해지는 것을 느낀다.

그 악마.

아마도 영원히 벗어날 수 없을 것이다.

그사이 트럭은 부산항에 안전하게 도착했다. 그러나 배가 출항할 시간이 다 되어가는데 문과 홍이 아직도 모습을 드러내고 있지 않았다. 현 회장은 초조해지기 시작했다. 지금까지 나타나지 않았다는 것은 어떤 문제가 생겼다는 뜻이다. 만약 그들이 그대로 한국에 남겨진다면 곤란한 일이 생길 가능성이 높았다. 현 회장은 초조한 마음으로 시계를 들여다보고 있었다.

'현 회장이 준미를 납치했다!'

현 회장이 더 이상 수사를 피하기 어려운 상황에서 준미와 함께 죽는 방법을 선택한 것일까?

태경은 침착해지기 위해 숨을 몰아쉰다. 그러나 호흡은 쉽게 진정되지 않는다. 준미가 사라졌다. 태경은 협상을 하기 위해서 현 회장에게 연락을 해보지만 연락이 되지 않는다. 현 회장과 연락할 모든 선이 끊어졌다. 모두 죽거나 사라진 것이다. 그리고 문득 자신에게는 현 회장과 협상할 그 어떤 카드도 남아 있지 않다는 것을 알게 된다.

현 회장이 준미를 어디로 데려간 것일까?

현 회장은 어디로 간 것일까?

도대체 어디로?

현 회장이 이대로 멍청하게 잡히지는 않을 것이다. 하지만 더 이상 한국에 남아 있을 수는 없다. 한국에 남아 있다가는 반드시 잡히게 된다. 그렇다면? 그는 외국으로 도주하려고 할 것이다. 준미를 외국으로 데리고 간다?

아니다.

아무리 현 회장이라지만 복수를 위해 그런 위험까지 감수하려고 하지는 않을 것이다.

그렇다면 역시 죽였을까?

순간 태경은 다시 아득해진다. 저 깊은 땅속으로 다시 꺼져버리는 것 같다.

준미가 이 세상에 없다?

아닐 것이다!

아니다!

아니야!

그렇다면, 만약 그렇게 된다면 태경은 스스로를 용서할 수 없을 것이다.

제발!

하지만 지금으로서는 그럴 가능성이 가장 높다는 것을 부정할 수가 없다.

재판 때문에 신경 쓰지 않는 사이,

그는 인생에서 가장 사랑하는 존재를 잃게 되었다.

그는 스스로를 용서할 수가 없었다.

그리고 알게 되었다.

서준미라는 여자가 자신에게 어떤 존재인지를.

비로소 알게 되었다.

너의 의미.

그녀의 눈빛이 사무치도록 그리웠다.

진태는 밤을 새우며 다시 현 회장 관련 서류 속으로 파고들었다. 들여다보고 또 들여다보았지만 해답은 나오지 않았다. 현 회장의 황룡건설이 급속도로 성장해 나간 최근 5년간의 서류들을 꼼꼼히 들여다보았지만 특별한 정황은 나오지 않았다. 현 회장이 수주한 건설공사들은 대부분이 황룡건설보다 우위를 점한다고 볼 수 없는 회사에서 발주한 공사가 많았다. 특별히 누군가가 봐주고 있다, 보이지 않는 큰손이 움직이고 있다는 그런 정황을 발견할 수가 없었다. 서류상으로는 볼 수 없는 무언가가 있다는 것일까? 아니면 뒤에 누군가가 있다는 최 과장의 말이 그저 진태와 특별 수사 본부를 농락하고 현 회장이 도주할 시간을 벌 블러핑에 불과한가. 그러나 블러핑이라도 지금은 그 말을 믿고 싶었다. 현 회장의 뒤에 누군가가 있고, 준미가 그에 의해서 아직까지 죽지 않고 어딘가에 갇혀 있을 거라고 믿고 싶었다. 그래서 자신이 이 서류들을 통해서 현 회장의 배후를 캐내기만 한다면 이 모든 것이 해결될 수 있을 것이라고 그렇게 믿고 싶었다. 그렇게 지금 이 노력이 준미를 구할 수 있는 방법이라고 그렇게 믿고 싶었다. 하지만 아무리 봐도 돌파구가 보이지 않는다. 만약 이렇게 생각해 보자. 뒤에 있는 누군가가 자신의 존재를 감추기 위해서 서류를 조작해 놓았다면 지금 이러한 방식으로 해결될 수는 없다. 해결되지 않는다. 진태가 그 교묘한 틈을 파고들기 위해서는 더 많은 시간이 필요하다. 하지만 지금 진태에게 가장 부족한 것이 시간이었다.

하지만 만약에 누군가 현 회장의 서류를 잘 들여다볼 수 있는 자가 있다면? 현 회장의 자금 흐름과 불법적인 사업 정황을 파악하고 있는 자가 있다면 좀 더 빠른 시간 안에 현 회장의 배후에 있는 그자를 찾아낼 수 있을 것이다.

그 순간 진태는 그자를 떠올린다.

'이태경.'

현 회장의 변호사. 그는 현 회장과 관련된 수많은 사건들에 관여해 왔다. 이미 현 회장의 비밀 서류들을 깊이 파악하고 있을 것이다. 만약 그가 지금 이 서류들을 함께 분석해 준다면 새로운 시각을 통해 가능성이 열릴지 모른다.

'하지만 그가 이 사건을 도와줄까?'

만약 현 회장의 불법행위가 드러난다면 이태경 역시 책임을 면할 수 없다. 그런데 그가 이 사건을 도와줄 수 있을까?

하지만 서준미 검사와의 그 묘한 관계. 법정에서 맞서 싸울 때 간간이 부딪히는 그 느낌. 진태는 그런 남녀 관계에 있어서 둔한 편이지만 그 둘 사이가 남들과 달라 보인다는 것은 인지했었다. 그렇게 격렬하게 싸웠지만 복도에서 마주 서서 이야기하던 그 두 사람의 모습.

혹시 그가 만약 아직도 서준미 검사를 남다르게 생각해 준다면?

하지만 마흔이 다 된 남자가, 그것도 세상의 가장 탁한 곳에 있었던 남자에게 그런 아스라한 감정이 남아 있을까?

진태는 생각해 본다. 그러다 쉽게 결정이 내려지지 않는다. 하지만 지금 이 상황에서 다른 방법을 생각할 수 있을까? 일단 이 문제를 상의하기 위해서 밖으로 나가 있는 마 형사와 효림에게 전화를 걸었다.

"이태경 변호사에게 기대해 보자구요?"

"말도 안 됩니다!! 제정신입니까?"

"너무 그렇게 안 된다고 하지 말고……."

하지만 마 형사는 분을 참지 못한다.

"그런 새끼한테? 서 검사를. 말도 안 돼!!! 그 새끼 버러지같이 현 회장에게 붙어먹던 놈이라면서요? 그런데 그런 새끼한테 서 검사 찾는 걸 도와달라고 해요? 말도 안 돼!!!"

"그럼 다른 방법을 이야기해 봐!"

"서류를 들여다봐요! 계장님 그거 잘하잖아! 당신은 미친 듯이 서류를 들여다봐서 방법을 찾고!! 서효림 서기하고 나하고는……."

"오늘처럼 동네 돌아다니구요?"

"!!!"

효림이 차분하게 두 사람을 보고 이야기한다.

"제발 좀 이렇게 힘든 상황에서 자기 감정 앞세우지 말고!!! 현실을 보라구요!! 그렇게 한남동 돌아다녀서 뭐 어떡하게요? 거기 있는 그 대저택들 초인종 누르고 다 들어가볼 겁니까? 네? 거기서 무슨 일 일었냐고 물으면서요?"

"!!!"

마 형사가 머쓱해져서 효림을 본다.

"인정해요. 우리는 오늘 아까운 시간만 까먹고 있었다구요. 그리고 국 계장님이 아무리 뛰어난 수사관이라고 해도 수년간 조직적이고 치밀하게 은폐하고 조작해 온 이 서류를 단 몇 시간 만에 해체해서 답을 찾는 건 불가능한 일이라구요!!!"

"!!!"

"그리고 그거 알아요? 지금 이 시간에도 시간은 흘러가고 있고, 서 검사님을 찾을 가능성은 점점 더 줄어들고 있다는 걸요!!!"

마 형사가 효림을 본다.

"이태경에게 연락합시다."

부산 해운대경찰서 최천호 형사는 직감으로 형사 생활을 버텨

왔다. 그는 용의자를 딱 보면 감이 왔다. 범인인지 아닌지. 그리고 나중에 수사를 통해 결과가 밝혀지면 거의 최 형사의 판단이 옳았다. 주위 형사들은 그런 최 형사를 보며 무당이라고 불렀다. 최 형사는 자신이 형사가 되지 않았으면 어쩌면 진짜 무당이 되었을지도 모른다고 생각했다. 사람에게는 어떤 기운이나 느낌이 있다. 그리고 지금 눈앞에 있는 폭력 혐의자 두 사람은 그 기운이나 느낌이 매우 좋지 않은 경우에 해당했다. 정확한 이유나 근거를 말할 수는 없지만 한 가지 확실한 것은 저것들이 단순한 폭행범은 아니라는 것이다.

문과 홍은 경찰에 잡혀온 후 정신이 들었다. 홍은 나대는 만큼 경찰에 잡혀온 후로 급속히 얼어붙었다. 하지만 문이 기지를 발휘했다. 다행히 위조한 또 다른 신분증을 가지고 있었다. 경찰이 의심하지 않고, 귀찮은 나머지 조용히 합의하기를 바랐다.

"귀찮게 하지 말고 합의해요. 그게 좋아. 응?"

싸웠던 젊은 친구들은 문과 홍이 거액의 합의금을 제시하자 금방 누그러들었다.

"아니 그러게 왜 남의 테이블에서 이야기하는데 끼어들고 그래요!"

"미안합니다. 정말 미안합니다."

문은 연신 고개를 숙였다. 문은 젊은 친구들을 데리고 나가서 가지고 있는 현금을 주고 합의를 봤다. 경찰은 귀찮은 나머지 그들을 내보내려고 했다. 추후에 다시 경찰에 불려오고 벌금을 내고 여러 가지 문제가 있겠지만 그때는 문과 홍이 한국을 떠났을 때다. 그렇게 모든 문제가 해결되고 문과 홍이 경찰서를 빠져나가려는 찰나 최 형사가 문에게 물었다.

"근데 도망은 왜 쳤어요?"

"아…… 그게 너무 당황을 하다 보니까…….."

최 형사는 그런 문의 눈을 들여다본다. 문은 섬찟해진다. 무당 눈깔.

"야, 박 순경. 여기 이 사람들 지문 조회 한번 해봐!"

"!!!"

"네?"

순간 문과 홍이 입구를 본다. 그리고 달려 나가려는데,

탕!

문과 홍이 긴장한 채 돌아본다. 최 형사가 총을 겨누고 있다.

"두 번째부터 실탄인 거 알지?"

"!!!"

"자, 말해. 너희들 누군지!"

결국 문과 홍의 정체가 밝혀진다. 한국에서 각각 살인을 저지르고 도주한 조폭들. 최 형사는 눈앞에 특진이 어른거린다.

하지만 무당 눈깔이 다시 번뜩거리기 시작한다.

"왜 한국에 다시 들어왔을까? 응?"

"!!!"

"그리고 왜 하필 부산에서?"

"!!!"

"자, 말해. 지금 부산에 누가 와 있냐?"

***

태경은 사무실로 갑자기 찾아온 세 사람과 마주 앉았다. 태경은 그들을 알아보고 사무실로 안내한다. 양철기 재판 때 오가면서 국진태 계장은 여러 번 본 적이 있었다. 사무실로 들어와 소파에 앉아 마 형사가 밖을 보고 태경을 본다.

"전망 좋네. 현 회장한테 꿀 잘 빨았나 봐?"

"......"

태경이 삐딱하게 선 마 형사를 본다. 마 형사가 웃으면서 말한다.

"왜, 찔려?"

마 형사가 알 수 없는 감정으로 타오르고 있었다. 질투인가?

태경은 담담하다.

"서 준미 검사가 실종된 것으로 압니다. 수사 진행이 잘 되고 있습니까?"

"그걸 왜 당신이 신경 써?"

진태가 자르고 들어간다. 저런 쓸데없는 감정 싸움으로 시간을 보낼 수는 없다.

"우리는 현 회장이 서 검사 실종을 주도했다고 보고 있습니다."

"사실입니다."

마 형사가 다시 꿈틀거린다.

"개 같은 새끼들!"

다시 무시하고 효림이 들어간다.

"우리는 현 회장의 배후에 또 다른 누군가가 있다고 보고 있어요."

"!!!"

많이 들어와 있다.

"그리고 어쩌면 지금 서 준미 검사의 실종에 그 배후가 관여되어 있다는 생각입니다."

"!!!"

'멍청한 새끼! 왜 지금까지 그 생각을 하지 못했을까?'

태경의 머리가 돌아가기 시작한다. 순간 퍼즐처럼 정교하게 자신의 기억들이 맞춰지기 시작한다. 현 회장과 황룡의 급성장. 늘 넘쳐 흐르던 자금. 불법적인 일을 위한 정교한 서류 작업들. 그리고 그 뒤에 감춰진 누군가.

'왜 지금까지 그런 생각을 하지 못했을까?'

진태와 효림이 그런 태경을 바라본다. 답을 요구하고 있다. 마 형사마저도 간절히 바라본다.

"그런 생각은 지금 처음 해보는군요."

마 형사가 달려든다.

"구라 치지 마, 이 개새끼야!"

태경이 신경 쓰지 않고 효림과 진태를 보며 묻는다.

"그 이유를 듣고 싶네요."

"첫 번째."

진태가 말하려는데 마 형사가 가로막는다.

"이야기하지 마세요! 우리가 뭘 믿고 이 새끼한테 자료를 알려 줘? 응?"

태경이 그런 마 형사를 본다. 마 형사가 계속한다.

"이 새끼 순 꼬붕 아냐? 현 회장 뒤나 닦던 놈인데 우리가 뭘 믿고 이런 새끼한테 우리 수사 정보를 알려주냐 이거야? 응?"

"그럼 도대체 그 밑이나 닦던 놈을 왜 찾아온 거야!?"

태경이 마 형사를 노려본다. 마 형사도 지지 않고 본다.

"이 새끼야! 수작 부리지 말고!! 아는 거 있으면 다 털어놔! 아가리 속 이빨 다 털리기 전에!"

"서준미 검사를 찾고 싶은 거야?! 응? 아니면 내가 미운 게 먼저야!!! 선택을 해!!!"

태경이 마 형사를 노려보며 소리친다. 마 형사가 분을 참지 못하고 돌아선다.

피가 뜨거운 남자.

준미를 사랑하나?

태경은 순간 그 남자의 배우처럼 잘생긴 외모가 눈에 들어온다.

준미도?

이 위급한 상황에서도 그런 생각을 하는 자신을 생각한다. 그만.

"말해 주세요. 왜 그런 생각을 하게 됐는지?"

"첫 번째. 지난 몇 년간 황룡건설의 급성장이 너무나 눈부시다는 겁니다. 이 불황에 작은 건설사가 그렇게 급속도로 성장한 것은 누군가의 전폭적인 지원이 없고는 어렵다는 것이 저희의 생각입니다."

"두 번째는요?"

"사라진 여배우들의 존재!"

"사라진 여배우?"

"송엔터 소속의 여배우 두 명이 아무런 이유도 없이 실종됐어요! 그중 한 명은 실종된 지 3년이 넘었구요."

"!!!"

"그리고 현재 송엔터에 소속된 여배우 한 명으로부터 증언을 확보했어요. 은밀하게 눈을 가리고 만난 남자가 있었다고. 우리는 그 남자가! 현 회장 배후에 있는 자라고 판단하고 있어요. 그자가 현회장에게 막대한 지원을 하고, 여배우들을 데려갔다고 판단하고 있어요. 그리고 그자가 서준미 검사마저도 데려갔을 거라는 게 우리의 판단입니다."

태경은 생각한다. 이들의 수사는 깊다, 생각보다 훨씬 더.

수년 동안 함께하면서 자신도 몰랐던 것들을 파악하고 있었다. 준미를 잘 알고 있었다고 생각했지만 정말 대단하다는 생각을 한다.

진태가 태경을 본다.

"자, 이 변호사님의 생각은 어떠십니까?"

태경이 그들 세 명을 바라본다. 그리고 묻는다.

"그 전에 저를 믿습니까? 현 회장의 개였던 나를?"

"아쉽게도 우리에겐 더 이상의 카드가 없어요."

진태가 태경을 본다.

"우리로서는 안타깝지만 서준미 검사님의 운명이 당신에게 달린 겁니다. 자, 당신의 답은 뭡니까?"

몸의
수사

　진태는 서류를 펼쳐 보이며 태경에게 현 회장의 사업 과정을 설명하고 있었다. 한영실업, 유유상사, 영광토건, 우영건축설계소 등 현 회장의 황룡건설이 사업을 수주한 기업들을 조사했지만 특별한 문제점이 드러나고 있지 않았다.

　"모두들 다른 기업이고 문제점이 없어 보이는데……."

　진태가 태경을 본다. 태경은 여전히 차분하게 앉아서 진태의 이야기를 듣는다. 진태는 답답함을 느낀다. 그는 뭔가를 알고 있다. 하지만 입을 열고 있지 않았다.

　'설마 아직도 현 회장을 위해서 일하고 있는 것이 아닐까?'

　진태가 그를 떠보기로 한다.

　"그 외에 현 회장과 관련된 다른 비밀 같은 건 아는 것이 없습니까?"

　"네. 현 회장은 철저하게 사업의 비밀을 유지했습니다. 내가 사업에 관여하긴 했지만 일정 부분이었어요. 절대 전체의 큰 그림을 보여주지 않았어요."

또 빠져나간다. 시간이 없다.

"뭔가를 알고 있나요?"

태경이 진태를 본다.

"이 서류들에서 공통점을 찾지 못했습니까?"

"공통점?"

"황룡과 거래한 이 회사들이 가지는 공통점."

진태가 다시 서류를 들여다본다. 그러나 모르겠다.

"알면 말을 해요. 시간이 없습니다."

"모두 하나의 대기업과 관련을 맺고 있지 않습니까?"

진태가 다시 서류를 살펴본다. 그리고 놀란 눈으로 태경을 본다.

"태산?"

태경이 웃는다.

"에이, 설마."

진태도 그 사실을 진즉에 파악을 했었다. 하지만 설마 태산이. 한국 경제를 책임지는 태산이? 그건 너무 큰 비약이다. 모두가 그렇게 생각할 것이다. 설마 태산이. 그것이 태산이 주는 이미지였다.

"왜 그렇게 생각하시죠?"

유정과 지선. 태산전자. 현 회장. 태경의 설명.

"왜 현 회장이 내게 두 노동자들의 변호를 맡겼을까요?"

"!!!"

"그건 태산에서 누군가 지시했기 때문입니다."

"!!!"

"우영, 영광, 유유 그 회사들 모두 태산의 위장 계열사들입니다!"

위장 계열사! 젠장! 놓쳤다. 태산이 그럴 리 없다는 선입견 때문에 모든 것을 놓쳤다.

태산이었다!!!

"태산입니다!!!"

"맞아요."

"그럼 왜 진즉에 이야기하지 않았습니까?"

"이야기하면요? 자, 이제 어떻게 할 겁니까?"

"!!!"

"이걸 알릴 겁니까? 누가 믿어줄 것 같습니까? 상대는 태산입니다!!!"

"!!!"

"이민수 부회장을 수사할 겁니까?"

"!!!"

"정상적인 방법으로 그들에게 접근할 방법 따윈 없어요."

"!!!"

"그들은 태산입니다."

그래, 태산이었다.

마 형사와 효림과 함께 이야기를 한다.

"태산이라면 그 기생오라비 같은 놈?"

"정혜진의 증언과도 일치해요. 큰 키, 긴 손가락."

진태가 다소 의심스러운 표정으로 고개를 갸웃한다.

"그렇게 안 보이던데?"

"그래서 사람 겉만 보고는 알 수 없는 겁니다. 원래 그렇게 겉으로 멀쩡한 새끼들 중에 변태가 더 많은 법이지."

"어떻게 할까요?"

태경이 나머지 세 사람에게 묻는다.

"만약에 이민수가 준미를 데려갔다면 어디로 데려갔을까요? 한남동의 비밀 장소?"

준미라니. 마 형사는 태경이 서 검사를 지칭하는 그 말이 마음에 들지 않는다.

효림이 말한다.

"그렇게 자꾸 드나들다 보면 눈에 띄게 되지 않을까요? 그곳은 그냥 만남의 장소는 될 수 있겠지만 가두는 장소가 될 수는 없을 것 같아요. 그리고 사람이 심리적으로 그런 공간을 마련할 때는 자신이 가장 안전하다고 느끼는 장소이지 않을까요?"

일리가 있는 말이다.

"그렇다면 결국 자기 집이란 이야긴데?"

진태가 말하며 나머지 세 사람을 바라본다.

태산이다. 어떻게 뚫고 들어갈 것인가?

"들어가면 되지!"

마 형사의 말에 모두가 비웃는다.

"어떻게?"

"가서 부딪쳐보는 거지. 내가 가서 은밀하게 조사해 볼게요. 이런 건 또 내가 잘하니까."

"절대 소문이 나면 안 됩니다. 우리가 태산 쪽을 의심하고 있다는 이야기가 새어 나가면 그쪽에서도 가만히 있지 않을 겁니다."

마 형사가 태경을 보고 비웃으며 바라본다.

"이봐. 내가 초짜로 보여? 나, 형사야."

태경이 마 형사를 바라본다.

"다 좋은데 말이야…… 너 몇 살이니?"

팽팽한 두 사람의 눈싸움.

"그만!"

효림이 소리친다.

"수사를 합시다! 수사를!!"

"그러니까 내가 수사를 한다니까?"

"그러니까 어떻게?"

모두가 마 형사를 본다.

"다들 머리로만 생각해. 그러다간 답이 없어요. 현장 가서 몸으로 부딪쳐봐야 견적이 나와. 응?"

그래 지금은 그 방법밖에 없었다.

마 형사와 태경은 성북동 이민수의 집으로 향하고 있었다. 둘은 함께 차를 타고 가고 있었지만 서로 한마디도 주고받지 않는다. 그저 창밖을 바라본다.

성북동.

이민수 회장의 집은 성북동 안쪽 고즈넉한 곳에 성 같은 담으로 둘러싸여 있었다. 태경과 마 형사는 그곳을 올려다본다. 하지만 주변으로는 사람 한 명 다니지 않는다.

"사람이 없는데 무슨 탐문 수사야!"

"그런 건 당신 같은 책상물림들 생각이고."

주변을 자세히 살피던 마 형사가 지나가던 순찰차를 세운다.

"뭡니까?"

"서부서 강력계 마 형사요."

"회사 사람? 여기는 왜? 무슨 일 있어요?"

50대 초반의 순찰 경찰이 마 형사에게 물었다.

"아니 얼마 전부터 이민수 부회장 집을 수상한 사람이 노리고 있다는 첩보가 들어와서 말이지."

"아니 그걸 왜 서부서에서 신경 쓰나? 관할도 아닌데? 그리고 우리는 그런 이야기 전혀 못 들었는데?"

순찰 경찰은 자존심이 상했는지 마 형사에게 따지고 묻는다.

"아 거기에는 좀 복잡한 상황이 있지. 간단하게 말하면 내가 지금 파견 근무 중이거든. 대검에서."

마 형사가 대검에서 특별 수사본부에 배부한 신분증을 내보인다.

특별 수사본부 신분증을 본 순찰 경찰의 태도가 180도 달라진다. 순찰 경찰은 차 안에서 박카스 두 병을 꺼내 따서 마 형사와 태경에게 내민다. 둘은 박카스를 들이켜고는 잠시 담소를 나눈다.

"여기는 뭐 순찰할 것도 없겠어?"

곳곳에 달린 CCTV와 사설 방범 업체의 마크들을 본다. 그리고 멀리 보이는 개인 경호원들의 모습.

"여기도 나름대로의 고충이 있어. 하나 잘못하면 워낙 파급이 큰 사람이 사니까."

"이민수 부회장은 어때?"

"크크크. 우리가 여기 근무해도 못 봐. 차나 가끔 한 번 볼까. 잠깐!!! ……그러고 보니까 그래!"

"!!!"

"뭔데?"

"얼마 전에 이민수 부회장 집에서 신고가 들어왔었어! 이 안에 누가 갇혀 있다고! 꺼내러 와달라고!"

"!!!"

"언제?"

마 형사가 따져 묻는다.

"한 몇 달 됐나?"

"그래서?"

"아니 말이 안 되잖아, 그런 일이 있다는 게. 그래서 장난 전화인가 하는데 위치 추적을 해보니까 그 집이 맞더라고!! 그럼 뭐야? 그 집에서 걸려왔다는 거 아냐? 그치?"

"그렇지!! 그래서?"

"신고를 받았으니까 어떡해? 안 갈 수가 있나! 갔지. 그래서 그 집 앞에서 초인종을 누르니까 일하는 사람들이 나오더라고. 그래서 여차저차 하다고 사정을 설명하니까…… 뭐 또 어떤 높은 사람을 부르더라고. 집 안에 일하는 사람이 많은가 보더라고!! 그래서 그 사람이 나오더니 일하는 사람 중에 부부가 있는데 싸움을 해서 신고를 했다고 하더라고. 그래서 우리가 확인을 해야 한다고 그 사람들 좀 보겠다고 하니까 알았다면서 들어오래. 와! 안이 으리으리하더라!!! 그래서 들어가서 그 집 정원에서 그 부부 만나고 확인하고 나왔지."

"그래서?"

"그래서는 뭐가 그래서야! 그게 다지! 잇쯔 오버!"

태경과 마 형사가 서로를 바라본다. 이상하다. 아무래도 이상하다. 어떤 피고용인이 집 안에서 다투고 경찰서에 전화까지 할 수 있을까?

순찰 경찰이 그런 두 사람의 표정을 한참 바라본다.

"왜 뭐야? 뭐가 있는 거야?"

최천호 형사는 신문실 밖에서 상황을 살피고 있었다. 각각의 형사들이 문과 홍을 다른 신문실로 데리고 들어가서 취조하고 있었지만 둘 다 묵비권을 행사하고 있었다. 둘은 어차피 잘 받아봐야 무기징역이다. 그런 상황에서 굳이 적은 형량을 받기 위해서 경찰과 협상하려고 하지 않는다. 만약 그런 협상을 한다고 해도 나중에 검찰과 하는 것이 훨씬 유리하다. 그렇게 문과 홍은 입을 다물고 있다. 나름 베테랑이라는 두 형사가 각각 들어가서 어르고 달래고 윽박질렀지만 문과 홍의 입은 열리지 않는다. 최 형사는 밖에서 차분히 그 모습을 바라보고 있었다. 사실 시간이 없었다.

곧 서울에서 그것도 대검에서 문과 홍을 데리러 내려올 것이다. 이들이 공항에서 타고 온 렌터카가 서준미 검사가 사라진 곳에서 발견된 차라는 사실이 확인된 것이다. 대검에서는 절대 그들을 건드리지 말라고 자기들이 맡겠다고 했지만 그건 현실을 잘 모르는 것이다. 이들이 부산에 온 이유는 아마 현 회장일 것이다. 그리고 현 회장이 하필 부산에 있는 이유는 아마 외국으로 도주하기 위해서일 것이다. 그 외국은 필리핀일 가능성이 매우 높았다. 대검이 올 때까지 손 놓고 기다린다면 그들이 노리는 그 거물, 현 회장은 아마도 부산에서 출발하는 필리핀행 배 위에 있게 될 것이다. 문과 홍도 어쩌면 그것을 노리고 있을 것이다. 비록 감옥에서 일생을 마치겠지만 그들이 끝까지 입을 다문다면 그들의 가족에 대해서라도 현 회장이 보답하게 될 것이다. 그렇다면 이성적인 설득이나 논리, 감정적 호소로는 입을 열 수 없다. 둘 다 산전수전 다 겪은 건달들이니 이쪽의 의도를 빤히 들여다볼 것이다. 결국 그들식으로 대할 수밖에 없다.

최천호 형사는 핸드폰 녹음 어플을 작동시킨 다음 천천히 문이 있는 신문실 안으로 걸어 들어간다. 흥분해 있던 장 형사를 내보낸다. 장 형사는 공을 세우려고 그들을 몰아세웠지만 역부족이었다. 아쉬운 눈길로 신문실을 빠져나간다.

최 형사가 담배를 꺼내서 문에게 내민다. 문이 눈치를 본다. 최 형사가 다시 한 번 권한다. 문이 담배를 꺼내서 입에 문다. 최 형사가 담뱃불을 붙여준다.

"어차피 이야기하지 않을 거라는 거 알겠어? 그치?"

문은 담배만 피운다.

"지금 대검에서 내려오고 있으니까 그냥 있다가 올라가라. 나도 괜히 진 빼기 싫다. 너희들 체포한 것만으로 이미 나는 차고 넘치니까. 덕분에 특진하게 생겼어!"

문과 최 형사는 그렇게 신문실 안에서 담배를 피운다.

"대단했더라, 서울에서. 거의 또래들 중에서 선두였다면서?"

문이 담배 연기를 길게 내뿜는다.

"홍과는 그때부터 친했던 기고?"

침착하던 문이 피식 웃는다. 그리고 짜증이 슬쩍 오른다.

"저 멍청한 새끼. 내가 이래서 개랑 건달은 족보 없는 것들이랑 어울리면 안 된다고 늘 생각했다니까?"

"아 맞나? 니하고는 클라스가 다른 갑제?"

"비교가 안 되지. 응? 나는 조직에서 키우던 놈이야. 시발, 재수가 털려서 필리핀으로 갈 수밖에 없었지만…… 아직도 내 강남에서 이름 대면 웬만한 건달들은 다 알아요."

"아 카마 홍하고는 다르구나."

"그 새끼는 웨이터 출신에 그냥 찌끄레기 같은 놈이야. 그 돌빠가 같은 새끼가!!! 거기서 헛짓거리만 안 했어도!!! 우리는 지금…… . 후우, 그 똥짜바리 같은 새끼!!! 내가 어쩐지 그 새끼랑 있을 때부터 불안불안 했어!!! 진짜 건달들은 그런 쌩양아치짓 안 하거든. 주위 사람들이랑 어설프게 시비 붙고 이게 무슨 개 같은 짓이야!"

문은 다시 생각해도 분하고 안타까운 모양이었다. 하기야 홍의 미친 짓으로 그는 남은 인생을 감옥에서 보내야 한다.

"아, 나는 둘이 같이 입국했길래 클라스가 비슷한 줄 알았지?"

"시발, 진짜 자꾸!!! 그 새끼가 어떤 새긴지 말해 줄까?"

"응."

"그 십새끼 깜빵 가서 근본 없는 놈한테 붙어가지고서 편하게 지낸 놈이야. 그러니까 여기저기 막 붙어먹는 개똥파리 같은 놈이라 이 말이지. 몰라. 그놈한테 무슨 짓을 해줬는지 모르지. 응? 크크크. 원래 저런 새끼들은 그러거든. 크크크."

이만하면 됐다.

문은 담배를 깊게 들이켜고 남은 걸 바닥에 비벼 끈다.

최 형사가 문을 보고 말한다.

"아이고 아까버라. 끝까지 피우지. 니가 피우는 마지막 담배일 텐데."

"뭐?"

"몰랐구나. 부산서는 그래도 아직 이래 인권이 살아 있지마는 서울은 전부 금연 아이가."

일어나서 나간다. 문은 뭔가 불안해지기 시작했다.

최 형사가 밖으로 나오자 형사들이 바라본다. 기대감이 교차하는. 여기서 입만 연다면. 그래서 현 회장만 낚아챈다면. 하지만.

"대검 특수본에서 도착했답니다."

"딱 10분만 막아라!"

형사들이 진지한 눈빛으로 대답했다.

"예!"

"다 같이 승진하구로."

그리고 홍의 신문실로 들어간다.

"아이고, 우리 홍 군. 고생이 많다."

"시발, 야부리 털지 마. 조용히 있고 싶으니까."

"아니 내가 조용히 있을라 캤는데 니가 좀 그래서?"

"뭐가?"

"아니 우리는 대물 두 마리 낚아가 좋다 캤는데 한 마리가 잔챙이라 카니까 기리가 확 안 상하나?"

"하기야 문 그 새끼 찌끄래기 같은 놈이지."

"아니. 문은 니가 찌끄래기라 카던데? 족보도 없이?"

"뭐! 그 개새끼가! 요즘 어떤 건달이 쪽팔리게 족보 따지나? 응? 영감들 빨고 다니는 새끼들이나 그런 거 따지지. 강남에서 길 막고 물어봐. 누가 더 잘나갔는지. 응?"

"아 그래? 그라마 이거는 뭐지? 응?"

최 형사가 녹음 파일을 튼다. 방금 전 신문실에서 녹음한 문의 이야기가 흘러나온다. 홍이 그걸 들으면서 부르르 떨기 시작한다.

"이 미친 새끼가!!!"

홍이 탁자를 쾅 때린다. 지금이다!

"니가 아마 무서버가 벌벌 떨끼라 카더라. 깜방에서 죽을까 봐!"

"뭐? 이 미친 새끼!"

"필리핀에서 니를 노릴 기라고. 그래서 니가 입을 안 여는 기라 카던데? 무서버가?"

"크크크. 이봐. 내가 무서워할 거 같아?"

"내는 모르지. 근데 니가 입을 안 여는 거는 맞잖아."

"크크크. 그건 문 지 이야기겠지."

"아이다. 문이 지는 의리고 홍이 니는 의리는 없는데 무서버가 입을 다물고 있는 기라 카더라."

"미친 새끼가…… 이봐 최 형사! 내가 그렇게 보여?"

최 형사가 담배를 꺼내 내민다.

"아니지. 나는 솔직히 니가 씨다고 본다. 근데……."

"근데?"

"둘 다 입을 열 만큼 그래 씨지는 않다고 본다. 그래가 너거 둘 다 이해한다, 나는."

"뭐?"

"아니 너거 둘 다 그 현 회장이 무서버가 입 다물고 있는 거 이해한다고."

홍이 탁자를 내리친다.

"내가 현 회장을 무서워해? 내가 그럴 거 같아? 응? 내가 말 못할 거 같아?"

"응."

"이런."

"무리하지 마라. 이해한다. 담배 피우고 서울 올라가라."

홍이 생각한다.

최 형사는 떨린다. 쫄린다. 그러나 내색해서는 안 된다. 혼신의 힘으로 마지막까지 최선의 연기를 해야 한다. 여기서 마지막 레이스를 걸어야 한다.

"문이 그카던데 니 그거 진짜가?"

"뭐?"

"니가 빵에서…… 아이다, 내 차마 남사스러워서 말을 몬 하겠다."

"뭐라고 했어?"

"아이다. 나는 니가 설마 그랬다 캐도 이해한다. 족보도 없이 얼마나 힘들었겠노? 으이?"

"뭐라고 했냐고 그 새끼가?"

"니가 뒷문 열었다고. 크크크크크."

"이런 미친!!!"

홍이 두 손으로 탁자를 내리친다.

"내가 그렇게 보여?"

걸려들었다.

"부산항. 56번 부두. 필리핀으로 새벽 두 시에 출발하는 화물선. 빅스타호. 거기에 현 회장 있다."

"!!!"

"이래도 내가 쫄리가 말을 몬 하나? 응?"

최 형사가 달려 나간다. 형사들 모두 달려 나간다. 대어다! 현 회장! 형사 생활 중에 그런 거물에게 직접 수갑을 채우는 것은 대추나무가 벼락을 맞는 것만큼 어려운 일이다.

대검 특수본 수사관들이 문과 홍을 데리러 왔을 때 최소의 인원만이 문과 홍을 지키고 있었다.

특별하지
않은
사이코

민수는 준미를 바라본다. 준미도 피하지 않고 민수를 정면으로
응시한다.

"나한테 궁금한 거 없어?"

민수가 준미를 보고 말했다, 웃으며.

"없어."

"뭐? 정말 없어?"

"없어."

"왜?"

"너 같은 놈들 많이 겪어봤거든. 근데 굉장히 요란하지만 사실
별거 없어."

"뭐!?"

"내면이 텅 비었어."

민수가 짜증이 치밀어 오르지만 참으며 준미를 본다. 애써 침착해지려고 노력한다.

"나를 많이 봤어?"

"그래."

"어디서?"

"너 같은 놈들은 길바닥에 채이지. 싸이코 같은 새끼들. 인간 본성이 그릇된 잡범들."

"잡범?"

"그래, 잡범."

민수가 다소 황당하다는 표정으로 준미를 본다. 준미는 정확하게 민수가 약한 지점을 타격하며 치고 들어온다.

"난 그런 놈들하고 달라. 알아?"

"뭐가 다른데?"

"난 모든 인류를 경멸하고 있어. 나약하고 썩어빠진 인간들 전체를. 그런 인간들을 극복하기 위해서 나 같은 특별한 인간이 존재하는 거야. 나는 바로 그런 존재야. 니체를 읽어봤어?"

"니체를 아무 데나 갖다 붙이지 마. 넌 니체를 이해하지도 못해. 그저 표피적으로 이해하고 갖다 붙이는 거지. 니체를 인용하면 니가 좀 더 특별한 싸이코가 된다? 아니! 천만에. 넌 그냥 싸이코야. 아무것도 없어!"

"!!!"

"넌 스스로가 굉장히 특별하다고 생각하겠지만 내가 볼 때 전혀 아니야!"

민수가 슬슬 끓어오르기 시작한다. 분노가 차오른다. 하지만 준미는 멈추지 않는다.

"너의 내면은 그저 얄팍한 분노와 짜증 그 외에는 없어. 넌 그냥 쓰레기 같은 인간이야. 공허하고 얄팍한 인간."

"!!!"

"니가 다른 싸이코들 하고 다른 게 있다면 단지 돈이 많다는 거야. 그래서 넌 이런 짓을 꾸밀 수 있지. 그것뿐이야. 이거? 별로 창조적이지도 않아. 여자를 가두고 농락하고! 그러면서 자기만족을 꾀하는 미친놈들? 발에 채여."

"아니야!!! 아니야!!!"

민수가 달려와서 준미의 멱살을 잡는다.

"아니야!!! 난 특별해!!!"

"그래?"

준미가 싸늘하게 비웃는다.

"그렇게 특별한데도 나의 인정을 갈망하고 있어? 그렇지?"

"!!!"

준미를 잡은 민수의 손이 떨린다.

"너 사실 무섭지? 니가 아무것도 아닌 싸이코일까 봐?"

"이런 개 같은 년."

"그런데 맞아. 넌 그냥 쓰레기야!"

준미는 증오하며 민수를 노려본다. 이민수의 손이 떨린다. 증오와 분노. 그러나 민수가 준미를 놓는다.

"역시 똑똑해! 나를 도발하려고? 응?"

"너 같은 새끼 도발하는 거에 관심 없어! 사실을 말하는 거뿐이야."

준미가 이민수를 노려보며 말한다.

"난 너를 어떻게 하고 싶은 생각이 전혀 없어! 넌 그런 가치도 없는 그냥 쓰레기야! 널 잡아 처넣지 못한 게 아쉽지만…… 어쩌겠어. 내가 방심한 탓이지."

민수가 끓어오르는 분노로 준미를 바라본다.

"니가 진짜 고수라면 밖으로 나갔어야지? 넌 가장 안전한 곳에서만 진정한 자신을 드러내는 비겁자일 뿐이잖아? 그렇지 않아?"

"크크크. 역시 대단해, 서준미 검사. 똑똑해! 최고의 뽀삐야."

"미친놈."

"그 용기 정말 감탄해! 이런 곳에 갇혀서도 그렇게 말할 수 있는 사람이 인류의 몇 프로나 될까?"

"너 같은 쓰레기는 인류의 몇 프로나 될까?"

"그 용기. 그 입 나불대는 거. 하지만 그게 얼마나 갈까? 응?"

화가 난 민수가 다가와서 준미의 머리를 잡고 그대로 벽에 처박는다.

쿵!

준미가 머리에 피를 흘리며 쓰러진다.

민수가 웃으며 준미를 본다.

"이제 좀 정신이 들어?"

피를 흘리지만 준미가 민수를 노려보며 자근자근 씹어 말한다.

"봐. 결국 이거잖아. 내 말을 부정할 수 없으니까 폭력으로 제압하려는 거잖아. 그렇지?"

"!!!"

"그게 니가 그냥 아무것도 아니란 증거야!"

민수가 참지 못하고 부들부들 떤다.

"이런 미친년! 아가리를 확 찢어버려야지!!! 안 되겠어. 너 좀 더 맞아야겠구나."

퍽! 퍽! 퍽!

준미의 의식이 점점 희미해지고 있었다.

민수가 잠시 타격을 멈추고 준미를 본다.

"자, 이제 어때? 다시 아가리를 놀려봐?"

"넌……."

민수가 궁금해서 더 가까이 간다. 준미가 입 안에서 피가 흘러내리는 가운데 말한다.

"넌…… 아무것도 아니야."

준미가 웃는다.

퍽! 퍽! 퍽!

민수의 주먹이 다시 날아들기 시작했다.

"그냥 들어가자고?"

"지금 당장?"

"정신 차려! 여긴 태산 이민수 부회장의 집이야!"

"그래서?"

"뭐?"

"저 안에 서준미가 있을 수도 있어!!!"

"!!!"

"그게 중요해!! 나에겐."

"……."

"만약 그 여자가 있을 일 프로의 가능성이라도 있으면 들어가. 시발, 그게 지옥이라도!!"

"아무리 지금 상황이 긴급하지만 그런 말은 낯 뜨겁지 않아?"

태경이 마 형사를 바라본다.

"그게 내 마음이니까."

마 형사가 태경을 노려본다. 눈으로 말하고 있다. 서준미는 내 거라고. 태경은 지금은 그런 문제를 다툴 때가 아니라고 생각한다.

"그래, 좋아. 근데 들어가서 서준미 검사 찾으러 왔다고 할 거야?"

"……"

"그렇게 들어가서 개박살 나면 다시 저 안으로 들어갈 기회가 있을 거 같아?"

"!!!"

"우리, 생각이란 걸 좀 하고 작전이란 걸 짜서 들어가자. 니가 그토록 찾고 싶어 하는 서준미를 찾을 가능성을 조금이라도 높이게."

마 형사가 태경을 본다.

"그런 거 당신 전문 아니야?"

"뭐?"

"이빨 까는 거."

"……좋아. 잘 들어. 각본을 짜줄 테니까 잘 해야 돼."

태경과 마 형사가 저택의 초인종을 누른다. 안에서 묻는다.

"누구십니까?"

"네, 경찰입니다."

마 형사가 카메라에 대고 신분증을 흔든다.

"경찰이 왜요?"

"아 얼마 전에 이 집에서 신고가 하나 들어왔었죠? 그 문제 처리 때문에요."

"아 그거 잘 해결됐습니다."

"아니. 그게 다시 한 번 확인을 할 게 있어서요. 기자가 찾아왔더라구요. 언론에서 뒤적거리기 전에 저희도 확실히 알아야 할 것 같아서요."

삑— 덜컹.

문이 열린다. 마 형사와 태경이 안으로 들어간다.

민수의 저택 경비팀장이 나와서 두 사람을 맞이한다.

"그때 여기서 누가 살려달라고 전화를 했다던데?"

태경이 묻는다.

"아니 그건 이미 다 해명을 했습니다."

"그래요. 우리도 알지, 아무 일 아니라는 걸. 하지만 세상에 하도 이상한 놈들이 많아서. 요즘 찌라시들 많잖아요. 응? 엄청 따지고 그런다니까. 묻고. 우리가 이민수 부회장님을 다 생각해서 그러는 거라니까. 그런데서 막 들어와서 파고 뒤지고 그러면 곤란하잖아. 응?"

경비팀장이 웃으면서 고개를 끄덕인다.

"그렇죠."

그사이 마 형사가 정원 쪽으로 걸어간다.

경비팀장이 그런 마 형사를 부른다.

"거기."

마 형사가 말을 끊고 묻는다.

"와, 조경 죽인다! 역시 태산! 아니 여기 정원 잠깐만 구경하고 그러면 안 될까요? 응? 내가 태어나서 언제 또 이런 조경을 보겠어요?"

경비팀장이 곤란한 표정을 짓는다.

"내가 조용히 볼게요."

"안쪽으로 넘어가면 절대 안 됩니다!"

"오케이."

마 형사가 천천히 그쪽으로 걸어가고 태경이 다시 이야기를 시작한다.

"아니 사실 위에서 이야기가 나와서 나온 거야. 서로 말을 맞춰 놓으라고."

"아! 그래요?"

"그렇다니까. 찌라시들이 뒤져가지고 되지도 않는 소문 퍼트리면 이민수 부회장님한테도 누가 되고 또 우리 회사도 곤혹스럽긴 마찬가지거든."

"그렇죠."

"차나 한잔합시다."

"네. 일행 분은?"

"아 그 친구? 천천히 마당에 있을 겁니다. 걱정하지 마. 현직 경찰이 여기 와서 대체 무슨 짓을 하겠어요. 걱정하지 마."

"아니 그래도 저 안채 쪽 정원은 절대 들어가면 안 되는데? 거긴 우리도 못 들어가요."

"아까 말했잖아, 안 들어간다고. 그 친구 멍청이 아냐. 규칙을 잘 지키니까 경찰이지 안 지키면 경찰인가? 응? 걱정하지 마!"

태경이 경비팀장의 팔짱을 끼고 안쪽으로 들어간다.

마 형사가 천천히 민수의 저택 정원으로 들어가자 세세하게 꾸며진 일본식 정원이 펼쳐진다. 수백 평의 공간에 정교하게 분재되어 있는 소나무들. 깔끔한 잔디밭과 인공 개울물. 기괴한 바위들.

정원에 대해서 전혀 알지 못하는 마 형사이지만 지금 눈앞에 펼쳐진 것들이 대단하다는 것을 알 수가 있었다. 혼자서 이런 아름다운 것을 만들어놓고 감상한다. 불공평하다는 생각을 한다. 그러나 정원 안쪽으로 들어가서 마치 깎아놓은 듯이 희귀한 모양으로 조경된 소나무들을 바라보자 순간 섬찟해짐을 느낀다. 자연의 상태로 내버려두지 않고 자신의 의도대로 만들어진 나무. 아름답지만 기괴하고 무섭다.

마 형사는 천천히 안으로 들어간다. 그때 안쪽에서 검은 옷을 입은 남자들이 걸어 나온다. 마 형사는 안쪽 바위 뒤로 몸을 숨긴다. 남자들은 자신들의 이야기에 빠져 있어 마 형사를 발견하지 못한다. 마 형사는 검은색 옷을 입은 남자들이 나온 곳을 바라본다.

그리고 다시 건물 전체를 바라본다. 건물은 크게 두 개로 나누어져 있다. 바깥쪽 건물은 개방되어 있었다. 그에 비해 정원 안쪽으로 가려진 건물은 완전히 차단되어 있는 것으로 보였다. 이 집 내부에 있더라도 저 공간 안으로 들어가는 것은 어려워 보였다. 거기다가 이곳은 외부로부터 모든 것을 차단할 수 있는 대기업 오너의 집. 만약 자기 뜻대로 누군가를 가둔다면 찾아내기가 거의 불가능할 것이다.

'서 검사가 갇혀 있다면 아마 저곳일 것이다.'

마 형사는 천천히 안쪽 건물을 향해서 나아간다. 깔끔한 정원이 점점 더 커다란 나무들로 우거진다. 잎들이 무성하게 늘어진 그 나무들이 안쪽 건물을 완전히 가리고 있다. 마 형사는 정원 더 깊은 곳으로 들어가서 안쪽 건물을 향해 다가간다.

"야, 그런데 이런 데서 근무하면 좋겠어요. 월급은 얼마나 되나?

꽤 많겠죠?"

"네, 뭐. 그런데 이제 해명이 다 됐으니까…… 그만 가셔도 되겠죠?"

"아니 아직 차도……. 차는 다 마셨구나. 하하하."

태경이 시간을 더 끌기 위해서 머리를 굴린다. 그런 태경의 태도를 눈치챈 경비팀장이 순간 굳는다.

"그만 일어나시죠."

"하하하. 그럴까요?"

"그분에게 연락하시죠?"

"아…… 연락을 해야지."

그러면서 태경은 머뭇머뭇한다. 경비팀장이 날카로운 눈으로 태경을 바라본다. 그리고.

"당신 정말 경찰 맞아?"

"하하하, 그럼 당연하죠."

하지만 눈을 맞추지 못한다.

"신분증 확인합시다."

"아까 확인했잖아."

"……너 경찰 아니지?"

경비팀장이 태경의 목을 움켜쥐며 말한다.

"너 정체가 뭐야?"

마 형사는 안쪽 건물로 들어가는 입구를 찾고 있었다. 그러나 건물은 모두 봉쇄되어 있고 입구로 들어가는 문은 잠겨 있다. 카메라가 문 앞을 비추고 있다. 마 형사는 이상하다는 생각을 한다.

'왜 굳이 집 앞에다가 저런 카메라를 설치했을까? 집 안 사람조차 통제해야 할 만한 공간인가?'

마 형사는 조금 전 검은 옷을 입은 남자들이 다시 안으로 들어갈 것이라고 생각한다. 그때를 기다린다. 그러고 보니 이상하다. 곳곳에 있는 카메라. 창문조차 없는 건물. 마 형사는 직감한다.

'서준미 검사는 이 건물 안에 있다!'

그때 정원 쪽에서 검은 옷을 입은 남자들이 걸어오기 시작한다. 그 남자들이 문을 열고 들어가는 때를 놓치지 않아야 한다.

경비팀장이 벨을 누르자 안쪽에서 검은 정장을 입은 경호원들이 달려 나온다.

"야! 저 새끼 잡아!"

덩치 큰 경호원들이 태경을 에워싸고 천천히 다가오기 시작한다.

"이거 왜 이래? 박 팀장! 이거 오해야! 오해!"

"오해? 내가 야부리 털 때부터 알아봤어야 했는데. 사기꾼 같은 새끼…… 야! 뭐 해, 잡아!!"

경호원들이 달려든다.

태경은 밖으로 달려 나가려다 입구를 막고 있던 경비원에게 잡힌다. 그들은 태경을 제압하고 꿇린다.

"야, 너희는 정원 쪽으로 가서 나머지 한 새끼 잡아!!!"

나머지 경호원들이 정원 쪽으로 달려 나간다.

태경이 움직이자 경호원들이 더욱 거칠게 태경을 누른다.

"가만히 있어! 이 새끼야! 이 새끼들이 감히 여기가 어딘 줄 알고!!!"

태경은 제발 마 형사가 무사히 안쪽으로 들어갔기를 바랐다.

검은 옷을 입은 남자들이 문 앞에 선다. 잠시 후 안에서 덜컹 하는 소리와 함께 문이 열린다. 남자들이 문 안으로 들어가려는데 마 형사가 달려간다. 순간 검은 옷을 입은 남자들이 놀라서 문을 닫고 안으로 들어가려고 한다. 그 문틈 사이로 마 형사가 발을 집어넣는다.

픽! 겨우 문이 닫히는 걸 막아낸다. 마 형사가 문을 열고 들어가려고 당긴다. 그 안에서 검은 옷을 입은 남자들이 필사적으로 문을 닫으려고 한다. 그렇게 팽팽하게 힘겨루기를 한다. 그런데 뒤에서 경비원들이 달려오고 있다.

"야, 이 새끼야. 뭐 하는 거야?!!"

더 이상 시간을 끌다가는 안으로 들어가지 못한다.

마 형사는 문틈 사이로 머리를 집어넣는다. 검은 옷을 입은 남자들이 머리를 밀어내려고 한다. 문이 닫히면서 머리가 깨어질 듯하다. 마 형사는 그 고통을 참아내면서 고개를 들어 검은 옷을 입은 남자의 손목을 힘껏 깨문다.

"으아악!!!"

비명이 들려오면서 남자가 손을 놓자 공간이 생긴다. 마 형사는 안으로 밀고 들어간다. 그때 뒤에서 경비원들이 마 형사의 머리카락을 잡고 끌어낸다. 마 형사가 다시 뒤로 밀려간다. 안에서 검은 옷을 입은 남자들이 마 형사를 발로 차낸다. 밖으로 나가기 직전이다. 그때 경비원 하나가 뒤에서 마 형사의 얼굴을 움켜쥔다. 숨이 막힌다. 그때 마 형사가 다시 남자의 손바닥을 깨문다, 있는 힘껏.

"으악!! 개새끼!!!"

입 안에서 물컹한 살덩어리가 느껴진다.

뒤로 그 살덩어리를 뱉어내고 마지막 힘을 다해 문틈으로 몸을 밀어 넣는다. 뱉어낸 살덩어리가 효과가 있어서인지 경비원들이 주춤한다. 마 형사가 그 틈을 놓치지 않고 안으로 밀고 들어간다.

텅!

마 형사가 안으로 들어오자 문이 닫힌다. 안쪽에 서 있는 검은 옷의 남자들이 두려운 표정으로 마 형사를 바라본다.

마 형사가 검은 옷의 남자들에게 묻는다.

"서준미 검사 어딨어?"

낄낄낄

초조한 현 회장은 문과 홍을 기다리는 것을 포기하고 배에 오르기 위해 선원용 탑승구 쪽으로 향했다. 이미 선원으로 위장하기 위한 세탁을 모두 마쳐놓아서 아무 문제 없이 배에 오를 수 있었다. 문과 홍에게는 분명 뭔가 문제가 생긴 것이다. 신경이 쓰이기도 하고 필리핀으로 돌아갔을 때 김에게 면이 서지 않는 부분도 있다. 김의 부하들이 한국에서 무사히 돌아가지 못한 것이 현 회장의 잘못은 아니지만 김에게 썩 기분 좋은 일은 아닐 것이기 때문이다. 현 회장이 필리핀에서 자리를 잡고 무사히 살아가기 위해서는 김의 도움이 절대적이다. 김이 자신이 가진 영향력으로 필리핀 관료들을 움직여줘야만 현 회장은 자신의 계획대로 필리핀에 정착할 수 있게 되는 것이다. 김은 두테르테 정권까지 선이 닿아 있는 필리핀의 거물을 전면 지원하고 있었다. 하지만 더 이상 기다릴 수는 없었다. 예정된 화물선의 출발 시간을 늦추는 것은 말도 되지 않는 일이었다. 현 회장은 거대한 화물선에 있는 자신의 방에 앉아 조용히 창밖을 바라보았다. 부산항의 불빛이 일렁이고 있었다.

고국의 마지막 불빛.

50년이 넘는 세월을 살아온 이 땅을 이제는 떠난다. 갑자기 회한이 온몸을 감쌌다. 어떻게든 살아남아 자리를 잡으려고 발버둥치던 시절. 그 발버둥 끝에 이룬 자신의 모든 것들을 이 땅에 남겨두고 떠나게 되었다.

검사 하나 때문에.

현 회장은 절대 서준미를 용서할 수 없었다. 그래서 이민수의 감옥 안에서 평생 동안 썩어갈 서준미를 생각하며 스스로를 위로했다.

현 회장은 자기 자신에 대해 생각하기 시작했다. 40년 전에도 현 회장은 이렇게 배를 탔었다. 섬에서 태어나서 아버지를 피해 육지로 향하던 배를 탄 12살 소년. 가난하고 가정 폭력이 난무하는 집에서 사랑받지 못하고 자라난 자신에게 어쩌면 처음부터 이런 길이 준비되어 있었던 것인지 모른다. 평생 동안 어둠의 세상에서 살아갈 자신의 운명. 현 회장은 마음속으로 그 소년을 생각한다. 그때도 이렇게 어둠 속에서 바다를 응시했었다. 다짐했었다. 절대 약해지지 않겠다고, 가난하지 않겠다고, 힘없이 짓밟히지 않겠다고. 나이가 들어 섬으로 돌아갔을 때 아버지는 돈을 바라며 그의 비위를 맞추었다. 어머니는 여전히 아버지의 눈치를 보며 일에 찌들려 있었다. 형제들도 돈을 바라며 그의 비위를 맞춘다. 성공한 아들. 서울에서 사업을 하고 성공한 아들. 그날 밤 아버지는 술에 취하자 다시 본색을 드러낸다. 말이 과감해지고 폭력성을 드러낸다. 술상을 엎어버리고 엄마를 때린다. 현 회장은 그런 아버지의 팔을 잡고 노려본다.

"죽여줄까?"

아버지가 취했지만 현 회장을 보고 부르르 떤다.

"한 번만 더 이러면 모가지를 분질러버리겠어? 왜 내가 못 할 거 같아?"

부들부들.

"성공한 아들? 내가 이렇게 되기까지 몇 명이나 죽였을 거 같아?"

"!!!"

"그런 아들 돈으로 호강하니까 좋은가?"

"!!!"

"왜 공부시키지 않았어? 왜 나를 그렇게 때렸어!!!?"

아버지는 부들부들 떨었다. 끝까지 현 회장을 바라보지 못했다. 엄마는 떨고 있는 그 아버지를 처연하게 바라보았다.

그날 밤 현 회장은 섬을 떠났다. 그리고 그 후로 다시는 찾지 않았다. 아버지가 죽었을 때도 엄마가 죽었을 때도 가지 않았다.

현 회장은 아무도 사랑하지 않는다. 평생 사랑한 여자도 없다. 그러나 단 한 명, 그가 진정으로 사랑한 사람이 있다면 그것은 아버지의 폭력을 피해서 몰래 배에 숨어들었던 12살 소년이었다. 평생 현 회장이 안타까워하고 잊지 못했던 그 소년. 한밤중 배에서 두려운 눈으로 바다를 바라보던 그 소년.

그때 밖에서 들려오는 요란한 소리가 현 회장을 회상에서 끄집어냈다.

처음에 현 회장은 자주 있는 필리핀 선원들의 싸움이라고 생각했다. 그런데 소동이 끊이지 않고 이어진다. 그리고 뭔가 다르다. 현 회장은 슬쩍 창밖을 바라본다. 별다른 점이 보이지 않는다. 그런데 안쪽 어둠 속에 세워진 승합차가 보인다.

얼마 전까지는 없었다.

그런데!

현 회장이 위기의식을 느끼면서 머리가 빠르게 돌아가기 시작한다.

배로 돌아오지 않는 문과 홍. 요란한 소동. 항구 구석 어둠 속에 주차된 승합차.

경찰이다!

문과 홍이 경찰에 체포당해서 현 회장이 있는 곳을 분 것이다.

'멍청한 새끼들!'

현 회장은 꼭 필요한 침만 챙겨서 선실을 빠져나간다. 좁은 통로로 이어진 선실. 통로를 빠르게 빠져나가는데 그때 앞쪽에서 형사들이 밀고 들어오는 것이 보인다. 현 회장은 재빨리 돌아서서 한 층 위로 올라간다. 뒤에서 선실을 뒤지고 있는 최천호 형사가 순간 한 층 위로 올라가는 현 회장의 뒷모습을 매의 눈으로 확인한다.

"야, 입구 완전히 봉쇄했지?"

"네."

다른 형사들의 확인을 받고 최천호 형사는 위층으로 올라간다. 올라간 위층은 조용하다. 이곳은 선장을 비롯한 항해사들의 공간이다. 아래층 선원들의 공간과는 다르다. 벽에는 선주로 보이는 그리스인의 사진이 걸려 있다. 최 형사는 총을 빼 들고 천천히 안으로 들어간다. 그리고 문을 열어 공간을 확인한다. 안쪽 공간은 비어 있다. 그렇게 하나하나 공간들을 확인해 나간다. 모두가 비어 있다. 화장실까지 확인했지만 비어 있다. 그리고 가장 안쪽 공간을 향해 나아간다. 그때 문이 열리고 나오는 한 남자. 화려한 항해복을 입었다. 흰색으로 영화에서나 나오던 항해복이다. 최 형사가 남자를 본다. 그리고 공간을 확인하는데 선장의 방이다.

"무슨 일입니까?"

"아 네. 선장님, 협조 부탁드립니다. 지금 이곳에서 범죄자를 추적하고 있는 중입니다. 이쪽 층으로 올라온 걸 확인했는데 없군요."

그러면서 최천호 형사는 앞에 있는 선장을 훑어본다. 그러나 이상한 점을 찾을 수 없다. 아무런 의심도 느낄 수 없다. 최천호 형사는 자신의 직감을 믿는다.

"선장님, 죄송하지만 방을 한번 훑어봐도 될까요?"

"네, 그러세요."

최천호 형사가 선장의 방을 들여다보면서 수색하기 시작한다. 그러다 안쪽의 옷장 문을 여는데 그때 뒤에 비친 그림자. 남자가 뭔가를 들고 내리치려 한다. 최 형사가 몸을 피하는데.

쿵!

하면서 선장 옷을 입은 남자가 관상용 대리석을 옷장에 내리친다. 옷장 문이 박살 나면서 죽어 있는 선장의 사체가 툭 하고 굴러 떨어진다.

"현대오!"

현 회장과 최천호 형사가 맞붙어 싸운다. 물건이 부서지면서 서로를 붙잡고 늘어진다. 최천호 형사는 격투에 자신이 있었지만 현 회장이 괴력 같은 아귀힘으로 최천호 형사를 책상 위에 눕히고 목을 조르기 시작한다. 최 형사는 부들부들 몸을 떤다.

"크크크크크크, 죽어!"

그렇게 최 형사가 팔을 뻗어 뭔가를 찾는다. 그리고 걸려든 만년필. 최 형사가 그걸 현 회장의 팔에 내리꽂는다.

"으악!!"

현 회장의 팔이 풀리는 사이 최 형사가 현 회장의 손을 풀고 나와 그에게 매달린다. 현 회장이 그런 최 형사를 메다꽂는다.

쿵!

바닥에 처박힌 최 형사.

현 회장이 달려 나가려 한다. 그때 최 형사가 현 회장의 다리를 잡고 늘어진다. 현 회장이 최천호 형사의 다리를 뿌리치려고 차기 시작한다. 하지만 최 형사는 차이면서도 끝까지 현 회장의 다리를 놓지 않는다. 피가 튀고, 얼굴이 엉망이 되지만 끝까지 발을 놓지 않는다. 그때 바깥쪽에서 다른 형사들의 소리가 들려온다.

현 회장이 최 형사의 입을 막는다. 그리고 숨을 쉬지 못하도록 막는다.

이미 심하게 다친 최 형사는 더 이상 저항하지 못한다. 의식이 흐릿해진다. 그러면서 충혈된 눈으로 현 회장의 얼굴을 바라본다.

'왜? 이자의 얼굴을 읽지 못했을까? 왜 아무것도 알아채지 못했을까?'

현 회장이 웃으면서 최 형사의 코와 입을 완전히 막아낸다.

그렇게 최 형사는 점점 더 어두운 곳으로 들어간다.

그의 마지막 생각.

왜 알아보지 못했을까?

현 회장은 죽은 최 형사를 두고 일어선다. 밖에서 형사들이 접근하는 소리가 들려온다. 일어나서 거울을 보고 흐트러진 옷매무새를 바로잡는다. 모자를 옆에 끼고 가방을 들고 문을 열고 나간다. 복도에서 수색 중이던 형사들이 바라본다.

"무슨 일입니까?"

"아, 용의자 수색 중입니다."

"아, 그래요? 보고 못 받았는데."

"워낙 급한 사안이라."

"출항 시간까지는 차질이 없겠죠?"

"네. 그러길 바라야죠."

"이 배에 얼마어치의 화물이 선적되어 있는지 아십니까?"

"최대한 빨리 끝내겠습니다."

현 회장이 매섭게 형사들을 노려보고는 위쪽으로 올라간다. 그런데 그때 오 형사가 현 회장의 다리 쪽에 묻은 핏자국을 본다.

"잠깐만!"

"!!!"

돌아보지 않는 현 회장.

달린다.

"잡아!!"

형사들이 달려 나간다.

현 회장은 좁은 통로를 미친 듯이 달리고 형사들도 따라 달린다. 미로같이 좁은 선박 내부에서 다른 추격이 불가능하다. 오로지 쫓고 쫓기는 과정이다. 현 회장이 달리면서 옆에 세워져 있는 소화전과 박스들을 넘어뜨린다. 형사들이 걸리면서 나아가는데 시간이 걸린다. 간격이 벌어진다. 그사이 현 회장은 갑판 위로 올라간다. 그리고 그 끝까지 달려간다. 작업을 하고 있던 항해사와 선원들이 선장 옷을 입고 있는 현 회장을 바라본다. 그리고 달려온 형사들이 그런 현 회장을 둘러싼다.

그리고 간격을 좁히며 천천히 조여온다. 현 회장은 갑판 끝에 가만히 서 있다.

"현대오!"

현 회장이 웃는다.

형사들이 긴장을 늦추지 않고 총을 겨누며 다가간다.

"그만 포기해!"

현 회장이 말없이 갑판 끝에 서 있다. 그리고 웃으며 형사들을 바라본다.

"현대오!!!"

더 이상 도망갈 곳은 없다. 촘촘히 포위되어 있다. 형사들은 다가간다.

현 회장이 웃는다.

설마.

저 아득한 아래로 뛰어내리지는 못할 것이다.

형사들이 좀 더 속도를 내어 조여간다.

그때.

현 회장이 갑판 위 난간으로 올라간다.

바라보던 선원들과 항해사들이 놀란다. 소리친다.

"안 돼!! 죽어!!!"

형사들이 미친 듯이 달려간다.

"현대오, 안 돼!!!"

현 회장이 뛰어내린다.

한발 늦은 형사들이 난간에 매달려 떨어지는 현 회장의 모습을 바라본다. 점점 아득해지더니 물속으로 빠진다. 아무런 소리도 들리지 않는다. 그만큼 아득한 아래다.

"뭐 해! 내려가!! 해경한테 빨리 수색 협조 요청하고!!"

오 형사가 일등 항해사를 본다.

"살아남기 어려울 겁니다. 이게 얼마나 높은데. 거기다 바닷물은 차고. 거기서 버틴다고 해도 출항하는 배를 만나기라도 하면 그 아래로 끌려 들어가서 작살이 날 겁니다. 살 가망성이 없어요."

안 된다! 잡아야 한다! 반드시 살아 있는 현 회장을!

마 형사는 안쪽 공간을 바라본다. 좁은 복도가 길게 이어져 있다. 그 앞에 쓰러져 있는 검은 옷을 입은 두 남자들. 두려움에 뒷걸음질 친다. 마 형사가 그중 한 명을 잡는다.

"여기가 어디야?"

놈이 비릿하게 웃으며 마 형사를 본다.

"알고 싶어?"

마 형사는 놈의 웃음에 섬찟해진다. 감정이 섞이지 않은 그 비릿한 웃음. 마 형사는 마치 더러운 물건을 만진 것같이 놈을 내던진다. 다른 놈들도 비릿하게 웃으며 마 형사를 본다.

저 웃음.

사악한 아이 같은 웃음.

순수해서 너무나 순수하게 웃어서 징그러운 저 웃음.

'이 새끼들 미친놈들이다.'

마 형사는 순간 오싹해진다.

두려워하지도 무서워하지도 않는 놈들. 웃고 있다. 한쪽 손이 물어 뜯겨 너덜너덜해진 놈까지 웃고 있다.

낄낄낄.

정상이 아니다. 정상적인 인간들이 아니다.

마 형사가 천천히 안쪽으로 걸어 들어간다.

복도를 걸어 들어간다.

마 형사가 뒤돌아보자 놈들이 뒤에서 마 형사를 쳐다보고 있다.

낄낄낄.

마 형사가 천천히 안쪽으로 들어가자 문이 나온다.

마 형사가 그 문을 열고 들어간다.

그리고 그 안에 수십 대의 CCTV 감시용 모니터가 있다. 그리고 그 안에 똑같이 검은 옷을 입은 서너 명의 남녀가 마 형사를 본다.

모두가 낄낄낄.

모두 그 웃음. 잔인하도록 순수한 웃음.

대체 왜 웃고 있어? 대체 왜?

마 형사는 일단 핸드폰을 켠다. 그런데 통화 불능이 뜬다. 서울에서 통화가 되지 않다니. 이 공간 전체의 통신이 차단되어 있다! 둘러보는데 창문도 없다. 절대 빠져나갈 수 없이 밀폐된 공간.

그런데!

CCTV 화면이 이상하다. 바깥을 비추고 있는 것이 아니다. 어느 공간을 비추고 있다. 마치 리얼리티 프로그램처럼 안쪽 공간을 수십 대의 카메라가 촘촘하게 비추고 있다. 빈틈없이. 그리고 그 안에 있는 한 여자. 마 형사가 자세히 보기 위해서 천천히 화면 쪽으로 다가간다.

그리고 여전히 웃고 있는 검은 옷의 남녀들.

낄낄낄.

웃지 마!

그렇게 소리치고 싶다. 징그러운 인간들. 인간? 무섭지만 이들이 인간이라는 생각이 들지 않는다. 인간의 웃음이 아니다.

낄낄낄.

마 형사는 드디어 화면을 바라본다. 화면 안에 있는 한 여자의 모습.

가만히 앉아 있는 여자의 모습.

마 형사는 눈을 의심한다.

설마…… 아니야. 내가 잘못 본 거야.

그래서 다시 들여다본다.

그런데…….

그것은 사실이다.

한 여자가 앉아 있다. 목에 개줄을 매고. 덜덜덜 떨면서. 얼굴과 몸이 온통 상처투성이다.

그리고 그 여자는 서준미 검사다.

"으아아아아아!!!"

마 형사의 주먹이 그대로 모니터 화면에 꽂힌다. 모니터들이 박살 나기 시작한다.

픽! 픽! 픽!

검은 옷을 입은 그것들이 웃기 시작한다.

낄낄낄.

재미있다는 듯이 낄낄낄.

마 형사가 그것들을 돌아본다.

"이 개 같은 것들."

마 형사가 그중 남자를 잡고 멱살을 뒤흔든다.

"저기 어디야?! 저기가 대체 어디냐고?"

그 순수한 웃음.

"개새끼야! 말해!! 대체 저기가 어디냐고?"

낄낄낄.

마 형사의 주먹이 놈의 얼굴을 향해 꽂히기 시작한다.

그러나 놈은 피투성이가 되어서도 웃는다.

낄낄낄.

그 웃음이 점점 무서워지기 시작한다. 마 형사를 미치게 만든다.

돌아본다. 그 검은 옷들이 모여서 웃고 있다.

낄낄낄.

그리고 마 형사를 둘러싼다.

마 형사가 주먹을 휘두른다.

픽! 픽!

그렇게 맞고 쓰러지지만 웃는다.

낄낄낄.

"저리 가! 저리 가란 말이야! 이 개새끼들아!!"

하지만 모여든다. 조여든다. 사방이 웃음이다.

낄낄낄.

마 형사는 어지럽다. 주먹을 휘두른다. 그러나 여전히 낄낄낄.

정신 차려야 한다! 정신을!!

그러나 낄낄낄.

낄낄낄.

째깍째깍

해운대경찰서는 망연자실이었다. 해경까지 동원되어 부산항에서 밤샘 수색 작업을 벌였지만 현 회장은 발견되지 않았다. 해가 뜨고 나서도 한참 동안 수색을 계속했지만 현 회장의 흔적은 발견되지 않았다. 게다가 그리스 국적의 선박에서 선장이 살해되었고, 선박 출항이 늦어진 문제에 대해 그리스 측의 공식적인 항의가 시작되었다. 해운대경찰서는 상부의 대대적인 문책과 질타의 대상이 되었다. 자칫하다가는 심각한 외교적인 문제가 될 수 있는 상황이었기 때문에 경찰청에서도 민감하게 다루고 있었다. 그런 상황에서 최천호 형사까지 살해되었다. 이 사실이 언론에 알려지면서 문제는 더욱 심각해지고 있었다. 자칫하다가는 오랜 수배자인 문과홍을 체포한 성과까지도 날아갈 판이었다. 잃은 것이 너무 컸다.

해경은 정오가 넘어서 수색 종료를 선언했다. 더 이상 선박 출항을 미룰 수가 없었고, 만약 살아 있다고 해도 지금까지 바닷속에서 버티는 것은 불가능하다는 판단이었다. 선박이 출항하게 되면 현 회장이 이곳에 살아 있을 가능성은 제로였다. 거대한 선박의 추진기는 주변의 모든 것을 빨아들이고 분쇄해 버린다.

곧이어 정박 중이던 러시아 벌크선이 출항하면서 거대한 물보라가 일어났다. 더 이상 현 회장을 찾을 수는 없다. 그 모습을 바라보던 해운대경찰서 형사들의 속이 타들어갔다.

현 회장.

그는 대체 어디로 사라진 것일까?

차가운 물속으로 떨어진다. 백 미터에 가까운 곳에서 떨어졌기 때문에 충격으로 머리가 울리고 온몸이 마비되는 것 같다. 떨어진 높이만큼 물속으로 빨려 들어간다. 바닷속은 얼음장 같다. 온몸 구석구석을 바늘로 찔러대는 것 같다. 현 회장은 그렇게 고통과 함께 깊고 깊은 바다 속으로 들어간다. 온몸이 굳어간다. 그러나 그 와중에도 바다는 그에게 익숙한 곳이었다. 어릴 적부터 그는 바다와 함께 살았다. 해녀인 어머니와 함께 바닷속 깊은 곳까지 헤엄쳐 들어가 해삼과 전복 등을 따서 시장에 팔러 가는 어머니의 바구니를 더 무겁게 만들어주었다. 여름이 가까워지면 섬에서 할 수 있는 유일한 놀이는 수영이었다. 현 회장은 바닷속이 좋았다. 그곳은 고요하고 분명했다. 술만 먹으면 폭력을 휘두르는 무능한 아버지도 없었고, 혼자 부엌에서 숨죽여 우는 어머니도 없었다. 그렇게 숨이 막혀서 참을 수 없을 때까지 그곳에 머무르곤 했다.

　현 회장은 눈을 뜬다. 오랫동안 바닷속에 들어가지 않았지만 그의 몸은 모든 것을 고스란히 기억하고 있다. 현 회장은 바닷속을 가로질러 간다. 아직 위쪽은 우왕좌왕이다. 현 회장은 아무도 예상치 못하게 부산항 깊은 곳을 가로질러 시내 쪽으로 간다. 몸이 점점 차가워지고 있지만 그것이 가장 안전한 방법이다. 그렇게 바다를 가로질러간 현 회장은 아무도 없는 부산항 끝 쪽에 닿는다. 밖으로 나와서 철망으로 된 담을 넘는다.

　툭!

　다리가 풀려서 담장에서 미끄러지듯이 떨어진다. 지나가는 사람들이 그런 현 회장을 바라보지만 별로 신경 쓰지 않는다. 현 회장은 비틀거리면서 걸어간다. 최대한 빨리 이곳을 벗어나야 한다.

　'나는 절대 포기하지 않아!!!'

　경비팀장에게 붙잡힌 태경은 다급해하는 그들의 모습을 보고 마 형사가 아직까지 잡히지 않았다는 것을 알게 된다.

　긴장하고 다급한 표정의 경비팀장. 그는 점점 더 두려워하고 있었다. 누구를 두려워하는 것일까?

　경비팀장이 태경을 본다.

　"이 새끼들아!!! 니들 대체 누구야?!"

　"나, 변호사 이태경이야. 경찰 불러."

　경비팀장이 태경을 본다. 태경이 다시 소리친다.

"경찰 부르라고."

그런데 경비팀장이 대답 없이 들고 있던 무전기를 끈다. 그리고 픽!

태경은 정신을 잃었다.

마 형사는 자신을 둘러싼 검은 옷의 사람들을 본다. 인간이 아니다. 인간의 탈을 쓰고 있지만 인간의 표정이 아니다.

마 형사는 일단 이 포위를 뚫어야겠다고 생각한다.

그중 한 명을 향해서 주먹을 날린다.

픽!

놈이 쓰러진다. 검은 옷을 입은 것들이 간격을 좁히며 구멍을 메운다.

다시 픽!

그 벌어진 공간.

이번에는 마 형사가 그 공간을 뚫고 들어간다. 안쪽으로 나아간다. 그때 안쪽에 숨겨진 통로가 보인다. 마 형사가 그 문을 발로 찬다. 그러나 문은 미동도 하지 않는다.

쿵! 쿵! 쿵!

몇 번이나 차지만 열리지 않는다.

낄낄낄.

마 형사가 놈들을 본다.

"무리데스네."

그중 한 놈이다.

"크크크."

"들어가고 싶어?"

"!!!"

"뭘 힘들게 그래. 그럼 말을 하지."

그러면서 놈이 버튼을 누르자 문이 열린다. 그리고 아래로 길게 뻗어 있는 복도가 보인다. 마 형사가 그 아래쪽으로 내려간다. 좁고 길게 이어진 복도. 그 복도를 내려가는데 왼편으로 다시 위로 올라가는 복도가 보인다. 아마 다른 공간으로 이어지는 길인 듯하다. 돌아보자 검은 옷을 입은 놈들이 입구에 서서 아래쪽을 손가락으로 가리킨다. 놈들은 복도로 들어오지 않는다. 순간 마 형사는 섬찟하다. 혹시 이쪽으로 내려간다면 다시는 올라오지 못하는 것이 아닐까? 저 열리지 않는 문을 다시 열 수 없는 것이 아닐까?

그러나 저 아래에 준미가 있다면 그것은 무섭지 않다. 그곳이 어디라도.

마 형사는 다시 아래쪽을 향해서 내려간다.

천천히 한 걸음씩 나아간다.

그리고 입구를 가로막는 거대한 철문 앞에 선다. 잠시 그 앞에 서 있자 곧 철문이 열린다. 그리고 안으로 들어간다.

안에 펼쳐진 넓은 공간을 보고 마 형사는 입을 다물지 못한다.

모든 것이 완벽하게 갖추어진 공간. 마치 아파트 모델하우스 같은 그 공간.

그리고 소파에 앉아 있는 그녀의 뒷모습.

준미다!

마 형사는 천천히 다가간다. 그리고 그녀를 보는데 무표정한 준미가 앉아 있다. 누군가에게 두들겨 맞아서 생긴 그녀의 상처들. 무엇보다 그녀의 공허한 눈빛.

마 형사가 준미를 바라본다. 그녀의 가녀린 양팔을 잡고 흔든다.

"서 검사님!!"

준미가 마 형사를 본다. 그녀의 눈빛. 예전의 그 눈빛. 들여다본다. 미세하게 흔들린다. 서서히 그녀로 돌아온다.

준미다.

그녀의 눈에서 흘러내리는 눈물.

그녀가 마 형사에게 안긴다.

그의 가슴에 얼굴을 대고 운다.

마 형사는 자신의 가슴이 축축하게 젖어드는 걸 느낀다.

마 형사가 준미를 꽈악 껴안는다.

그리고 결심한다.

다시는…… 다시는 그녀를 놓지 않을 거라고.

그녀를 절대 이 품에서 내보내지 않을 거라고.

그녀를.

마 형사는 울고 있는 준미를 꺼내서 바라본다. 들여다본다.

마 형사가 두 손으로 준미의 얼굴을 감싼다.

준미가 마 형사를 올려다본다.

그렇게 두 사람은 입을 맞춘다.

다시 멀어져 마 형사가 손으로 그녀의 눈물을 닦아내 준다.

"괜찮아요."

준미가 고개를 끄덕인다.

마 형사가 얼굴과 어깨에 나 있는 그녀의 상처를 바라본다.

"이 개새끼!!! 나와!! 나오라고!!!"

그러나 대답이 없다. 그때 안에서 유령처럼 나오는 장영미.

"!!!"

너무 놀란 마 형사가 그녀를 바라본다.

영미는 공간을 가로질러 냉장고 안으로 가서 음식을 꺼낸다. 그리고 그 앞에서 퍼질러 앉아서 음식을 먹기 시작한다. 우걱우걱. 마치 걸신이 들린 것처럼. 초점 없는 눈으로 음식을 입 안으로 쑤셔 넣기에만 바쁘다.

준미와 마 형사가 그런 영미를 바라본다.

"설마?"

"맞아요, 장영미."

"!!!"

"계속 이곳에 있었어요."

"!!!"

마 형사는 안타까운 눈으로 그녀를 바라본다.

준미가 다가와서 같이 영미의 눈을 바라본다.

"아무리 보아도 말을 걸어도 대답하지 않아요."

영미의 공허하고 텅 빈 눈.

정말 다른 사람이 되어버린 걸까?

대답해요.

"장영미 씨!!!"

그러나 아무런 대답도 들려오지 않는다.

마 형사가 다시 준미를 본다. 그리자 준미가 묻는다.

"당신이 여기 있는 걸 아는 사람이 있나요?"

"밖에 이태경 변호사가 있어요."

"!!!"

태경은 눈을 뜬다. 어두운 공간, 빛이 잘 들어오지 않는 창고 같은 공간이다. 그 공간에 자신이 무릎을 꿇은 채 앉아 있다. 그리고 경비팀장 대신 검은 옷을 입은 것들이 자신을 바라보고 있다.

기분 나쁜 것들.

태경이 몸을 움직여보려 하지만 자신의 몸이 꽁꽁 묶여 있다.

"뭐야? 이거 뭐야?"

그러나 검은 옷을 입은 것들은 반응이 없이 묘한 웃음을 지으며 태경을 바라본다.

그때 검은 옷을 입은 것들이 몽둥이를 들고 오더니 태경을 내리치기 시작한다.

픽! 픽! 픽!

두들겨 맞던 태경이 다시 정신을 잃는다.

그리고 얼마나 시간이 흘렀을까? 태경은 다시 정신을 차린다.

그는 다시 어둠 속에 혼자 남겨져 있다.

태경이 몸을 움직이려하자 온몸이 고통에 휩싸인다.

"으윽!!!"

성한 곳이 없다. 눈을 뜨는 것조차 힘들고 고통스럽다.

'이곳을 벗어나야 한다. 이민수 회장 집에 자신과 마 형사가 잡혀 있다는 것을 알려야 한다!!'

태경은 계속해서 몸을 움직인다. 그리고 묶인 손을 움직여 뭔가를 찾는다. 그때 태경의 손에 비교적 날카롭게 깎인 돌이 하나 잡힌다. 태경은 그 돌을 잡고 자신을 묶은 끈을 갈아내기 시작한다.

언제 끝날지 모르지만 천천히 그것을 갈아내기 시작한다.

그날 저녁. 집으로 돌아온 민수는 경비팀장과 검은 옷의 친위대로부터 보고를 받고 치밀어 오르는 짜증을 견딜 수 없었다.

'개미들.'

스멀스멀.

그렇게 몸에 달라붙어서 괴롭히는 것들.

앵앵거리는 그것들.

민수는 CCTV 화면 속에 있는 마 형사와 준미를 바라본다.

그러면서 민수는 이 재미있는 놀이를 잠시 접어야 할 때라고 생각한다. 이 집까지 형사가 들어왔다는 건 외부에서도 그걸 아는 자가 있다는 뜻이다. 하지만 저들이 직접 이곳까지 들어온 것은 심증은 있고 물증이 없었다는 것이다. 저들은 물증을 잡으러 위험을 무릅쓰고 이곳까지 들어온 것이다.

간단하다. 저것들을 다 처치하고 이 모든 증거들을 없애야 한다. 그리고 이 모든 의혹들이 잠잠해질 때까지 이 미칠 것처럼 재밌는 놀이를 쉬어야 한다. 당장 아쉽지만 긴 즐거움을 위해서 이 정도는 참아야 한다.

서준미. 그렇게 멋진 뽀삐를 다시 만날 수 있을까?

침이 고이게 만드는 뽀삐. 설레는 뽀삐. 괴롭히고 무릎 꿇게 하고 싶어서 근질근질거리게 만드는 그 뽀삐.

서준미.

서준미와 같이 아까운 뽀삐를 급하게 죽여야 하는 것이 못 견디게 아쉽지만 어쩔 수 없다. 지금은 우선 급한 불부터 꺼야 한다.

하지만 그냥 끝낼 수는 없다.

화려한 피날레를 장식하자. 처절하고 멋있게.

새로운 관객도 나타났으니까 좀 더 재밌는 피날레를 장식할 수 있을 것이다.

재밌게.

그렇게.

크크크.

그 전에 이곳으로 침입한 또 한 명을 끝내야 한다.

검은 옷 중 하나를 부른다.

"창고에 있다는 그놈부터 죽여."

"낄낄낄."

태경은 뒤로 묶인 끈을 끊어내고 있었다. 부자유스러운 중에도 끈을 잘라낸다. 처음에는 절대 끊어질 것 같지 않던 끈이 흠집이 나자 속도가 붙기 시작했다. 보풀이 일어나면서 점점 더 깊게 파고든다. 그리고 얼마 남지 않았다.

그때 검은 옷을 입은 한 놈이 들어온다.

"굿 이브닝."

"……."

검은 옷을 입은 놈이 웃으며 태경을 본다.

"어떻게 죽여줄까?"

"!!!"

"고통이 없는 건 안 돼! 그건 반칙이야! 그건 내가 너무 재미가 없고 시시하거든. 그러니까 단숨에 죽는 거 뭐 총으로 머리를 쏜다든가 도끼로 내리 찍든가 하는 그런 건 안 돼. 크크크. 기대되지?"

그 사이에도 태경은 천천히 들키지 않게 돌로 끈을 갈아낸다.

"응? 말해 봐. 동맥에 상처를 내서 천천히 피가 뿜어져 나와 죽게 해줄까? 아니야. 그건 너무 재미가 없어. 게다가 창고가 온통 피로 물들 테니까 안 돼. 여기 청소를 하는 게 쉬운 일이 아니야. 게다가 피를 쏟으면서 죽어가면 몽롱해지면서 기분이 좋아진대. 니가 기분이 좋아진 채로 죽게 놔둘 수 없지."

그래 계속 지껄여라. 계속.

사각사각.

"그럼 두들겨 패서 죽여줄까? 아니야, 시시해. 아하!"

그러면서 놈은 손톱깎이를 하나 꺼낸다.

"크크크. 좋은 생각이 났어. 아주 좋은 생각. 손톱 밑에서부터 시작해서 조금씩 조금씩 살을 뜯어줄게."

그래 조금만…… 조금만 더 지껄여봐.

"그래서 점점 더 깊은 곳으로 들어가줄게. 진짜 고통이 뭔지 알게 될 거야. 원래 조금씩 미세하게 커져가는 고통이 진짜 고통이지. 괜찮아. 너무 걱정하지 마. 대개 손가락 하나가 없어질 때쯤엔 쇼크사한다니까 너무 걱정할 건 없어. 크크크."

조금만…… 조금만 더.

놈은 손톱깎이를 째까닥거리면서 천천히 태경에게 다가온다. 그리고 태경을 뒤로 돌려 그의 손을 보는데……

"!!!"

태경이 줄을 끊어낸다. 그리고 그대로 놈의 목을 움켜쥔다.

"이 쥐새끼 같은 놈."

바둥바둥.

"대답해! 어딨어?"

킥킥킥.

"웃어?"

꽈악!!

태경의 손목 근육이 꿈틀거린다.

"내가 봉화 공장에서 일하면서 얼마나 여기 근육을 단련했는지 모를 거다. 절대 쏟으면 안 되는 화학약품을 들고 걸어 다녔거든. 나중에 얼마나 단련이 됐는지 사과를 한손으로 부셔버릴 정도였어."

"켁켁켁."

"너, 나를 잘 모를 거야. 나 개새끼야. 나 아주 개 같은 놈이야! 나도 더러운 꼴 잔인한 꼴 볼 대로 본 놈이야. 그래서 너를 그냥 죽여버릴지도 몰라."

꽈아악!!!!

놈의 얼굴이 시뻘게지면서 터질 듯 변한다. 그리고 놈의 얼굴에 두려움이 스친다.

"그냥 죽여버릴까? 응? 아니면 손톱깎이로 조금씩 뜯어줄까? 응?"

태경이 다른 손으로 손톱깎이를 째까닥댄다.

그리고 놈을 놓아준다.

놈이 바둥거리면서 숨을 들이켠다.

째깍째깍.

태경이 손톱깎이를 째까닥거리면서 놈의 눈을 들여다본다.

"자, 말해. 다들 어딨는지?"

내 안의
괴물

준미와 마 형사는 초조한 마음으로 기다린다. 지금 할 수 있는 일은 태경이 어서 이 사실을 외부에 알려주기를 기다리는 일이다. 아무런 연락이 없으면 태경이 외부에 연락할 것이다.

혹시 만약에 태경이 잘못된다면?

그때는 효림과 진태가 움직여줄 것이다. 하지만 아무런 증거도 없이 대한민국 최고의 재벌 태산 이민수 부회장이 사람들을 감금하고 죽이고 있다는 말을 믿어줄까? 마 형사는 내색하지는 않았지만 조금씩 두려워지고 있었다. 이민수 부회장을 잡기 위해서는 좀 더 철저한 준비를 했어야 했다. 성급했다. 좀 더 치밀해져야 한다는 태경의 말이 옳은지도 모른다. 언제나 그랬다. 성급함이 일을 망치곤 했었다. 하지만 지금 그런 생각은 이미 늦었다. 언제나 후회는 때늦은 편이다.

그토록 바라온 준미를 만나기는 했지만 이미 갇혀 있는 상황이다.

그때 문이 열리고 그 남자가 걸어 들어왔다.

태산 이민수 부회장.

그 남자가, 아니 그 새끼가 웃고 있었다.

주변으로 이민수를 둘러싼 검은 옷을 입은 그것들.

그것들도 웃고 있었다.

낄낄낄.

마 형사는 피가 끓어오른다.

"으아아!!!"

마 형사가 소리를 지른다. 그러나 그것들은 여전히 낄낄낄.

마 형사가 달려간다. 놈을 겨누고. 이민수 그놈을 겨누고 달려간다.

"이 새끼야!!!"

그때 못 보던 검은 옷이 달려 나와 마 형사를 잡고 그대로 메쳐 버린다.

쿵!

마 형사가 벽에 부딪힌다.

마 형사가 몸을 일으켜서 그놈을 본다. 이전의 나약한 놈들과는 다르다. 키는 작지만 탄탄하고 온몸이 근육으로 다져져 있다. 잔뜩 구겨진 귀. 레슬링이다. 마 형사는 다양한 격투를 경험했지만 그중에서 가장 이기기 힘든 존재들은 바로 레슬러들이었다. 그러나 표정은 다른 놈들과 같다.

낄낄낄.

'싸이코 새끼!'

그놈이 웃으면서 다가온다. 마 형사가 놈을 향해 주먹을 날리는데 놈이 주먹을 쳐낸다. 그리고 마 형사의 배에 주먹을 꽂아 넣는다.

348

퍼억!!!

순간 마 형사는 꿇어앉는다.

정신이 하얗게 변한다.

숨을 쉴 수가 없다.

이놈은 보통 놈이 아니다.

격투기로 철저하게 단련된 놈이다. 레슬링뿐 아니다.

한참을 있다가 겨우 숨을 토해 낸다.

낄낄낄.

이민수가 다가와서 마 형사를 본다.

"어떻게 안 되나 봐?"

"!!! 개새끼."

"낄낄낄. 그래, 그렇게 말해. 이제 곧 재밌는 파티를 시작할 테니까 잘 봐둬."

잠시 후 뒤에서 검은 옷을 입은 남자들이 더 들어온다.

그리고 둘러싼다.

이민수가 웃는다.

"이런 파티는 관객이 많아야 재미가 있겠지? 응?"

마 형사는 그놈들을 본다.

모두가 낄낄낄.

준미 역시 두려운 마음으로 그들을 본다. 어쩌면 이것이 끝일지 모른다는 생각을 한다. 벗어날 수 없을지도 모른다. 저것들은 모두 괴물이다. 그리고 이곳은 괴물의 몸속이다. 이곳에서 저것들에게 잡혀 나갈 수 없겠다. 괴물에게 으깨지고 부서져 소화되고 흡수될 것이다.

'여기가 끝인가?'

준미는 두렵지만 담담해지기로 한다. 그것을 받아들이기로 한다.

끝까지 인간으로서의 자존심을 잃지 않고 저 괴물과 맞서다 가기로 한다.

검은 옷을 입은 놈 중 하나가 의자를 가져오자 이민수가 그 의자에 앉는다. 그리고 소리친다.

"뽀삐!"

영미가 달려온다. 그리고 이민수 앞에 얌전하게 무릎을 꿇는다. 이민수가 그런 영미의 머리를 쓰다듬는다.

"아쉬워. 너도 이렇게 만들었어야 했는데……."

준미가 아프지만 그 장면을 바라본다. 피하지 않는다. 아프지만 저것도 인간의 한 부분으로 받아들이기로 한다.

하지만 마 형사가 분노를 참지 못해 부르르 떤다. 일어나서 달려가지만 다시 그놈에게 막힌다. 그놈이 마 형사를 잡더니 다시 메다꽂는다.

쿵!!

"으윽!!!"

마 형사는 몸 전체가 감전된 듯 고통스럽다. 놈의 유도 기술 앞에서 꼼짝할 수가 없다. 다른 방법을 찾아야 한다. 허점을 노려 급소를 찔러야 한다. 그 방법밖에 없다.

이민수가 웃으며 그 모습을 본다.

"자, 그럼 이제 본격적으로 파티를 시작해 볼까?"

그러자 검은 옷을 입은 놈들이 모여든다. 그러고는 마 형사를 일으켜 세운다. 민수가 웃으며 준미를 본다. 그리고 날카로운 칼을 꺼낸다.

"자 손가락 하나부터 시작할까? 아니면 눈? 아니, 아니. 그건 마지막에. 어떡해? 너무 많아? 응? 어디를 할까? 응? 응?"

　태경은 자신을 묶었던 끈을 풀어서 놈의 손을 묶는다. 꽁꽁 절대 풀 수 없도록. 그리고 창고를 살펴본다. 그곳에 있는 테이프를 뜯어서 놈의 입을 막는다. 놈이 버둥거리자 눈을 찌른다.

　놈이 발버둥 친다.

　"버둥거리지 마. 확 죽여버릴 테니까! 응? 킥킥킥."

　웃음이 난다. 이 버러지 같은 놈들.

　순간 섬찟함이 느껴진다. 자신 안의 괴물.

　너무 오랫동안 현 회장을 들여다보았나? 그 괴물과 싸워왔나?

　니체의 말대로 그 괴물과 싸우다가 그 괴물을 닮아버렸나?

　크크크.

　좀 더 분명하게 느껴진다.

　내 안의 괴물.

　무섭지가 않다. 두렵지가 않다. 짜릿하다.

　개 같은 것들. 다 죽여버릴 거야.

　그동안 두렵고 억눌렸던 그 모든 것들이 폭발한다.

　창고를 뒤진다. 경비팀의 창고라 물자가 풍부하다.

　태경은 그 안에서 몇 개의 전자 충격기를 꺼낸다. 하나? 하나를 더 꺼내 안쪽 주머니에 넣는다. 전압을 최대한 높인다. 안이 강철로 되어 있고 가죽으로 감싼 봉도 꺼낸다. 휘둘러본다. 그걸로 놈들의 머리를 깨버리는 상상을 한다. 그래 괴물이 되어주마. 괴물과 싸우기 위해.

거울을 들여다본다. 들떠 있는 남자가 보인다. 환하게 웃는다.

키키키.

태경은 묶어두었던 놈을 일으켜 세운다.

"자, 너는 지금부터 개야!! 알았으면 고개를 *끄덕여봐*."

놈이 태경을 노려본다.

파박!!

태경이 전자 충격기를 작동하자 놈이 재빨리 고개를 *끄덕*인다.

"그래, 착하지. 이 개새끼야! 자, 길을 안내하는 거야! 나를 안내하는 거야! 어디를 말하는지 알지?"

고개를 *끄덕*인다.

"만약 엉뚱한 곳으로 안내한다? 그런 낌새가 보인다?"

파박! 파박! 파박!

"이렇게 세 번 쏘면 심장까지 새까맣게 타들어갈 거야. 크크크. 재밌겠지?"

놈이 떤다. 덜덜덜.

더 큰 괴물을 만난 놈.

태경은 이렇게 잘해 내고 있는 스스로를 보고 놀란다.

'내 안의 괴물이 이렇게 굉장해지다니.'

크크크.

멋져!

이렇게 커지다니!

알 것 같아.

괴물이 된다는 것.

이런 기분이라니!!

낄낄낄.

태경은 이제야 현 회장이 한 말들을 이해한다.

'감정을 버려!'

그리고 인간을 장악하고 휘두르는 그 재미.

괴물이다!

"가자!"

놈이 움직인다. 태경이 따라 나간다. 밖으로 나가자 경비팀장이 서 있다가 그 모습을 보고 놀란다. 달려오는데 파박!!!

쓰러진다. 단숨에 거품을 물고!!!

태경은 한 번 더 쏠까 하다가 그만두기로 한다.

쓰러진 경비팀장은 경련을 일으킨다. 죽지는 않겠지만 굉장한 타격이다. 묶인 놈이 쓰러진 경비팀장을 보더니 덜덜덜 떤다.

"자, 갈까?"

그렇게 안쪽 공간으로 다가간다. 별채가 열리고 안으로 들어가자 집에서 일하던 사람들이 그 기괴한 광경을 보고 모두 현실인 것을 믿지 못하는 듯이 바라보고 서 있다.

태경은 그들을 무시하고 놈을 앞세우고 걸어간다. 그리고 별채를 지나 본채로 진입한다. 문이 열린다. 그리고 천천히 걸어 들어간다. 그리고 CCTV 모니터 화면들이 모여 있는 방송국 조종실 같은 곳에 도착한다. 그런데 그곳에는 아무도 없다. 화면을 바라본다. 그리고 그들이 모여 있는 것을 본다.

"저기로 안내해."

놈이 돌아보며 묘한 웃음을 짓는다. 태경이 똑같은 표정을 지으며 웃는다. 갑자기 놈이 웃음을 멈추고 섬찟해한다.

"자, 가볼까? 저기로?"

놈을 민다. 그러자 놈이 다시 묘한 웃음을 짓더니 문을 연다. 아래로 내려가는 길게 뻗은 문이 보인다. 그리고 그 안으로 천천히 걸어 들어가기 시작했다.

이민수가 마 형사에게 다가가서 날카로운 칼을 들이댄다. 웃는다. 해맑게, 순수하게.

낄낄낄.

"자, 어디부터 손대줄까?"

준미가 덜덜 떨다가 소리친다.

"그만해!!! 그만하라고!!!"

"왜애? 왜 그만둬야 하지? 자, 보자. 어디가 좋을까? 응? 어디가?"

민수가 웃으면서 칼로 마 형사의 머리부터 훑어 내린다.

"머리 어깨 무릎 발 무릎 발 머리 어깨 무릎 발 무릎 발 무릎 머리 어깨 발 무릎 발 머리 어깨."

칼을 마 형사의 어깨에 대더니 그대로 그어버린다.

"으아악!!!"

"안 돼!!!

마 형사의 어깨에서 피가 흘러내린다. 꽤 깊게 베인 듯하다.

준미가 달려온다. 검은 옷을 입은 그것들이 준미를 잡는다.

마 형사가 어깨의 상처 때문에 고통스러워한다.

"으아아악!!!"

준미가 달려가려고 하지만 놈들이 잡고 놓아주지 않는다.

"놔! 놓으라고!!"

준미가 눈물을 흘리면서 마 형사를 바라본다. 마 형사도 피를 흘리며 준미를 본다. 둘의 얼굴이 닿을 듯하다.

준미의 눈에서 눈물이 흘러내린다.

"이놈을 살리고 싶어?"

"!!!"

"그럼 기어봐."

"!!!"

"안 돼!! 절대 그러지 마!!! 그래선 안 돼!!!"

"그럼 살려줄게. 아니면?"

민수가 마 형사의 귀에 칼을 가져다 댄다.

"낄낄낄."

준미가 바라본다.

"안 돼! 안 돼!! 그러지 마!! 이놈은 어차피 우리를 죽여!!! 제발 그러지 마!! 제발!!!"

준미가 마 형사를 바라본다.

"안 돼!!!"

준미가 천천히 엎드린다.

"크크크…… 이리 기어와 봐."

"안 돼!! 제발 그러지 마!!! 그러지 말라고!!!"

민수가 마 형사의 귀에 댄 칼을 이리저리 움직인다.

"오오."

준미가 천천히 기어서 민수 앞으로 온다.

마 형사가 몸부림친다.

"으아악!!! 개새끼들아!!! 그만해!! 그만하라고!!! 날 죽여!! 죽이

내 안의 괴물 355

라고!!!"

"짖어."

"안 돼!!"

준미의 눈에서 눈물이 흘러내린다.

그리고…….

그런데?

문이 열리고 파박!! 파박!! 파박!!!

소리가 연이어 들리고 몇 명이 쓰러져서 주저앉는다.

놀라서 돌아보면 태경이 전자 충격기를 들고 서 있고 그 옆으로 검은 옷을 입은 놈 대여섯이 바닥에 쓰러져 있다.

"오빠!!!"

태경이 무표정하게 준미를 바라본다.

민수가 태경을 본다. 그리고 격투기하는 검은 옷에게 눈짓한다.

그 검은 옷이 천천히 다가간다.

태경이 그놈을 본다.

마 형사가 소리친다.

"그놈을 조심해!!!"

그러나 그 소리가 끝나기도 전에 놈이 태경에게 달려간다. 태경이 그놈을 향해 전자 충격기를 내미는데 놈이 발로 태경의 손을 차버린다. 그리고 충격기가 날아간다.

그러고 나서 놈이 남겨진 태경을 잡고 그대로 메다꽂는다.

쿵!!!

놈이 쓰러진 태경을 내려다본다.

그사이 검은 옷을 입은 놈들이 달려와서 전자 충격기를 움켜쥔다.

파박!! 파박!! 전자 충격기를 흔들어대며 지들끼리 장난을 친다.

크크크.

파박! 파박!

그러다 그중 한 놈이 전자충격기를 맞고 쓰러진다. 하지만 놈들은 지네끼리 좋다고 다시 낄낄거리기 시작한다.

그러다 새로운 실험 대상을 찾기 위해서 두리번거리다 준미와 마 형사를 본다. 가까이 다가간다. 준미와 마 형사의 얼굴에 대고 전자 충격기를 켠다.

파박! 파박!

하지만 준미와 마 형사는 기죽지 않는다. 노려본다.

검은 옷 하나가 그러다 마 형사의 어깨에 대고 전자 충격기를 쓴다.

파박!! 파박!!

마 형사가 쿵 하고 바닥에 쓰러진다.

낄낄낄.

"안 돼! 안 돼!!"

준미가 울부짖는다.

놈들이 태경을 잡는다. 태경이 울고 있는 준미를 본다.

민수가 웃는다.

"크크크. 이제 진짜 파티 시작이야!!"

민수가 웃으면서 태경을 본다.

모든 게 끝났다.

민수는 재밌다는 듯이 웃는다.

태경을 보며 낄낄낄.

쓰러진 마 형사를 보고 낄낄낄.

그러면서 칼을 잡고 있는 그의 손에 힘이 빠진다. 칼이 민수의 손 안에서 달랑거린다. 그런데 그때 갑자기 장영미가 일어나서 민수의 칼을 뺏는다. 순식간이었고 아무도 장영미를 신경 쓰고 있지 않았다. 왜? 그건 아무것도 아니었으니까. 그냥 뽀삐였으니까. 장난 감 같은 것이었으니까. 장영미는 그 칼로 민수의 목을 겨눈다. 날카 로운 칼이 민수의 목에 차갑게 와 닿는다. 민수가 놀라서 돌아본 다. 그러자 칼이 더 깊이 와 닿는다.

"안녕, 이 개새끼들아."

장영미가 웃고 있었다.

낄낄낄.

그렇게 웃고 있었다.

그동안 영미의 안에서 부풀어 올랐던 그 괴물이 드디어 밖으로 빠져나왔다.

너무도 커져버린 그 괴물이.

낄낄낄.

죄의
무게

영미는 웃으며 칼을 민수의 목에 대고 이리저리 굴려본다.

"조심을 했었어야지, 응? 저번에 한번 당하고도 똑같이 실수를 해? 그러면 안 되잖아. 그렇지?"

민수는 변해버린 영미의 목소리에 섬찟해진다. 그리고 그녀의 숨소리. 그녀의 호흡이 소름 끼칠 정도로 고르다. 그녀는 두려워하지도 긴장하지도 않고 있다. 차갑게 이 상황을 즐기고 있다. 목에 닿은 차가운 금속의 느낌까지.

"뽀삐."

"응?"

"이러지 마."

"왜. 뽀삐가 이래야지. 넌 이러는 거 좋아하잖아. 반항하고 자극하고 너를 도발시켜주기를 원하잖아. 그렇지?"

"지금은 아니야. 착하지?"

"낄낄낄."

영미가 민수의 목에 칼을 슬며시 밀어 넣자 피가 배어 나온다.

"그거 알아? 니가 나한테 그런 짓을 하면 할수록 내 안에서 뭔가가 변해. 사라지고 무뎌지면서 점차 뭔가가 자라나. 그리고 그게 걷잡을 수 없이 커져. 그게 뭔지 알아?"

"!!!"

"니가 좋아하는 거. 타인의 고통을 보고 싶은 마음."

"!!!"

"나 이제 진짜 너를 이해해."

"!!!"

"보고 싶어. 니가 아파하는 거."

"!!!"

"그래. 너한테 당하면서 점점 더 너를 닮아갔던 거야. 낄낄낄. 자 봐!"

영미가 자신과 민수의 모습을 거울에 비춘다.

"보여? 닮았지? 마치 쌍둥이처럼."

거울 속에 비친 민수와 영미.

"자, 봐. 니가 만들어낸 괴물을."

영미가 웃는다.

"낄낄낄."

준미가 영미에게 다가간다.

"영미 씨, 일단 우리 이곳에서 나가요. 응? 나가서 이야기해요."

"무슨 이야기요? 나가서 뭐 해요? 여기가 이렇게 즐거운데? 나는 끝을 봐야겠어. 뭐 해? 파티 시작하자고. 주인공만 바뀐 거야!"

영미가 웃으며 칼을 더 깊이 밀어 넣는다.

"!!! 그만해요."

"검사님도 봤잖아! 이 새끼가 어떤 새낀지."

"!!!"

영미의 공허한 표정.

"여기서 끝내야 해요."

"일단 나가요!! 그놈들과 같아질 순 없어요."

"아니. 이 새끼부터 먼저 죽이고 나서!"

영미가 칼을 들어서 민수의 목을 내리 찍는다.

"죽어! 악마 새끼야!!!"

그 순간 민수가 몸을 돌리면서 피한다. 칼이 엇나가면서 상처만 남긴다. 민수가 영미를 잡고 벽에다 던진다.

쿵.

영미가 벽에 처박힌다.

"하하하!!! 뽀뽀!!! 응? 우리 뽀뽀!! 낄낄낄. 끝까지 이렇게 재밌게 만들어주다니. 역시 넌 최고의 뽀뽀야!!!"

하지만 그때 민수의 목에서 피가 흘러내린다. 생각보다 깊은 자상이다. 민수가 옆에 있는 수건으로 상처를 막는다.

"낄낄낄."

영미가 웃고 있다.

"미친년!! 이 미친년이!!!"

"곧 치료하지 않으면 너도 죽어!"

피가 점점 더 많이 뿜어져 나온다.

"이 개 같은 년!!"

민수가 쓰러진 영미를 발로 밟는다. 쿵! 쿵!

피가 튄다.

"안 돼!!"

준미가 달려가서 막아선다.

그사이에도 민수의 목에서 계속 피가 흘러내린다.

그때.

파박! 파박! 파박!!

전자충격기 소리가 들린다.

모두가 돌아보니 태경이 그사이에 일어나서 격투기를 하는 검은 옷을 입은 놈의 목에 충격기를 가져다 댄다.

파박!

놈은 이미 쓰러져서 정신을 잃는다. 하지만 태경은 다시 전자 충격기를 꺼내서 놈의 목에 대고 스위치를 누른다.

파박!

쓰러진 놈의 몸이 다시 공중으로 한 번 더 튀어 오른다.

태경이 일어나서 나머지 놈들을 본다.

천천히 다가간다. 검은 옷을 입은 놈들이 피한다.

하지만 파박!! 파박!!

다가가서 한 명씩 충격기를 가져다 댄다. 놈들이 피한다. 하지만 태경이 따라가서 잡고 놈들의 몸에 충격기를 가져다 댄다. 마치 술래잡기 놀이를 하듯.

놈들이 구석으로 도망가고 숨지만 태경은 따라가서 잡는다. 몇 놈이 입구 쪽으로 도망가려 하다가 잡혀 충격기에 쓰러진다. 태경이 입구를 막아서고 놈들을 본다.

태경이 입구에 서서 웃으며 충격기 스위치를 켠다.

파박!!

검은 옷을 입은 놈들이 포위하듯 태경의 주위로 모여든다. 하나

둘 셋 넷 다섯.

아직 다섯 명이 남아 있다.

그놈들이 모여서 천천히 태경을 둘러싼다.

한꺼번에 공격하려는 듯하다.

그렇게 조여 오다가 달려든다.

파박! 파박!

두 놈이 쓰러지고 나머지 놈들이 뒤에서 태경의 목을 조르고 팔을 잡고 충격기를 뺏으려고 한다. 그때 마 형사가 비틀거리며 일어나 그대로 한 놈의 목에 주먹을 꽂아 넣는다. 쓰러진다. 그사이 태경이 전자 충격기를 뒤에 있는 놈의 얼굴에 대고 작동시킨다.

파박!!

그놈이 쓰러진다.

그러자 남은 한 놈이 뒷걸음질 친다. 두려워하는 놈의 얼굴.

천천히 뒷걸음질 친다.

태경이 서서히 다가간다. 조여간다.

놈의 얼굴을 바라본다.

웃는다.

막다른 길에 몰린 놈.

태경이 서서히 다가가서 놈을 바라본다.

"너는 일단 킵해 둘게. 당신이 이놈 잘 감시해. 이놈이 우리 열쇠니까!"

태경이 마 형사를 보고 말한다.

마 형사가 고개를 끄덕인다.

태경이 민수에게 다가간다.

피를 흘리는 민수. 온몸이 피로 흥건하다.

모두가 돌아서서 민수를 본다.

천천히 다가간다.

바라보는 민수. 민수가 뒷걸음질 친다.

"이봐. 우리 협상을 하자고? 응? 내가 얼마든지 보상해 줄 수 있어. 당신들 정말 이전과는 완전히 다르게 살아갈 수 있어! 평생! 돈 걱정 없이!!! 살아갈 수 있다고, 응?"

하지만 태경이 점점 더 민수에게 다가간다.

민수는 계속 뒷걸음질 친다.

"이봐! 얼마를 원해? 액수를 말해! 무조건 맞춰줄 테니까."

태경이 민수를 바라본다.

파박! 파박!

그의 눈앞에 대고 전자 충격기를 작동시킨다.

민수가 두려움에 떨면서 태경을 본다.

"이봐, 이러지 마. 이러는 게 당신들에게 무슨 의미가 있어."

"의미?"

"그래."

"무슨 의미가 있느냐 하면…… 복수지."

파박!

민수가 쓰러진다.

태경이 다시 놈의 가슴에 충격기를 대고 작동시킨다.

파박!

이민수의 몸이 튀어 오른다.

그리고 그의 목에 가져다 대려는데.

"그만해!"

준미가 소리친다.

태경이 준미를 본다.

"그만해."

"이놈을 살려둘 거야?"

파박!

"오빠, 그만해!"

태경이 준미를 본다.

"그만하자. 이제 다 끝났어."

태경이 민수를 본다.

"아니. 이제 끝내고 싶어. 이놈도 나도."

"안 돼!!!"

"왜?"

"오빠 안 돼! 그러지 마!!!"

"준미야, 그냥 내가 끝낼게. 태산 같은 내 죄에 이놈 하나 죽인다고 해서 별로 달라지지 않아."

"아니!! 절대 안 돼!"

"왜?"

"난 끝까지 오빠를 지킬 테니까!!!"

"!!!"

"오빠가 용서받을 수 없는 죄를 지어도!!! 나는 오빠가 더 이상 죄를 저지르는 걸 그냥 보지 않을 테니까."

"왜? 대체 왜?"

"당신이 이태경이기 때문에."

"!!!"

"오빠, 우리 이제 밝은 데로 나가자."

길고 긴 잠이었다. 잠시 정신이 들었을 때 희미한 것들이 보이고 소리가 들렸지만 다시 잠들었다. 고요하고 편안한 잠이었다.

얼마나 지났을까?

영미는 눈을 떴다. 그리고 눈앞에 두 사람이 보였다.

엄마와 할머니였다.

둘은 영미를 바라보고 있었다.

영미도 둘을 바라본다.

잠시 그렇게 바라보고 있는다.

할머니가 다가와서 그 꺼칠꺼칠한 손으로 영미를 쓰다듬는다.

할머니의 손.

꺼칠한 그 손의 느낌.

가려울 때마다 셔츠 속으로 손을 넣어 등을 긁어주던 그 손.

너무 꺼칠해서 시원하던 그 손.

"할머니."

"내 새끼! 내 새끼!!"

꼭 껴안는다. 다시는 놓지 않으려고 이 품에서 나가지 않으려고 그렇게 안는다. 영미는 그 품속으로 파고든다.

깊이 더 깊이.

할머니, 우리 할머니.

엄마의 울음소리가 들려온다.

울음은 길고 깊었다.

그러나 그 울음과 함께 많은 것들이 씻겨 내려가고 있다.

영미는 다시 졸리기 시작했다.

이민수 부회장의 지하 감금방은 경찰에 의해 철저히 조사되었다. 이민수 부회장은 경찰의 조사에 묵비권으로 일관했다. 곧 대한민국 최고의 로펌이 투입되었다. 그러나 재판의 전망은 밝지 않았다. 이민수 부회장의 숨겨진 부분에 대한 증언이 줄을 이었고, 그의 잔악함에 사람들은 치를 떨었다. 예전이라면 숨기고 돈의 힘으로 무마할 수 있었겠지만 그러한 권력은 이미 종말을 고하고 있었다. 검찰총장은 이민수 부회장에 대한 철저한 수사를 지시했고, 검찰은 대규모 수사본부를 꾸렸다. 이민수 회장은 끝까지 묵비권으로 일관했다.

준미는 다시 특별 수사본부에 출근했다. 모두가 말렸지만 그녀는 다시 수사를 시작했다. 준미는 국민 검사라는 과분한 명성을 얻었다.

그러나 그녀는 여전히 변함없이 책상에 앉아서 자료를 뒤적일 뿐이었다.

수사가 진행되면서 태산 이민수 부회장과 연관되어 있던 현 회장의 비리가 하나둘씩 밝혀지기 시작했다. 그 과정에서 현 회장과 함께 일한 황룡의 고위 직원들이 체포되었다. 주만용은 더욱 심각한 죄목으로 추가 기소되었다. 태경 역시 특별 수사본부에 의해 체포되었다. 신문실에서 준미와 태경은 마주 앉았다.

"몸은 좀 괜찮아?"

"응 많이 나았어. 오빠는?"

"나도 괜찮아."

잠시 말이 없다.

"이제 본격적인 수사가 시작될 거야."

"응."

"오빠가 한 일에 대해서도."

"그래."

"가볍지는 않을 거야. 감당해야 할 거야."

"알아."

"……."

"너라서 다행이야."

"뭐가?"

"나를 수사하는 검사가 너라서……."

"……."

"언제나 너를 부러워했었어. 니가 가진 그 용기. 절대 굽히지 않는 그 고결함. 좋아하고 부러웠었어."

"사랑했었어. 오빠의 그 뜨거움을."

"……언젠가는 내가…… 구원받을 수 있을까?"

"아니."

"……."

"오빠, 구원은 없어."

"……."

"우리는 끊임없이 살아가야 해. 그 과정 중에 죄를 지을 수 있어. 죗값을 치르고 다시 살아갈 수 있겠지만 그것이 없는 것이 되는 것은 아니야. 벗어날 수 없어."

"!!!"

태경이 준미를 바라본다. 준미의 담담한 표정.

"마음에 간직하고 기억해, 오빠의 죄를. 아파하고 후회해. 고통스러워해. 잊지 마. 그것이 사람의 도리야."

"그래, 그렇게."

"응. 오빠, 나 이제 그만 가봐야 해."

"그래."

"곧 다른 검사들이 와서 수사 시작될 거야. 힘들 거야."

"그게 내 몫인걸."

준미가 고개를 끄덕이더니 돌아선다. 나가려다가 문득 멈춰 선다. 그리고 돌아본다.

"저스티스."

"뭐?"

"기억나. 신림동 경산집."

태경이 웃는다. 준미도 웃는다.

그래 그때…… 연수원 시절 둘은 쉬는 날 늦게까지 술을 마신 적이 있었다. 태경은 낙제의 위기에 몰려 있었고, 준미가 술을 사며 그런 태경을 위로하고 있었다.

"준미야…… 내가 비록 낙제 위기에 몰리고 연수원 꼴찌를 달리는 꼴통이지만…… 나는 절대로 포기하지 않을 꿈을 가슴속에 품고 있어."

"간지러운 이야기 좀 하지 마."

"……."

"알았어…… 알았어…… 제발 울지 좀 마. 그래, 오빠의 그 꿈이 뭔데?"

"저스티스."

"여전히 간지럽구만."

준미가 술을 마신다.

태경이 그런 준미를 본다.

"준미야."

"왜?"

"너 오늘 왜 이렇게 이쁘냐?"

"미쳤어?"

"……알았어."

"……."

"근데 이런 거 물어보는 거 이상한 거 아는데…… 니 머리 쓰다듬어 봐도 되냐?"

"죽을래?"

"응. 알았어. 안 할게. 안 해. 안 하잖아."

준미가 그런 태경을 본다. 그러다가 손을 뻗어 그의 머리를 쓰다듬는다. 태경이 그런 준미의 손을 잡는다. 그리고 다가가서 준미의 입에 자신의 입을 가져다댄다.

서로의 이야기를 듣고

이해하고

다가가고

아파하고

함께하던.

그래, 그것은 사랑이었다.

이미 오래전에 끝나버린.

준미가 앉아 있는 태경을 바라본다.

"저스티스."

"너의 길을 가, 준미야. 앞으로도."

"응. 나 진짜 갈게."

준미가 돌아서서 신문실을 나간다. 문이 닫히고 태경이 남겨진다.

아무도 없는 신문실.

그곳의 어둠.

그곳의 고독.

태경에게 남겨진 죄의 무게.

벌을 받아야 할 시간.

태경이 눈을 감는다.

남은 시간을 죄인으로 고통과 아픔으로 살아가리라.

그렇게 살아가리라.

잠시 후 어린 검사가 들어와서 맞은편에 앉는다.

그리고 태경을 본다.

"이태경 씨?"

"네."

"어디서부터 시작할까요?"

"현 회장을 만난 그 순간부터 시작하죠. 모든 게 그때 시작되었으니까요."

"네, 시작하세요."

태경이 이야기를 시작해 나갔다.

그 이야기는 아주 오랫동안 계속되었다.

준미는 업무를 늦게 끝내고 집으로 돌아가는 중이었다. 차 안에서 조용히 신호를 기다리며 준미는 문득 인생이 아름답고 살 만하다는 생각을 한다. 그것은 어쩌면 인생의 한 챕터가 끝나는 중에 느끼는 낭만적인 감상이었다.

치열하고 치열한 수사였다. 자신의 모든 것을 다 던진 수사였고, 수사는 결국 성공적이었다.

준미는 잠시 아주 잠시 만족감과 함께 편안함을 느낀다. 그래 뭔가를 이룬 것이다.

웃었다.

행복했다.

그리고 그 남자를 생각한다.

그 남자의 흐트러진 머리카락과 어깨선을 생각한다. 그 남자의 긴 손가락과 웃을 때 보이는 그 특유의 표정을 생각한다. 그 머리카락을 만지고 그 손가락 사이사이에 자신의 손가락을 밀어 넣고 싶다는 생각을 한다. 그 남자가 웃을 때 짓는 그 표정을 만지고 손바닥의 감촉으로 확인하고 싶다는 생각을 한다.

사랑하고 싶었다.

그 남자를 만지고

살을 맞대고

그렇게 같이 있고 싶다는 생각을 한다.

준미는 그런 생각에 빠져 집으로 들어간다. 집으로 들어가서 다시 수사 자료를 펼쳐야 하겠지만 지금은 그 사람을 생각하기로 한다. 그 남자가 집 안에서 기다리고 있다는 행복한 상상을 해본다.

비밀번호를 누르고 집 안으로 들어간다.

그러나 여전히 어둡고 고요한 방.

그런데 그때 방 안에서 소리가 들린다.

안쪽 의자에 비치는 그림자.

"서준미 검사님, 오랜만입미데이. 크크크크크."

살아
돌아온
악마

마 형사는 장 형사의 무덤 앞에 서 있었다. 무심하게 꽃다발을 던진다.

"잘 지내슈."

그러다 주저앉아서 다시 본다. 재킷 소매로 비석을 닦아내기 시작한다. 금세 누런 흙 때가 묻어 나온다.

마 형사는 일어선다.

"나 진짜 갑니다."

마 형사는 걸어간다.

장 형사의 비석이 그런 마 형사의 뒷모습을 조용히 지켜보듯 서 있었다.

마 형사는 복싱 도장에서 미친 듯이 샌드백을 치고 있었다.

픽! 픽! 픽!

그렇게 자신의 모든 것을 쏟아내고 있었다. 샌드백이 마 형사가 휘두르는 주먹 리듬에 맞춰 이리저리 흔들린다. 숨이 점점 차오른다. 하지만 멈추지 않는다. 스텝을 끊임없이 바꾸며 샌드백에 주먹을 꽂아 넣는다.

마치 한풀이하듯 욕망을 토해 내듯 샌드백을 괴롭힌다.

점점 더, 미친 듯이, 속도를 높인다. 호흡이 빠르게 가빠진다. 그리고 마지막 남은 힘을 다해 샌드백에 주먹을 꽂아 넣는다.

그리고 쓰러진다.

"헉헉헉."

복싱 도장 코치가 다가와서 쓰러진 마 형사를 내려다본다.

"뭐야? 왜 그래?"

"운동 하다 안 하다 하니까 더 땡기네."

"에이, 단순히 그런 게 아닌 거 같은데. 뭔가 풀려는 사람 같아."

그럴지도 모른다.

잠시도 생각이 사라지지 않는다. 그녀에 대한 생각.

사건이 해결되고 마 형사는 서부서로 다시 배치되었다. 술도 끊었고 특별 수사본부까지 차출되었던 형사라서 그런지 이전과는 주변의 시선이 많이 달라졌다. 마 형사 본인도 수사에 열심이었다. 하지만 이상하게 최근 들어 특별히 몰입할 사건이 없었다. 사소한 폭력 사건이 전부였고 모두 쉽게 해결되었다. 다른 형사들은 몇 년 만의 한가함이냐며 밀린 업무를 처리하고 잡담을 나누었지만 마 형사는 오히려 그것이 더 괴로웠다.

잠시도 그녀 생각이 지워지지 않는다.

그 감금방에서 서로를 마주 보던 그 순간.

달콤하던 키스.

그녀의 입술, 숨결, 냄새.

그것이 너무도 그리워서 견딜 수가 없었다.

지금이라도 마치 그 순간이 손에 잡힐 듯하다. 마 형사는 그 순간을 끊어서 자신의 머릿속에서 수백만 번 재생한다. 그만하고 싶지만 그렇게 되지 않는다. 준미에 대한 생각이 수시로 떠올라 그의 머릿속을 헤집어놓는다. 아무것도 할 수가 없다.

지금 이 순간 그녀를 안고 만지고 싶었다.

하지만 준미는 이전보다 더 바빠졌다. 사건 이후 특별 수사본부는 확대 재편되었고, 마 형사는 준미를 위해서 특수본에서 나왔다. 둘에 대한 소문이 점점 더 커지고 있었다. 일을 하는 사람에게 그런 감정과 소문으로 피해를 끼쳐서는 안 된다고 생각했다. 그녀가 오로지 일에 집중하도록 내버려두고 싶었다.

그렇게 시간이 지났고 준미와의 연락은 점점 더 뜸해졌다. 가끔씩이나마 하는 통화에서 그녀는 여전히 담담하고 차분했다. 그녀의 감정이 쉽게 변할 거라고 생각하지도 않았다. 하지만 견딜 수없는 것은 바로 그 자신이었다. 금방이라도 타버릴 것처럼 그녀에 대한 열망이 몸을 뒤덮을 때가 많았다.

찬물로 샤워를 했다. 온몸에 한기가 파고든다. 그러나 찬 물줄기 속에서 몸을 빼지 않는다. 그렇게라도 열기를 식히고 싶었다.

몸을 닦는데 코치가 들어온다.

"오, 근육!"

술도 끊고 운동에 몰입한 마 형사의 몸은 탄탄해져 있었다.

"야!"

"왜요?"

"하나만 물어보자."

"뭐가?"

"여자가 있어. 그러니까…… 보통 여자가 아니야. 아주 똑똑해. 엄청 이쁘고."

"그런데?"

"그리고 바빠. 엄청 바빠."

"요즘 다 바빠. 나도 바빠."

"이 새끼야. 그 정도로 바쁜 게 아니라 엄청 중요한 일로 바빠. 아주 중요한 일을 하는 사람이야."

"아니, 복싱을 가르치는 게 지금 뭐 중요하지 않다는 거야?"

마 형사가 그대로 스트레이트를 날린다. 코치가 피한다.

"늦어."

"이래도?"

픽!

마 형사의 훅이 코치의 어깨에 박힌다.

"아! 아파!"

"그니까! 그런 여자가 있어. 응?"

"그래서? 뭐?"

"근데 내 친구 중에 그 여자를 엄청 좋아하는 그런 놈이 있어. 좀 착해. 애가 순수하고 그리고 뭐랄까 좀 다혈질이고."

"지랄을 한다. 지랄을 해요. 형 얘기잖아!"

"티가 나냐?"

"그니까 그 여자하고 자고 싶은데 안 되니까 막 샌드백을 두드린 거구만!"

"이 새끼가!!!"

"아니야?"

"……자고 막 그런 마음이 아니라니까. 순수하게……."

"순수하게 뭐?"

"……그냥 보고 싶어."

"그럼 가."

"야, 엄청 바빠."

"형. 그럴 때 딱 찾아가는 거야, 집 앞에. 그래서 야! 나와라!"

"싫어하지 않을까?"

"형이 싫으면 싫겠지. 그 여자는 형 안 좋아하는 거 아냐?"

"야, 나야 나."

"그럼 찾아가. 가서 말해. 보고 싶다. 자자."

"이 새끼가!"

"형, 정말 거절당하고 쪽팔릴까 봐 막 쭈그리고 그런 게 더 찌질해 보여. 사랑한다면 가서 말해. 이렇게 시간 보내지 말고."

"!!"

"혹시 뭐 여자가 먼저 찾아와서 막 좋아한다 그래주길 바라는 건 아냐? 그럼 진짜 찐따 새끼고."

"이 새끼가!"

"맞네, 찐따."

⚖️

준미는 어둠 속의 그 남자를 바라보았다. 남자가 천천히 일어나 다가온다. 어둠 속에 가렸던 남자의 모습이 드러난다.

현 회장이었다.

"크크크. 오랜만이에요, 서 검사."

"……."

"안 반갑나? 내 으시 찾았을 긴데? 안 찾았나? 으이?"

실수였다, 현 회장이 죽었을 거라고 쉽게 생각했던 것이. 다시 살아나 거머리처럼 들러붙을 거라고 생각하지 못한 것이 실수였다. 현 회장을 보통 인간이라고 생각해서는 안 되었다. 빠르게 진행되는 수사의 기쁨과 낭만적인 연애에 대한 기대에 가장 중요한 것을 놓치고 있었다.

이 악마!

눈앞의 악마!

"내가 죽었을 기라고 생각했는 갑제? 크크크. 그까짓 잔잔한 부산 바다는 내한테 그래 어려운 게 아이라. 으이? 내 우예 자랐는지 이야기해 주까? 내가!! 신안군 작은 섬에서 자랐지라. 그 섬에서 내가 살아남을라고 어째했는지 아요? 고 쪼그만 것이 살아남을라고 얼마나 거시기 해부렀는지 아냐 말이요!"

"!!!"

"그러니 내가 살지 죽겄소?"

"!!!"

"와, 갑자기 말이 바뀌니까 당황스럽나? 내가 와 고향 말을 버리고 경상도 사투리로 바꾼지 아나?"

"!!!"

"그 섬에서 동네에서 이리저리 똥개처럼 차이고 바닷속에서 드가가 숨 참으면서 죽을 똥 살 똥 전복을 잡던! 그 아를 내 안에서 지아야 했거든. 응? 그래야 내가 살 수 있었던 기라. 나는 그때부터 새로운 사람이 된 기라. 근데 와 경상도 사투리냐고? 딱 보이! 이 나라에서 떵떵거리고 그래 서로 얽히가 잘 살아갈라마 이쪽 말을 써야 하는 기라. 그래서 내 과감하이 내를 버렸던 기다."

"!!!"

"그런 나를 이해하겠나?"

"!!!"

"미안하지만 나도 내가 누군지 잘 모르겠다."

"!!!"

"근데 확실한 거 하나는 나는 타인을 복종시키민서 내를 만들어 왔는 기라."

"언제까지 당신의 그 넋두리를 들어줘야 하지?"

"크크크. 역시 서준미 검사. 대단해!! 대단해!! 으이? 내가 이래가 니를 좋아한데이!"

현 회장이 준미에게 다가간다. 그리고 눈을 들여다본다.

"니가 내한테 무슨 짓을 했는지 아나? 니는 내가 지난 60년간 우예 살아왔는지 아나? 내가!! 어떻게 개 같은 짓거리를 하민서 여기 이 자리까지 왔는지 아나? 내가 쌓아올린 기 얼마나 컸는 줄 알아? 응?"

"!!!"

"근데 그 모든 거를 니가 다 부숴버맀는 기라!! 이 가시나야!!!"

현 회장이 준미의 머리를 잡고 벽으로 밀어붙인다. 그리고 벽에 대고 찧는다.

쿵!!

현 회장이 이글거리는 눈빛으로 준미를 노려본다. 그의 팔에 힘줄이 부풀어 오른다. 그리고 준미를 노려본다.

준미는 숨이 막힌다. 목이 조여온다.

"허억!!"

"크크크."

준미가 바짝 다가온 현 회장의 중심을 무릎으로 찬다. 현 회장이 갑작스러운 기습에 쓰러진다. 그 순간 준미가 현 회장의 얼굴을 발로 차버린다.

퍽!

현 회장이 뒤로 넘어진다. 그사이 준미가 숨을 몰아쉰다. 그리고 재빨리 문 쪽으로 달려간다. 하지만 현 회장이 그런 준미의 발을 잡고 같이 넘어진다.

쿵!

"이 개 같은 년!!"

"놔!"

준미가 자신을 잡고 늘어지는 현 회장을 차 내린다. 그러나 현 회장은 떨어지지 않는다.

"으아악."

현 회장이 힘을 주어 준미를 힘껏 잡아당긴다. 준미가 현 회장 쪽으로 끌려간다.

"크크크. 내가 니를 그냥 보내줄지 알았나?"

"!!!"

현 회장이 준미의 먹살을 틀어쥐고 자기 쪽으로 당긴다. 그리고 주먹을 들어 준미를 내리치려고 한다. 그때 준미가 그대로 머리로 현 회장의 얼굴을 받아버린다.

쿵!

"으악!"

현 회장의 얼굴에서 피가 터진다.

준미가 그대로 누워 현 회장의 얼굴을 두 다리 사이에 끼고 팔을 잡고 조르기 시작한다. 현 회장의 어깨 관절이 꺾이기 시작한다.

"으아악!!!"

"아프지? 내가 유도를 했어!"

"이 미친년!"

"내가 쉽게 꺾일 거 같아?"

"으악!!"

"니가 찾아오면 내가 두려워서 뭐 벌벌 떨 줄 알았어? 웃기지 마!!! 너 같은 새끼들 두렵지 않아!!"

"으악!!!"

그런데 그때 현 회장이 그대로 어깨가 꺾이면서 몸을 비틀어 오른손으로 준미의 얼굴을 때린다.

픽! 픽! 픽!

준미가 그대로 쓰러진다. 현 회장이 덜렁거리는 어깨를 잡으며 일어선다. 그리고 자신이 직접 빠진 어깨를 맞춰 넣는다.

"이 개 같은 년이…… 감히! 감히!"

준미가 신음 소리를 낸다.

"으으으."

"아프나? 아플 기다. 온 힘을 실었으니까. 이 독한 년! 그래, 이제 고마 끝을 내자."

현 회장이 두리번거리다가 주방에 있는 식칼을 꺼낸다. 그리고 날을 매만지며 준미에게 다가온다. 그리고 누워 있는 준미를 내려다본다.

"자, 이제 고마 가라, 서준미 검사."

마 형사는 차를 몰고 서울 도심을 가로지르고 있었다. 늦은 밤이었지만 강변 북로와 강남대로 쪽으로 정체가 이어지면서 도착 시간은 점점 늦어지고 있었다. 마 형사의 머릿속은 도대체 뭐라고 말할까에 대해서 수백만 가지 생각이 오고 가고 있었다.

이 근처에 볼일이 있어서 잠깐 들렀어. 무슨 볼일이냐고 하면 뭐라고 하지? 친구? 친구 만나서 뭐 했냐고 하면? 차라리 그냥 보고 싶어서 왔다고 할까? 아니다. 그럼 더 부담을 느낄지도 모른다. 그래 남녀 사이에는 너무 직접적인 것보다 조금 은근하게 접근하는 것이 더 좋다. 드라이브하다가 잠깐 왔다. 아 식상하다, 식상해. 커피 생각이 나서 왔다? 아니다. 그것도 이상하다.

"아! 진짜 뭐라고 하지?"

그러는 사이 마 형사는 준미의 집 앞에 도착했다. 주차장 안으로 들어가 주차를 하고 초인종을 누르려고 하다 망설인다.

'부담스러워하지 않을까?'

그래, 오늘은 그냥 돌아가자. 그것이 낫겠다.

"찐따!"

코치의 목소리가 들린다.

놀라서 주변을 둘러보는데 아무도 없다.

다시 돌아가 초인종을 누르려 한다.

하지만 초인종은 부담스러울지 모른다.

전화를 걸자. 그것이 낫다.

마 형사는 전화를 걸어본다. 하지만 전화를 받지 않는다.

집으로 돌아오지 않았나?

아니다. 특별 수사본부의 수사관들 단톡방에서 준미가 퇴근했다는 사실을 확인했다.

다른 곳에 들렀나?

이 시간에?

준미는 밖으로 돌아다니는 스타일이 아니다. 집과 사무실을 시계추처럼 왔다 갔다 하는 스타일이다. 그럼 왜 전화를 받지 않을까?

주차장에서 한참을 기다린다.

콜백을 해주기를.

그러나 답이 없다.

자나?

아니다. 이렇게 일찍 잠들 스타일이 아니다.

그럼 왜 콜백을 해주지 않을까?

서류에 몰입해 있나?

갑자기 서운해진다.

빨리 그곳에서 꺼내 자신을 보게 만들고 싶다.

혹시 그렇게 보지 않는 사이에 감정이 식었나?

초조한 마음에 다시 전화를 걸어본다.

그러나 전화를 받지 않는다.

슬슬 걱정이 되기 시작한다.

무슨 일이 생긴 것은 아닐까?

점점 더 복잡하고 초조해진다. 원래 이렇게 생각이 많은 스타일이 아닌데.

그때 이상한 생각이 든다.

이렇게 연락이 안 되는 스타일이 아니다.

그럼?

잠깐!

아직까지 잡히지 않은 그자!

마 형사는 경비실로 달려간다.

"경찰입니다. 현관문 열어주세요!!"

걸어가는
사람들

현 회장이 칼을 들고 준미를 내려다본다.

"자, 이제 고마 먼 길 가라!"

현 회장이 그대로 준미의 목을 향해서 칼을 내리찍는다. 준미가 옆으로 돌면서 피한다.

픽!

칼이 그대로 준미의 목 바로 옆에 꽂힌다.

"!!! 이 개 같은 년이!"

현 회장이 칼을 다시 뽑으려고 하는데 쉽지 않다.

현 회장이 칼을 뽑으려는 사이 준미가 누운 채로 빠졌던 현 회장의 왼쪽 어깨를 그대로 차버린다.

"으아악!!!"

현 회장이 고통을 참지 못하고 뒤로 물러선다. 준미가 일어나서 그대로 달려가서 다시 현 회장의 어깨를 차려고 하는데 현 회장이 피하면서 준미의 다리를 걸어버린다. 준미가 넘어진다. 쿵.

현 회장이 그런 준미 위로 올라타려고 한다. 준미가 결사적으로 방어한다. 왼쪽 어깨가 자유롭지 못한 현 회장은 한 손만으로 준미를 제압해야 해서 마음대로 되지 않는다. 결국 한 손만 사용하는 현 회장과 준미가 바닥을 뒹굴면서 육탄전을 벌인다. 서로의 얼굴을 밀치고 목을 잡으려고 한다.

"이 개 같은 년!"

"닥쳐, 이 악마야!!"

현 회장은 어떻게든 오른손으로 준미의 목을 잡으려 하지만 준미가 결사적으로 피하면서 현 회장의 어깨를 노린다. 그러나 현 회장도 체중의 우위를 이용해서 밀고 들어온다. 그러나 준미는 자유로운 양팔로 결사적으로 방어한다. 그렇게 바닥을 휩쓸듯이 뒹구는 두 사람. 그때 현 회장의 눈앞에 박혔던 칼이 보인다. 현 회장이 순간 그 칼을 뽑으려고 몸을 움직인다. 그때 준미가 현 회장에게서 벗어난다.

현 회장이 칼을 들고 선다. 다시 마주 선 두 사람. 현 회장이 준미를 노려본다. 소리를 지르며 달려온다.

"으아아아악!!!"

준미가 자세를 숙인 채 달려오는 현 회장과 맞선다.

현 회장이 칼을 휘두른다. 준미가 피하면서 달려오는 현 회장의 속도를 이용해 그대로 엎어치기로 내던진다.

쿵!

현 회장이 바닥에 처박힌다.

준미가 일어나서 그런 현 회장을 내려다본다.

"유도가 정말 멋진 게 뭔지 알아? 한판으로 한 방에 역전이 가능하지!"

처박힌 현 회장이 고통에 몸부림친다. 현 회장이 고통에 돌아눕는데 아까 육탄전을 벌일 때 떨어졌던 화장품 통이 현 회장의 등에 박혔던 듯 굴러 나온다.

"으으으."

심각한 등 부상을 입은 듯하다. 현 회장이 준미를 올려다본다.

"여자라고 자신만만하게 들어왔을 텐데 아쉽네. 근데 그거 알아? 내 마음 깊은 곳에서 정말 원하고 있었나 봐. 너 같은 새끼하고 단둘이서 한번 제대로 붙어보고 싶은 마음. 비겁하게 부하들 없이 일대일로. 제대로. 당신, 나한테 진 거야."

"!!!"

그때 문이 열리고 마 형사와 경비들이 달려 들어온다. 마 형사가 놀란 눈으로 준미와 바닥에 쓰러진 현 회장을 바라본다.

"괜찮아요?"

"아뇨."

"!!!"

"여기저기가 아파요."

"!!!"

"근데…… 수갑은 가져왔어요?"

"네?"

피식.

준미가 웃는다. 마 형사가 그런 준미를 본다. 정말 대단한 여자다. 현 회장이 꿈틀거린다. 마 형사가 다가가서 꿈틀거리는 현 회장의 손목을 잡는다.

"체포됐어, 당신."

현 회장이 체포되자 수사는 급물살을 타기 시작했다. 준미는 거의 국민 영웅으로 대중적인 인기를 누렸다. 스타가 된 듯이 카메라가 대검찰청 앞에 기다리고 있다가 그녀의 일거수일투족을 보도하기 시작했다. TV 쇼 프로에서 끊임없이 섭외하려 했지만 그녀는 나가지 않았다. 그리고 시간이 갈수록 그녀에 대한 관심은 점점 옅어지기 시작했다.

대신 지금 최고의 여배우인 정혜진의 스폰서 연루설이 인터넷에서 화제가 되기 시작했다. 정혜진의 새로운 소속사 측은 강경 대응을 예고했다. 정혜진은 단지 송엔터테인먼트에 소속되어 있었을 뿐 스폰서와 무관하다는 것이 그들의 주장이었다. 정혜진 측은 스폰서와 관련이 있다는 유언비어를 퍼트리는 악플러들에 대해 고소하겠다고 으름장을 놓았다. 하지만 결국 고소는 없었다.

준미와 진태는 혜진을 특별 수사본부로 부르는 것을 두고 이야기를 나누었다.
"보수적으로 생각하면 부르는 것이 맞지만……."
진태가 말끝을 흐린다.
"또다시 이 사건을 선정적으로 흐리고 싶지 않으신 거죠?"
"네."

"정혜진의 증언이 사건에 결정적인 영향을 미치는 것도 아니구요. 그동안 나온 증거와 증언만으로 법정에서 증명하는 데 문제가 없을 것 같습니다."

"음."

원칙주의자인 준미가 고심한다.

"정혜진이 지금 거의 톱인데 그녀가 대검으로 걸어 들어오게 되면 이 사건이 또 얼마나 많은 루머를 생산하게 될지를 생각해 봐야 합니다. 그녀가 직접적인 범죄자도 아니구요."

"……."

준미가 고심을 거듭한다.

"혹시 그때 검사님에게 찾아와서 서현철 전 대법관에 대해 거짓말했던 것 때문에 그러시는 건가요?"

"네. 전 정혜진이 범죄 행위에 참여한 정황이 있다고 생각해요. 가련한 피해자이기만 한 건 아니라는 거죠."

"……개인적으로 그렇게까지 고생했는데…… 그래서 거기에 갔는데 대검에 출두하게 되면 많은 걸 잃게 될 텐데……."

"……계장님."

"네."

"전 악을 간접적으로 돕고 용인하는 것이 더 무서운 일이라고 생각합니다."

"!!!"

"정혜진, 소환하세요."

결국 정혜진은 대검 포토 라인 앞에 서게 되었고, 대검 앞은 전직 대통령이 끌려 나왔을 때보다 더 많은 기자들이 모여들었다. 정혜진은 끝까지 혐의를 부인했지만 현 회장과의 대질 조사에서 무너졌다.

"니 기억 안 나나. 내를 위해서 뭐든 하겠다고 했던 거? 으이?"
"아니야!! 아니라고!! 다 거짓말이야!!!"

그 후 정혜진은 현 회장을 도와 온갖 로비에 관련된 것이 밝혀져 구속되었다. 그녀는 순간 모든 것을 잃어버렸다.

현 회장은 그렇게 모든 걸 물귀신처럼 빨아들이고 있었다. 모든 것을 토해 내며 자신이 로비했던 고위직들의 명단을 모두 불었다. 이 사회에서 힘 있고 유명하다는 사람들의 이름이 하루아침에 똥통 속으로 처박혔다. 현 회장은 웃고 있었다. 그는 여전히 타인의 고통 속에서 살아가고 있었다.

그렇게 몇 달을 끈 후 수사는 일단락되었다. 특별 수사본부는 해체되었고, 이민수와 현 회장에 대한 공소 유지는 중앙지검에서 맡기로 했다. 준미는 부부장검사가 되었고, 중앙지검 특수 1부에서 현 회장과 이민수에 대한 공소 유지에 핵심적인 역할을 수행했다. 그녀는 여전히 시간을 자주 잊어버렸고 사건에 몰두했다.

⚖

지선이 죽었다. 장례식은 소박하고 단출했다. 찾는 사람은 많이 없었다. 형식에 얽매이지 않고 2일장으로 마무리했다. 화장터 불길 속에 사그라들고 있는 지선을 보며 준철은 오열했다. 유정도 눈물을 참을 수 없었다. 그렇게 화장이 이루어지는 두 시간 동안 유정은 삶과 죽음의 거리가 그리 멀지 않다는 생각을 했다. 차가운 공기였지만 날이 맑았다. 순간 살아 있는 것이 감사하게 느껴졌다.

소송은 계속되고 있었지만 유정은 전처럼 고통스럽지 않았다. 더 이상 자신에게 왜 이런 일이 일어났는지 생각하지 않기로 했다. 살아가다 보면 누구나 예상치 못한 고통에 마주할 수 있다. 그것은 고통스럽지만 피할 수 없다. 누구에게나 일어날 수 있는 일이고 그래서 자신에게 일어나지 말란 법도 없는 것이다. 유정은 담담히 마주하기로 한다. 다만 자신의 자세를 생각한다. 이 고통과 아픔을 회피하고 분노하고 그래서 결국 좌절할 것인가? 아니면 그것에 당당하게 맞서나갈 것인가. 유정은 맞서나가기로 한다. 어쩌면 그것이 자신에게 주어진 길이라고 생각한다.

그렇게 남아 있는 나날 동안 담담히 그 길을 걸어가기로 한다.

앞으로도 여전히 힘들고 고통스럽겠지만 걸어가기로 한다.

아프지만 이것이 자신의 인생임을 받아들이기로 한다.

그리고 삶을 더욱 사랑하기로 한다.

숨 쉬고 걸을 수 있는 이 자유에 감사하기로 한다.

살아가기로 한다.

그렇게 살아갈 시간이 얼마 남지 않았기 때문에.

더욱 사랑하기로 한다, 이 삶을.

마 형사가 깔끔한 모습으로 대학로에 도착을 했다. 머리도 짧게 자르고 면도도 깨끗이 했다. 백화점 가서 장만한 새 옷으로 깔끔하게 차려입었다. 줄무늬 모직 코트가 마 형사와 잘 어울렸다. 마 형사는 설레는 마음으로 마로니에 공원에 서 있다. 잠시 후 그녀가 걸어온다. 그녀가 걸어온다. 우아하고 사랑스럽다.

"검사님."

"네, 마 형사님."

잠시 마주 본다.

"아, 우리 이거 좀 어색하다. 호칭이 참······."

"······자기가 먼저 그렇게 불러놓고."

"자기?"

"아니 그 자기가 아니라······."

"그거 괜찮다. 자기. 응?"

"이봐요, 마민호 씨!"

"왜요. 준미 씨."

"민호 씨."

민호가 준미의 손을 잡는다. 다소 긴 손가락이 한 손에 잡힌다. 준미가 민호를 바라본다. 민호도 준미를 바라본다.

두 사람은 천천히 걸어서 대학로 소극장으로 들어간다. 주말이라 좌석은 만원이었다.

다소 어려웠지만 흥미 있는 연극이었고, 특히 여주인공의 연기가 좋았다.

민호와 준미가 공연이 끝난 후 대기실로 찾아간다.

분장을 지우던 영미가 두 사람을 바라본다.

"우와, 진짜 오셨네요!"

"그럼 우리가 어떤 사인데?"

"하기야!"

웃으면서 서로를 바라본다.

영미는 다시 연기를 시작했다. 더 이상 조급하게 서두르지 않았다. 더 이상 누군가에게 의지해서 자신의 꿈을 이루려고 하지 않았다. 한 발 한 발 자신의 힘으로 걸어 나가고 있었다. 다소 더디더라도, 시간이 걸리더라도, 영미는 그렇게 걸어가고 있었다.

"힘내, 영미 씨."

"네, 두 분도요."

그렇게 잠시 걷는다, 주말의 대학로를.

"진짜 이쁘네, 영미 씨. 무대에서 보니 더 이쁘네요. 그쵸?"

"……"

"얼굴이 요만해, 진짜. 역시 배우는 다르다니까."

"……"

"뭔가 아우라가 장난이 아니야."

준미가 손을 뿌리친다.

"안 늦었어요. 지금이라도 가서 잘 해보시든가."

그렇게 먼저 가는 준미를 민호가 따라간다.

"삐진 거예요?"

"네? 누가요? 내가요? 하! 내가 왜?"

"에이, 질투하는 거 같은데?"

"질투는 무슨. 내가 왜?"

"야, 이렇게 나를 좋아하고 있다니. 내가 다른 여자 칭찬한 것만으로 이렇게 속상해하고, 응?"

"이봐요, 마민호 씨!"

"왜요?"

"뭔가 굉장히 착각하고 있는 거 같은데…… 난 그냥 그쪽이 영미 씨를 좋아하는 거 같길래 이야기해 주는 거라구요. 감정에 솔직하라고."

"정말 감정에 솔직해도 돼요?"

"네, 그러세요!"

민호가 준미의 얼굴을 잡는다. 그리고 키스한다.

지나가던 사람들이 바라본다.

"민호 씨."

"더 솔직해져도 됩니까?"

"얼마든지."

"춥다."

"나도."

손을 잡는다. 그녀의 손. 그의 손.

이 손 서로 놓지 않기로 한다.

교도소의 일상은 단순하다. 반복의 연속이다. 태경은 처음에는 힘들었지만 그 반복 속에서 자신의 리듬을 찾았다. 특히 태경이 좋아하는 시간은 운동 시간이었는데 태경은 그때 누구와도 어울리지 않고 조용하고 묵묵하게 교도소 안 운동장을 걸었다. 나아갈 수 없어서 똑같은 길을 빙빙 돌았다. 갇혀 있지만 태경은 멈추지 않기로 한다. 내면 속에서 더 깊은 길을 찾아 걸어가기로 한다. 그러기 위해서 우선 자신이 무슨 짓을 저질렀는지를 잊지 않고 되새긴다. 그 되새김을 멈추지 않고 매일 끊임없이 반복한다. 자신의 죄를 쉼 없이 되새긴다. 그런 행동은 어쩌면 죽을 때까지 돌을 밀어 올리는 시시포스처럼 아무런 의미도 없는 것일지 모른다. 왜냐하면 돌은 다시 바닥으로 떨어지기 때문이다. 태경이 아무리 고통 속에서 아파하고 반성한다고 해도 달라지는 것은 없다. 죄는 여전하다. 그러나 태경은 그 고통만이 자기에게 주어진 길이라고 생각한다. 주변에서 그런 태경을 보고 종교를 권했다. 신에게 의탁하고 구원받고 고통에서 벗어나라고.

그러나 태경은 고통에서 벗어나지 않기로 한다.

회개하고, 용서받고, 구원받고 그래서 마음이 편해지고

그런다고 해서 죽은 유선희가 돌아오는 것이 아니다.

그가 짓밟았던 사람들이 살아 돌아오는 것이 아니다.

평생을 고통 속에서 살아가기로 한다.

담담하게.

운명처럼.

돌을 굴려 올리는 시시포스처럼 살아가기로 한다.

자신에게 남겨진 그 삶을 살아가기로 한다.

인생은 고통이었다.

그러나 태경은 그 삶을 받아들이고 살아가기로 한다.

그렇게 남은 인생을 살아가기로 한다.

좁은 감방 안에서 자신의 죄와 운명을 생각한다.

그리고 그 죄와 고통을 기꺼이 감당해 나가기로 한다.

편의점 근무를 교대하고 서인이 걸어 나온다. 거리에는 온통 하얀 눈이 내리고 있었다. 집으로 돌아가려다 서인은 잠시 주저앉아서 길에 쌓인 눈을 바라보았다.

아직 아무도 밟지 않은 하이얀 새벽의 눈에 손바닥을 가져다 대본다.

차갑다.

선연한 차가움이 피부를 뚫고 마음속까지 파고든다.

그 차가움을 기억하기로 한다.

새벽의 눈을 잊지 않기로 한다.

곧 사람들이 지나다니고 차가 다니면서 더러워지겠지만 처음 내리던 그 순간의 눈을 잊지 않기로 한다.

그렇게 차갑고 깨끗하게 살아가기로 한다.

서인은 그 눈길을 걸어간다.

그렇게 그 좁은 모텔 방보다…… 더 나은 곳을 향해 걸어간다.

〈끝〉

이 소설은 미스터리 장르소설이지만 동시에 꽤 무거운 이야기들을 담고 있는데, 현실을 최대한 반영하려고 노력했습니다.

그러나 현실은 아닙니다.

『저스티스』에서 묘사된 것처럼 재벌과 권력자가 다 사악한 사람은 아니고, 가난하고 노동자라고 해서 다 선하지는 않다고 생각합니다. 『저스티스』와 현실 사이의 간극은 저 역시 잘 알고 있습니다.

재미있게 쓰면서도 현실에 좀 더 다가가야 하는 것이 저에게 주어진 일이겠지요. 노력하겠습니다.

사실 미스터리만큼 현실을 잘 담아낼 수 있는 장르는 없다고 생각합니다. 이 세상에서 벌어지고 있는 도저히 이해할 수 없는 범죄와 악을 담아낼 수 있는 그릇으로 미스터리 소설만 한 것이 없지요.

좋은 미스터리들은 단순한 재미뿐 아니라 감당하기 힘든 악과 범죄를 최대한 감당하며 껴안고 나아가려 합니다. 그 범죄들이 어떤 식으로든 해석되고 분석되지 않는다면 그 사회는 점점 곪아갈 것입니다. 그것은 환부이기 때문이지요.

우리는 그것을 이야기하고 나눈 후에 도려내고 잘라내야 합니다. 그런다고 범죄가 사라지는 것은 아니겠지만 최소한 우리는 이해할 수 없음에 절망하지는 않을 것입니다.

그것이 우리가 인간의 존엄을 지키며 좋은 공동체를 만들어가는 길이라고 생각합니다. 개인적으로 미스터리 소설은 장내 유해한 세균을 잡아먹는 유산균 같은 존재라고 생각합니다. 나쁜 것들을 먹어치우며 좋은 환경을 유지하기 위해 꼭 필요한 세균 같은 것이지요.

그래서 미스터리 소설의 수준을 한 국가와 사회의 문화적 성숙도와 동일시하는 사람들도 있습니다. 수준 높은 미스터리를 생산해 낸다는 것은 사회의 가장 깊고 어두운 곳까지 들여다볼 수 있는 시선을 갖추었다는 뜻이니까요. 저 역시 그 시각에 동의합니다.

미야베 미유키가 긁고 있는 일본 사회에 던진 메시지는 하루키의 성과에 뒤지지 않고, 스티븐 킹이 포착한 미국인의 무의식에 잠재한 공포는 미국 사회를 좀 더 깊게 설명하고 있다고 생각합니다. 스티그 라르손은 스웨덴 사회의 병폐를 정확하게 짚어냈습니다.

최고급 프로바이오틱스 유산균 같은 작가들입니다.

미스터리 소설의 팬이자 작가로서 한국에서도 그런 걸작 미스터리가 나오기를 진심으로 갈망하고 있습니다. 미국과 일본, 북유럽의 미스터리가 매혹적이지만 우리만이 알 수 있는 촉수로 예민하게 우리 사는 세상을 그린 미스터리가 여러분을 더욱 깊게 매혹할 것임을 믿어 의심치 않습니다.

언젠가 찾아올 그날을 위해 한국 미스터리를 많이 읽어주시길 부탁드립니다.

저 역시 노력하겠습니다.

『저스티스』는 2012년경 단편으로 썼던 작품이었는데, 그때는 「두 번째 변호」란 제목으로 이태경 변호사의 이야기였습니다. 그 이야기에서 서준미 검사는 처음과 끝에만 나오는 단역이었습니다.

그 후로 5년간 묵혀 있다가 2016년에 네이버 웹소설 미스터리 부분에 연재가 확정되면서 다시 개작하여 서준미 검사의 이야기가 더해졌고, 지금의 모습을 갖추게 되었습니다.

이 소설은 『저스티스』라는 거창한 제목을 달고 있지만 철저한 장르소설이고 상업소설입니다. 이 소설이 여러분의 피곤한 출퇴근 시간을 순삭할 수 있다면 작가로서 가장 큰 기쁨일 것입니다.

가장 지겹고 심심할 때 읽으세요. 그럴 때 읽으시라고 『저스티스』를 썼습니다.

어둡고 무거운 『저스티스』를 연재해 준 네이버 편집부, 특히 지지해 준 이진백 전 팀장님께 감사드립니다. 모든 웹소설 플랫폼 중에 유일하게 미스터리를 선보이고 있는 것에 진심으로 감사드립니다. 『저스티스』가 세상에 보일 수 있었던 유일한 곳이었습니다.

첫 작품에 이어 다시 책을 내준 해냄에도 진심으로 감사드립니다.

계속 쓰겠습니다.

감사합니다.

2019년 7월
장호

저스티스 3

초판 1쇄 2019년 7월 15일
초판 2쇄 2019년 7월 30일

지은이 | 장호
펴낸이 | 송영석

주간 | 이진숙 · 이혜진
기획편집 | 박신애 · 정다움 · 김단비 · 심슬기
외서기획편집 | 정혜경
디자인 | 박윤정 · 김현철
마케팅 | 이종우 · 김유종 · 한승민
관리 | 송우석 · 황규성 · 전지연 · 채경민

펴낸곳 | (株)해냄출판사
등록번호 | 제10-229호
등록일자 | 1988년 5월 11일(설립일자 | 1983년 6월 24일)

04042 서울시 마포구 잔다리로 30 해냄빌딩 5 · 6층
대표전화 | 326-1600 **팩스** | 326-1624
홈페이지 | www.hainaim.com

ISBN 978-89-6574-954-7
ISBN 978-89-6574-951-6(세트)

이 도서의 국립중앙도서관 출판예정도서목록(CIP)은 서지정보유통지원시스템 홈페이지(http://seoji.nl.go.kr)와
국가자료공동목록시스템(http://www.nl.go.kr/kolisnet)에서 이용하실 수 있습니다.(CIP제어번호:2019025175)